中國語言文字研究輯刊

二 三 編

許 學 仁 主編

第15冊

季旭昇學術論文集
（第二冊）

季 旭 昇 著

花木蘭文化事業有限公司

國家圖書館出版品預行編目資料

季旭昇學術論文集（第二冊）／季旭昇 著 -- 初版 -- 新北市：
花木蘭文化事業有限公司，2022〔民 111〕
目 4+188 面；21×29.7 公分
（中國語言文字研究輯刊　二三編；第 15 冊）
ISBN 978-626-344-029-6（精裝）
1.CST：漢語文字學 2.CST：語言學 3.CST：文集
802.08　　111010180

ISBN-978-626-344-029-6

中國語言文字研究輯刊
二三編　第十五冊　ISBN：978-626-344-029-6

季旭昇學術論文集（第二冊）

作　者　季旭昇
主　編　許學仁
總 編 輯　杜潔祥
副總編輯　楊嘉樂
編輯主任　許郁翎
編　輯　張雅淋、潘玟靜、劉子瑄　美術編輯　陳逸婷
出　版　花木蘭文化事業有限公司
發 行 人　高小娟
聯絡地址　235 新北市中和區中安街七二號十三樓
電話：02-2923-1455／傳真：02-2923-1452
網　址　http://www.huamulan.tw 信箱 service@huamulans.com
印　刷　普羅文化出版廣告事業
初　版　2022 年 9 月
定　價　二三編 28 冊（精裝）新台幣 96,000 元　

季旭昇學術論文集
（第二冊）

季旭昇 著

目次

第一冊

第二冊

第三冊

第四冊

第五冊

上海博物館藏戰國楚竹書（八）《桐頌》考釋

提　要

《上海博物館藏戰國楚竹書（八）》收有楚辭類作品〈桐頌〉一篇，內容極為重要。原整理者已經做了不少艱難的考釋工作，解決了相當多的問題，但是因為誤解了其中的一些文句，因而定名為〈李頌〉，內容的詮釋也還有一些重要關鍵未能解決。復旦吉大古文字專業研究生聯合讀書會對本篇做過校讀，其他學者也有一些研究，但仍然留下不少關鍵性的問題未能解決。本文在前人的基礎上，把〈桐頌〉全文仔細處理，要者如：肯定篇名為〈桐頌〉，「官樹」當讀為「館樹」，確定「昂其不還」、「深戾堅豎」、「寖毀損兮」、「素府宮李」等文句的釋讀，及通篇的考釋。最後肯定這是一篇重要的先秦楚賦，值得文學研究者給予應有的重視。

關鍵詞：李頌，桐頌，桐棺，昂，丨（損）

《上海博物館藏戰國楚竹書（八）》〔註 1〕收錄了四篇楚辭體的作品，對文

〔註 1〕馬承源主編《上海博物館藏戰國楚竹書（八）》，上海：上海古籍出版社，2011 年。〈李頌〉（本文改稱〈桐頌〉是在頁 227～246。以下提到《上海博物館藏戰國楚竹書（X）》都簡稱《上博X》。

學史及楚辭的研究，具有非常重要的意義。本文先針對〈桐頌〉（原考釋者命名為〈李頌〉）進行研究。釐清其文字考釋，然後進行文句順讀，通其文義，附以語譯，最後進行簡單的分析。全文主要參考原整理者曹錦炎先生的釋文、復旦吉大古文字專業研究生聯合讀書會整理的〈李頌校讀〉〔註 2〕及其他學者的看法，然後加以筆者的意見。竹簡編聯採用原整理者的簡序，以下是〈桐頌〉全篇釋文。

桐　頌

梋（相）虗（吾）官（館）梪（樹），桐虘（且）怠（治）可（兮）。剸（摶）外睘（疏）中（中），眾木之絽（紀）可（兮）。

遉（晉）各（冬）之旨（祁）寒，喿（燥）亓（其）方茖（落）可（兮）。鼅（鳳）鳥之所寁（集），㠯（竢）時（時）而复（作）可（兮）。

木斯蜀（獨）生，秦（秦／榛）朸（棘）之閒（間）可（兮）。死（亟／疾）植株（束／速）成，卬（昂）亓（其）不還可（兮）。

深利（戾／結）【1】幵（堅）豆（豎），亢亓（其）不弌（貳）可（兮）。𤔔（亂）本曾（層）枳（枝），濡（寖）毀（毀）丨（損）可（兮）。

差=（嗟嗟）君子，觀虗（吾）梪（樹）之蓉（容）可（兮）。幾（豈）不皆生，則不同可（兮）。

胃（謂）群眾鳥，敬而勿寁（集）可（兮）。索（素）府宮李，木異頪（類）可（兮）。

恧（願）戢（歲）之啟時，思（使）虗（吾）【1背】梪（樹）秀可（兮）。豐芋（華）緟（重）光，民之所好可（兮）。

獸（守）勿（物）勥（強）榦（幹），木一心可（兮）。愇（違）與（於）佗（它）木，非與從風可（兮）。

氐（氏／是）古（故）聖人柬（肅）此和勿（物），以李（理）人情，

〔註 2〕復旦吉大古文字專業研究生聯合讀書會聯合研讀，吉林大學研究生李松儒執筆撰寫〈《上博八》李頌校讀〉，復旦網首發，2011 年 7 月 17 日。簡稱〈李頌校讀〉。網址：http://www.gwz.fudan.edu.cn/SrcShow.asp?Src_ID=1596。以下引〈李頌校讀〉就不再加注。〈李頌校讀〉後面的跟帖，常有一些很好的意見，被本文引用的，也只注明是〈李頌校讀〉跟帖。

人因亓（其）情，則樂亓（其）事；遠亓（其）情，則惡亓（其）事。【2】

氏（氏／是）古（故）聖人朿（肅）此【3】

以下，筆者順著釋文，以句為單位，一一進行考釋。原整理者的考釋如需徵引較多，則用引文形式；如果只是摘取其中關鍵性的幾句，則用隨文徵引的方式。

桐　頌

本篇原無篇題，原整理者曹錦炎先生取篇中歌頌主體為名，謂辭中以「素府宮李」即普通人家園子裏的李樹，與作為「官樹」的桐樹作對比，因而名本篇為〈李頌〉。〔註3〕

〈李頌校讀〉釋篇首一句為「梖（相）虗（乎）官（棺）梪（樹），桐虞（且）怠（治）可（兮）」，通釋全文後，以為本篇主要詠「桐」，因而主張「從新釋文可以看出，整篇簡文與『李』無關，而是詠『桐』的一篇小賦」，但並未改名，仍因舊題名為「李頌」。

徐伯鴻先生以為本篇詠「桐」詠「李」，但桐與李皆為「梓」，因此本篇叫做〈李頌〉，實為詠「梓」：

> 《李頌》中的「桐」地位崇高，所謂「剸外置中，眾木之紀。」這「眾木之紀」的「桐」恐怕不能用今日植物分類學上的「桐」去認知它……《詩・鄘風》「椅桐梓漆」，陸機注：「楸之疏理白色而生子者，為梓。梓實桐皮為椅。大同而小異也。」……時珍曰：「梓木處處有之。有三種，木理白者為梓，赤者為楸，梓之美文者為椅。……，桐亦名椅。」《說文解字注》：「椅，梓也。釋木曰。椅，梓。渾言之也。衞風傳曰。椅，梓屬。析言之也。椅與梓有別。故詩言椅桐梓漆。其分別甚微也。故爾雅，說文渾言之。」鼠李一名鼠梓。古人不會用今日植物分類學上的「桐」去認知它。恐怕我們也不能用今日植物分類學上的「桐」去認知它。……要之，桐亦名椅。椅，梓也。桐是梓中的一種；鼠李一名鼠梓，也是梓中的一種。

〔註3〕馬承源主編《上海博物館藏戰國楚竹書（八）・李頌》（上海：上海古籍出版社，2011年），頁229。

> 這「桐」與「李」皆為「梓」，然品格各異，……。這一點，也許向我們透露出這篇東西的篇名何以叫做《李頌》了。〔註4〕

旭昇案：雖然是討論區的帖子，敘述得有點零亂，但是頗有巧思。然通覽全文，本篇實為歌詠「桐」之小賦，〈李頌校讀〉所論可從，名為〈李頌〉，不甚恰當。徐文以為「桐」、「李」俱名為「梓」，因而本篇實為〈梓頌〉。其說誤據草木異名，文字異形、訛字，牽引為一，以之解說本篇，無法貫通全文。本篇以桐、李對舉，詠桐而貶李，改名〈桐頌〉，較能名實相符。

梖（相）虐（吾）官（館）梪（樹）

原整理者讀為「梖（相）虐（吾）官梪（樹）」，以為：

> 「官」，公，公有，與「私」相對。……「梪」，讀為「樹」。……「官樹」，指屬於國家的或公家的樹。《晉書．陶侃傳》：「（侃）嘗課諸營種柳，都尉夏施盜官柳植之於己門」，即以「官柳」指公家種植的柳樹。後世有稱官道旁公家所植的樹為「官樹」，如耿湋《路旁老人》詩：「老人獨坐倚官樹，欲語潸然淚便垂。」〔註5〕

又以為所謂「官樹」，是指「桐樹」；所謂「與『私』相對」的「私」，則是指「李樹」：

> 辭中以「素府宮李」即普通人家園子裡的李樹，與作為「官樹」的桐樹作對比。強調桐樹之怡然，地位之崇高，「剸外置中，眾木之紀」，「鵬鳥之所集」。而李樹被視作「木異類」，「獨生榛棘之閒」，並受「亂木曾枝，侵毀章」的對待。雖受冷落並排擠，但李樹卻能「亙植兼成，欲其不還」，「深利終逗，夸其不貳」，堅持要做到「守勿強桿，木一心」，「違與他木，非與從風」，不隨世風所趨。並借詩人之口：「謂群眾鳥，敬而勿集」，表達其仰慕之情，祝福其「願歲之啟時，思吾樹秀」。〔註6〕

〔註 4〕徐伯鴻《要想理解「剸外置中」，先得辨析「桐」為何樹？》，復旦網論壇「學術討論」區帖子（http://www.gwz.fudan.edu.cn/ShowPost.asp?ThreadID=4363），2011 年 3 月 16～17 日。

〔註 5〕馬承源主編《上海博物館藏戰國楚竹書（八）》，頁 231。

〔註 6〕馬承源主編《上海博物館藏戰國楚竹書（八）》，頁 229。

不過，原考釋對李樹做為「私樹」的同情及贊頌，對桐樹作為官樹「地位崇高」的描述，其實大多是對原文的誤解（見下文考釋），傳世文獻中也找不到佐證。

〈李頌校讀〉隸「梩虗官梪」為「梩（相）虗（乎）官（棺）梪（樹）」，讀「虗」為「乎」；讀「官梪」為「棺樹」，不贊成原考釋解釋為「屬於國家或公家」的「官樹」：

> 「梩」整理者隸定爲「相」；「虗」整理者讀爲「吾」；「官」整理者解爲「公，公有」。按，桐木多用來作棺木，如《左傳・哀公二年》：「桐棺三寸，不設屬辟。」《墨子・節葬下》：「葬會稽之山，衣衾三領，桐棺三寸，葛以緘之。」我們故把「官梪」讀爲「棺樹」。〔註 7〕

〈李頌校讀〉「天生牙」跟帖說：「不知可否讀為『館』。枚乘《柳賦》首句：『忘憂之館，垂條之木。』孔臧《楊柳賦》：『……樹之中塘：……。』王粲《柳賦》：『……值嘉木於茲庭……。』」〔註 8〕王寧先生先謂「官樹」為「官署中的樹木」，桐喻官吏中之賢良之才。〔註 9〕其後放棄此說，改主「官」為「館」：

> 官，讀書會括讀為「棺」。筆者在〈閑詁〉中解為「官署」。按：現在看釋為「棺」、「官署」都不甚確當。此當讀為「館」，《易・隨》：「官有渝」，《釋文》：「官，蜀才作館。」《說文》、《玉篇》並云：「館，官舍也。」這裡是指館舍。古代有公館，有私館，《禮記・曾子問》：「公館復，私館不復。」……本篇的「吾官」即「吾館」，乃文作者所居住之館，故其文中用第一人稱言「館樹」。〔註 10〕

旭昇案：戰國楚文字「虗」字可讀為「吾」，如《上博一・孔子詩論》簡 6「（濟濟）多士，秉文之德，虗（吾）敬之」之「虗」讀「吾」〔註 11〕；《上博二・魯

〔註 7〕見〈《上博八》李頌校讀〉，注 1。

〔註 8〕旭昇案：〈李頌校讀〉「天生牙」跟帖說：「不知可否讀為『館』。枚乘《柳賦》首句：『忘憂之館，垂條之木。』孔臧《楊柳賦》：『……樹之中塘……。』王粲《柳賦》：『……值嘉木於茲庭……。』（2011 年 9 月 27 日，第 25 樓）雖語焉不詳，但至少也提出和我一樣的想法。我向文字學會提出此文時沒有注意到，現在改稿補注於此。

〔註 9〕王寧〈《上博八・李頌》閑詁〉，武大簡帛網首發（http://www.bsm.org.cn/show_article.php?id=1540），2011 年 8 月 29 日。

〔註 10〕王寧〈《上博八・李頌》通讀〉，簡帛研究網首發（http://www.jianbo.org/showarticle.asp?articleid=1929），2011 年 10 月 18 日。

〔註 11〕馬承源主編《上海博物館藏戰國楚竹書（一）》（上海：上海古籍出版社，2001 年），

邦大旱》簡 1「邦大旱，毋乃失諸刑與德虐（乎）」之「虐」讀「乎」〔註 12〕。但是前者多見，後者少見。以文義而言，讀為「相吾官樹」或「相乎官樹」，都可以通。但讀為「相吾」，作者與歌詠對象的關係比較親近；讀為「相乎」，作者與歌詠對象的關係比較疏遠，因此本文讀「虐」為「吾」。

「官梪」，原考釋讀「官樹」，讀書會改讀為「棺樹」。天生牙、王寧先生主張讀「館樹」。旭昇案：讀「官樹」，缺少佐證。但是，讀為「棺樹」，也未必合適。讀為「館樹」，最為合理。但二家並未舉出為何讀書會讀為「棺樹」不可從的理由。本篇詠桐，重點在強調桐樹像高潔之士傲然耿介的性格（與李樹之討好流俗相對），讀「官梪」為「棺樹」，強調「桐」之功能為製作棺木，似難有頌美之義。秦漢以前，典籍所見桐棺多用於薄葬或懲罰，非正常禮制。屬薄葬的，如《墨子‧節葬下》：

> 故古聖王制為葬埋之法，曰：棺〔註 13〕三寸，足以朽體；衣衾三領，足以覆惡。……昔者堯北教乎八狄，道死，葬蛩山之陰。衣衾三領，榖木之棺，葛以緘之，既氾而後哭，滿埳無封，已葬，而牛馬乘之。舜西教乎七戎，道死，葬南己之市。衣衾三領，榖木之棺，葛以緘之，已葬而市人乘之。禹東教乎九夷，道死，葬會稽之山。衣衾三領，桐棺三寸，葛以緘之……若以此若三聖王者觀之，則厚葬久喪果非聖王之道。故三王者皆貴為天子，富有天下，豈憂財用之不足哉？以為如此葬埋之法。〔註 14〕

以堯舜禹的葬法並舉，都在強調「薄葬」。又如《尸子》：

> 禹之喪法，死於陵者葬於陵，死於澤者葬於澤，桐棺三寸，制喪三日。〔註 15〕

頁 133。不是主要討論的部分，釋文用寬式。「（濟濟）」二字是學者為了補足文義加上去的，原簡缺。

〔註 12〕馬承源主編《上海博物館藏戰國楚竹書（二）》（上海：上海古籍出版社，2002 年），頁 204。

〔註 13〕孫詒讓以為「棺上當有『桐』字」。見清‧孫詒讓閒詁，孫啟治點校：《墨子閒詁》頁 180。

〔註 14〕孫詒讓閒詁，孫啟治點校：《墨子閒詁》，頁 180～185。

〔註 15〕中央研究院歷史語言研究所「漢籍電子文獻資料庫」（http://hanchi.ihp.sinica.edu.tw/ihpc/hanjiquery?@53^911815141^22^^^1@@1937504517），《後漢書／列傳／卷四十九王充王符仲長統列傳第三十九／王符／浮侈篇》注引，頁 1636。

《莊子・天下》：

今墨子獨生不歌，死不服，桐棺三寸而無槨，以為法式。以此教人，恐不愛人；以此自行，固不愛己。〔註16〕

《吳越春秋・越王無余外傳》：

遂已耆艾將老，歎曰：「吾晏歲年暮，壽將盡矣，止絕斯矣。」命群臣曰：「吾百世之後，葬我會稽之山，葦槨桐棺，穿壙七尺，下無及泉，墳高三尺，土階三等。」葬之後，曰：「無改畝，以為居之者樂，為之者苦。」〔註17〕

《韓非子・顯學》：

墨者之葬也，冬日冬服，夏日夏服，桐棺三寸，服喪三月，世主以為儉而禮之。〔註18〕

以上屬薄葬。也有用桐棺以示懲罰的，《左傳・哀公二年》：

桐棺三寸，不設屬辟，素車樸馬，無入於兆，下卿之罰也。〔註19〕

《呂氏春秋・高義》：

子囊曰：「遁者無罪，則後世之為王將者，皆依不利之名而效臣遁。若是則荊國終將為天下撓。」遂伏劍而死。王曰：「請成將軍之義。」乃為之桐棺三寸，加斧鑕其上。〔註20〕

以上屬懲罰。

桐木材質較鬆軟，與先秦「葬不欲速朽」之要求不合，所以不是做棺木的好材料。《左傳・哀公二年》「桐棺三寸」陸德明釋文：

《禮記》云：「夫子制於中都，四寸之棺，五寸之椁，以斯知不欲速朽也。」鄭康成注云：「此庶人之制也。」案禮：上大夫棺八寸，

〔註16〕郭慶藩集釋，王孝魚點校：《莊子集釋》（北京：中華書局，1961 年），頁 1074～1075。

〔註17〕《吳越春秋・越王無余外傳》（龍谿精舍叢書），卷六，葉八。

〔註18〕王先慎集解，鍾哲點校：《韓非子》（北京：中華書局，1998 年），頁 457。

〔註19〕《左傳》（收入《十三經注疏》（臺北：藝文印書館據清嘉慶二十年（1815 年）南昌府學刊本影印，1976 年），第 6 冊），〈哀公二年〉，卷五十七，頁 995～996。

〔註20〕許維遹集釋：《呂氏春秋集釋》（北京：中國書店據 1935 年清華大學版影印，1985 年），卷十九，葉六下至葉七上。

> 屬六寸；下大夫棺六寸，屬四寸；無三寸棺制也。棺用難朽之木，桐木易壞，不堪為棺，故以為罰。〔註21〕

「桐木易壞，不堪為棺，故以為罰」，說得極為正確。另外，《吳越春秋‧夫差內傳》有一段對梧桐的形容，也可以說明梧桐不適合做高級棺木：

> 吳王……曰：「寡人晝臥有夢，……前園橫生梧桐。子為寡人占之。」……公孫聖曰：「……前園橫生梧桐者，梧桐心空不為用器，但為盲僮，與死人俱葬也。」〔註22〕

「梧桐心空不為用器」，只能做「盲僮」（同樣這幾句的敘述在《越絕書‧外傳記吳王占夢》中作「前園橫索生樹桐者，桐不為器用，但為甬，當與人俱葬」〔註23〕），可見得桐木心空，橫倒的梧桐，不合適做器用，只能做「盲僮」，即「木俑」〔註24〕。

考古所見與典籍所載也吻合。目前考古所見墓葬棺槨，春秋以前大多朽爛成灰，不可考究，戰國至西漢出土墓葬，葬具猶存可以鑑定的，其材質為梓木、枏（楠）木、櫸木、楸木、柏木等（這些木材多半不易腐朽）。茲就手頭所有的材料，略舉數例如下：

江陵馬山一號楚墓葬具為一棺一槨，經中國林業科學研究院木材工業研究所鑑定，木棺為梓木，槨板為櫸木。〔註25〕

江陵九店東周墓的棺槨，經中國林業科學研究院木材工業研究所鑑定，M632 棺蓋板、墻板、底板、擋板均為梓木，槨蓋板、墻板、底板均為櫸木；M633 棺蓋板、墻板、底板、擋板均為梓木，槨蓋板 1 為楨楠、槨蓋板 2 及底板為櫸木、墻板為梓木。〔註26〕

〔註21〕《左傳》（收入《十三經注疏》〔臺北：藝文印書館，1976〕，第6冊，清嘉慶二十年〔1815〕南昌府學刊本影印），〈哀公二年〉，卷五十七，頁995。

〔註22〕《吳越春秋‧夫差內傳》（龍谿精舍叢書）卷五，葉八下至十一上。

〔註23〕《越絕書‧越絕外傳記吳王占夢》（龍谿精舍叢書）卷十，葉三。

〔註24〕當然，這是有點誇飾。先秦桐木至少適合做琴瑟之用。盲僮，即木俑，馬王堆遣冊作「明童」，信陽簡228作「槑童」，望山楚簡作「亡童」。參《望山楚簡》（北京：中華書局，1995年），頁127，注一二四。

〔註25〕湖北省荊州地區博物館《江陵馬山一號楚墓》（北京：文物出版社，1985年），頁4。

〔註26〕湖北省文物考古所編著《江陵九店東周墓》（北京：科學出版社，1995年），附錄五〈江陵九店東周墓出土木製品的木材鑑定報告〉，頁529～530。楨楠就是金絲楠木，是樟科（Lauraceae）楠木屬（Phoebe）的珍貴樹種。

長沙楚墓棺槨用材為柏木或楠木。〔註27〕

長沙馬王堆一號墓所出四層棺木經鑑定全為梓木屬〔註28〕；漢代大葆台西漢木槨墓出土某一代廣陽王的梓宮，經江西省木材工業研究所鑑定，第三、第五層是梓屬楸木，其餘都是楠木。〔註29〕

以上考古所見與傳世文獻吻合。雖然所舉考古材料多為南方墓葬，不過我們所要探討的〈桐頌〉也是南方材料，二者可以互證。我曾請教過胡平生、李家浩先生，兩位先生給我的答覆都說先秦出土葬具多為金絲楠木。據此，戰國至漢初正常的貴族棺槨未見用桐木製造，則「相吾官梪」讀為「相乎棺樹」，似不可信。

明白記載葬用「桐棺」的，只有《孔子家語・卷九・終記》：

> （孔子）既卒，門人疑所以服夫子者。子貢曰：「昔夫子喪顏回也，若喪其子而無服，喪子路亦然。今請喪夫子若喪父而無服。」於是弟子皆弔服而加麻，出有所之，則由絰。子夏曰：「入宜絰可也，出則不絰。」子游曰：「吾聞諸夫子，喪朋友，居則絰，出則否。喪所尊，雖絰而出可也。」孔子之喪，公西掌殯葬焉，唅以疎米三貝〔註30〕，襲衣十有一稱，加朝服一，冠章甫之冠，珮象環，徑五寸而綨組綬。桐棺四寸，柏棺五寸，飭棺牆，置翣。設披，周也；設崇，殷也；綢練設旐，夏也。兼用三王禮，所以尊師，且備古也。〔註31〕

《孔子家語》一書，爭議很多，不少學者甚至以為是王肅偽作。但是近代出土材料漸漸證明其書有一定的價值。〔註32〕大致來說，《孔子家語》是王肅把蒐集到與孔子有關的材料統合整理而成的一部書，基本不偽，但王肅去孔子已久，加以材料來源雜蕪，書中錯誤不少，王肅以後其書又有輾轉傳抄之訛，所以不

〔註27〕湖南省博物館、湖南省文物考古研究所、長沙市博物館、長沙市文物考古研究所《長沙楚墓》（北京：文物出版社，2000年），頁11。

〔註28〕江西省木材工業研究所：《長沙馬王堆一號漢墓棺槨木材的鑒定》，《江西林業科技》1973年第1期第1頁；又見《考古》1973年第2期。

〔註29〕魯琪〈試談大葆台西漢墓的「梓宮」、「便房」、「黃腸題湊」〉，《考古》1977年6期，頁30。

〔註30〕原作「具」，當為「貝」之訛。他本皆作「貝」，與喪禮合，今逕改。

〔註31〕王肅撰《孔子家語》（四部叢刊本。上海涵芬樓借江南圖書館藏明翻宋本景印），卷九，葉十三下至十四上。

〔註32〕參楊朝明《孔子家語通解》，臺北：萬卷樓圖書公司，2005年。

可全信。以同一事件「孔子之喪」為例，《禮記》中相關的記載見以下三條：

> 孔子之喪，門人疑所服。子貢曰：「昔者夫子之喪顏淵，若喪子而無服。喪子路亦然。請喪夫子。若喪父而無服。」

> 孔子之喪，公西赤為志焉：飾棺牆，置翣，設披，周也。設崇，殷也。綢練設旐，夏也。

> 孔子之喪，二三子皆絰而出。群居則絰，出則否。〔註33〕

《孔子家語》的記載，基本上和《禮記》這三條的記載類似而更加詳細。但是，或由於材料來源有問題、或由於王肅理解不對、或由於歷代傳鈔致訛，有些部分明顯的有錯，例如「冠章甫之冠」句與先秦典籍所載就不吻合，當不可信。《儀禮・士喪禮》「鬠笄用桑，長四寸，纋中」鄭注：「長四寸，不冠故也。」賈公彥疏：

> 生時男子冠，婦人笄。今死婦人不笄，則知男子亦不冠也。《家語》云孔子之喪襲而冠者，《家語》王肅之增改，不可依用也。〔註34〕

同樣地，「桐棺四寸」與先秦典籍記載都不合，也不可信。《禮記・檀弓》：

> 有子曰：「夫子制於中都，四寸之棺，五寸之槨，以斯知不欲速朽也。」〔註35〕

鄭玄在《禮記・喪大記》注中指出「庶人之棺四寸」〔註36〕，並未說是「桐棺」。根據前引資料可知桐木本不適合為棺。因此這一段話的「桐棺」，並不可信。換句話說，先秦以桐為棺，目前還沒有看到任何可靠的證據。

桐是中國歷代都評價很高的樹，《書・禹貢》徐州「嶧陽孤桐」，傳：「孤，特也。嶧山之陽，特生桐，中琴瑟。」〔註37〕在先秦，琴是知識分子的象徵，

〔註33〕《禮記》（收入《十三經注疏》〔臺北：藝文印書館，1976〕，第5冊，清嘉慶二十年〔1815〕南昌府學刊本影印），〈檀弓上第三〉，卷七，頁132-1、132-2、134-1。

〔註34〕《儀禮》（收入《十三經注疏》〔臺北：藝文印書館，1976〕，第4冊，清嘉慶二十年〔1815〕南昌府學刊本影印），〈士喪禮第十二〉，卷三十五，頁413。

〔註35〕《禮記》（收入《十三經注疏》〔臺北：藝文印書館，1976〕，第5冊，清嘉慶二十年〔1815〕南昌府學刊本影印），〈檀弓上第三〉，卷七，頁145。

〔註36〕《禮記》（收入《十三經注疏》〔臺北：藝文印書館，1976〕，第5冊，清嘉慶二十年〔1815〕南昌府學刊本影印），〈喪大記第二十二〉，卷四十五，頁786。

〔註37〕《尚書》（收入《十三經注疏》〔臺北：藝文印書館，1976〕，第1冊，清嘉慶二十年〔1815〕南昌府學刊本影印），〈禹貢第一〉，卷六，頁82。

《禮記．曲禮下》：「士無故不徹琴瑟。」〔註38〕又梧能來鳳凰，鳳凰非梧不棲，《詩．大雅．卷阿》：「鳳凰鳴矣，于彼高岡。梧桐生矣，于彼朝陽。」〔註39〕這些都說明了桐的屬性高潔，可以種在館舍院落，因此，「相吾官樹」，應可讀為「相吾館樹」。

古代館舍院落有種植梧桐，雖然實物資料難以見到，但由文獻相關線索，還可以看到一些訊息。《呂氏春秋．重言》：「成王與唐叔燕居，援梧葉以為珪，而授唐叔，曰：『余以此封女。』」〔註40〕燕居可以「援梧葉以為珪」，可見庭院中種有梧桐。晉夏侯湛〈愍桐賦〉：「有南國之陋寢，植嘉桐乎前庭。」唐崔鎮有〈尚書省梧桐賦〉〔註41〕，溫庭筠〈更漏子〉「梧桐樹，三更雨，一葉葉，一聲聲，空階滴到明」，皆宮館庭院種植梧桐之例。《上博八》原考釋也引了郝懿行《爾雅疏》云「樹皆大葉濃陰，青桐尤為姸美，人多種之以飾庭院」。〔註42〕

桐虘（且）怠（治）可（兮）

原整理者讀為「桐虘（且）怠（怡）可（兮）」，以為「怠」从「心」「㠯」聲，即「怡」字；又謂：

> 「可」，讀為「兮」。「可」、「兮」皆从「丂」得聲，故可相通。《老子》「淵兮似萬物之宗」、「荒兮其未央哉」、「儽儽兮若無所歸」、「寂兮寥兮」等諸「兮」字，馬王堆帛書本皆作「呵」；《書．秦誓》「斷斷猗」，《禮記．大學》引作「斷斷兮」；《詩．魏風．伐檀》「河水清且漣猗」，漢石經「猗」作「兮」，此皆為从「可」得聲之字通「兮」之例。〔註43〕

〔註38〕《禮記》（收入《十三經注疏》〔臺北：藝文印書館，1976〕，第5冊，清嘉慶二十年〔1815〕南昌府學刊本影印），〈曲禮下第二〉，卷四，頁77。

〔註39〕《詩經》（收入《十三經注疏》〔臺北：藝文印書館，1976〕，第2冊，清嘉慶二十年〔1815〕南昌府學刊本影印），〈大雅．卷阿〉，卷十七，頁629。

〔註40〕許維遹集釋：《呂氏春秋集釋．重言》（北京：中國書店據1935年清華大學版影印，1985年），卷十八，葉五下。

〔註41〕以上參《古今圖書集成．桐部藝文一》（臺北：鼎文書局，1976年），54冊，頁2226。

〔註42〕馬承源主編《上海博物館藏戰國楚竹書（八）》，頁232。

〔註43〕馬承源主編《上海博物館藏戰國楚竹書（八）》，頁232。

〈李頌校讀〉讀為「桐且治兮」。旭昇案：「怠」即「怡」字，可從。但讀為「治」於簡文較合適。治，指種植修治。有關梧桐種植之法，陳翥《桐譜》述之甚詳。〔註44〕

剸（摶）外罡（疏）宔（中）

原整理者讀為「剸（剸）外罡（置）宔（中）」，謂：

「剸」，……除了本義為截斷之外，另一義訓為專擅。……《荀子・榮辱》：「信而不見敬者，好剸行也。」引申為統領之意。簡文「剸」字用的是後一義，與下句「眾木之紀」正相呼應。「外」，外面。……「罡」，从「网」，「足」聲，讀為「置」。古音「置」為端母職部字，「足」為精母屋部字，兩者聲母為準雙聲，韻部為旁轉，故有通假的可能。置，安置。「剸外置中」猶言「置中剸外」……。〔註45〕

原考釋的意思，不是很容易理解，大概是指桐樹安置在內部，而對外則很專擅。〈李頌校讀〉隸為「剸（摶）外罡（疏）宔」，釋「摶」為「圜」：

「**剸**」整理者訓爲「剸」，今依 yihai 說讀爲「摶」，《楚辭・九章・橘頌》：「曾枝剡棘，圓果摶兮。」王逸注：「楚人名圜爲摶。」見復旦大學出土文獻與古文字研究中心「曹錦炎：上博簡《楚辭》」貼子 yihai 在第 29 樓的發言，……。「**罡**」，整理者隸定爲「罡」，讀爲「置」。按，此字又見於左塚棋局及《成王既邦》簡 11，因桐木枝榦中空，故曰「**罡**（疏）中」。

劉雲先生則主張「剸」要讀為「端」：

梧桐樹的特點是樹幹端直，而樹心中空。如果按照 yihai 先生的說法，將「**剸**」讀為「摶」，訓為圓的話〖編輯按：指原文註 4 引 yihai（陳劍先生網名）網上發言〗，似不能充分表現出桐樹「違於它木」的特點，因為一般的樹木樹幹都是圓的。我們認為「**剸**外疏中」或可讀為「端外疏中」。「叀」聲字與「耑」聲字古書中多有相通之例

〔註44〕參《古今圖書集成・桐部藝文一》（臺北：鼎文書局，1976 年），54 冊，頁 2216。
〔註45〕馬承源主編《上海博物館藏戰國楚竹書（八）》，頁 232～233。

（參《漢字通用聲素研究》678-679 頁），讀「剸」為「端」是沒有問題的。「端」有端直的意思，正符合梧桐樹樹幹端直的特點。而且「端外疏中」也更能體現出作者借梧桐樹所暗喻的君子風範。〔註46〕

旭昇案：「剸」讀為「摶」、讀為「端」，都可以。桐樹確實也頗端直。讀為「摶」，釋為「圜」，固然和桐樹的外形相合，但「圜外疏中」，喻義較弱。似可考慮讀為「摶」，釋為「摶實」、「約束」。摶有「固」、「束」之義，參《故訓匯纂》頁926〔註47〕。「摶外疏中」，「摶」與「疏」相對，喻義較深。

「疋」字從「疋」聲，與「置」聲韻關係較遠，義亦較不合；讀為「疏」較合理，置之簡文，文義亦較合適。「摶外疏中」謂桐樹外形摶實，內在疏寬，比喻君子外在修束謹嚴，而內在謙虛有容。

眾木之綃（紀）可（兮）

原整理者云：

> 《說文》：「紀，絲別也。」本指絲縷的頭緒，《墨子·尚同上》：「譬若絲縷之有紀。」引申為事物的端緒，訓為綱領。《詩·小雅·江漢》：「滔滔江漢，南國之紀。」《晏子春秋》諫下十二「夫禮者民之紀」，《呂氏春秋·仲秋紀·論威》「義也者，萬事之紀也」，「某某之紀」用法皆與簡文同。

旭昇案：原整理者所釋可從。但是，「眾木之紀」，是一句贊美的話，原考釋以為本篇贊美李樹，諷刺桐樹，則本句變成不知所云。本句贊美桐樹是眾木的楷模。

執（晉）各（冬）之旨（祁）寒

原整理者讀為「旗（寒）各（冬）之旨（耆）倉（滄）」：

> 「旗」，从「執」，「旱」聲，讀為「寒」。古音「旱」、「寒」並為匣母元部字，二字為雙聲疊韻關係，讀音相同，例可相通。……「寒冬」，寒冷的冬天。「旨」讀為「耆」，「耆」从「旨」聲，可通。……耆，強。……「倉」，讀為「滄」。……《郭店楚簡·大一生水》：「溼

〔註46〕〈李頌校讀〉劉雲跟帖，2011年7月18日，第11樓。

〔註47〕宗邦福、陳世鐃、蕭海波《故訓匯纂》，北京：商務印書館，2003年。

澡（燥）者，倉（滄）然（熱）之所生也。倉（滄）然（熱）者，大一之所生也。」「倉然」讀為「滄熱」。……「者滄」猶言「極寒」。《禮記‧緇衣》「資冬祁寒」，上海博物館藏楚竹書本作「晉畬（冬）者寒」，郭店楚簡本作「晉畬（冬）旨（耆）滄（滄）」。簡文之「旨（耆）倉（滄）」，即郭店簡之「旨（耆）滄（滄）」，亦即上博簡之「耆寒」，皆極寒之意。〔註48〕

〈李頌校讀〉：

「旝」整理者讀爲「寒」；「旨」整理者讀爲「耆」；「寒」整理者釋爲「倉」。按，整理者已將「旝畬之旨寒」與郭店、上博一之《緇衣》相參照，承馮師勝君見告，可將「旝」依《緇衣》諸本讀爲「晉」，「晉」，真部字；而「旝」從「倝」，元部字，「倝」是「戟」的聲符，而「戟」或從「丯」得聲，清華一《祭公之顧命》之「祭」亦從「丯」聲，郭店《緇衣》「祭公」寫作「晉公」，可見「倝」與「晉」在古音上有所交涉；古書「晉」或讀爲「箭」，「箭」爲元部字，也是真部的「晉」與元部有關聯，所以從「倝」的「旝」讀爲「晉」應該沒問題。看吳師振武《假設之上的假設——金文「𩁹公」的文字學解釋》(《吉林大學古籍研究所建所二十周年紀念文集》，吉林文史出版社，2003 年 12 月，第 1～8 頁）一文引諸家之說。又如本書《鶹鷅》簡 1「翾」可讀爲「翩」，㝨，幫母元部，翩，滂母真部；另承程少軒先生見告，清華一《楚居》簡 12「秦溪之上」應讀爲「乾溪之上」，「秦」爲真部字，「乾」爲元部字，此亦爲真、元二部相關聯之證。

旭昇案：「倝」，原整理者、〈李頌校讀〉均隸為「旝」，蒙審查人指出隸為「倝」較妥。可從。又，原考釋讀「旝（寒）畬（冬）之旨（耆）倉（滄）」，〈李頌校讀〉改讀為「晉冬之祁寒」，應可信。或以為讀「旝（倝）」為「晉」，聲、義皆不夠密合，當讀為「捍」，「捍、禦也」，簡文意謂「桐樹抵禦嚴冬之盛寒，至其葉乾枯始凋落」。〔註49〕案：倝，古案切，上古音屬見紐元部；晉，即刃切，上

〔註48〕馬承源主編《上海博物館藏戰國楚竹書（八）》，頁 233～234。

〔註49〕此為審查人之看法，姑錄於此，以供學界討論。

古音屬精紐真部。真元二部韻尾相同，主要元音密近，故常得通假〔註 50〕；見紐與精紐相通，最常被舉的例證就是「耕」從「井」聲，陸志韋《古音略說》舉了喉牙音通舌齒音的例子約 130 個，並且指出這是「兩種勢力所產生的，一是喉牙音的齶化，一是脣化喉牙音通齒」〔註 51〕，因此見紐與精紐相通，例證雖少，但確乎是存在的。其次，從文義來看，謂桐葉「晉冬之祁寒，燥其方落」，已嫌誇飾；謂「桐樹抵禦嚴冬之盛寒，至其葉乾枯始凋落」，恐嫌誇飾太過。故取前說。

喿（燥）亓（其）方茖（落）可（兮）

原整理者所隸，謂「『燥其方落』，指桐樹直至寒冬乾燥時，其葉始纔脫落」。〔註 52〕〈李頌校讀〉謂「喿」為「葉」之訛：「『喿』整理者讀爲『燥』。按，此字似是『葉』之訛變。」其後蘇建洲棣、鄭公渡（何有祖）先生跟帖都釋「喿」為「巢」，謂此處指巢之掉落或完成。旭昇案：「喿」字原圖為「 （ ）」，上从三口，極為明顯，當非「葉」字。「葉」字戰國楚系文字作「 」（《包》130。參何琳儀先生《戰國古文字典》1432 頁）、「殜」字作「 」（《上博二・子羔》簡 1。偏旁从「枼」）、「 」（《上博六・天子建州（乙）》簡 1）〔註 53〕。其字形皆與「喿」字相去甚遠，聲韻亦異，訛誤機會不大。「喿」當讀為「燥」，「燥其」即「燥然」。「茖」讀為「落」，意為「木葉落」，《說文》：「落：凡艸曰零，木曰落。」屈原〈離騷〉「惟草木之零落兮」、宋玉〈九辯〉「悲哉秋之為氣也！蕭瑟兮草木搖落而變衰」，「落」意即「落葉」，皆不必加「葉」字。「晉冬之祁寒，燥其方落兮」意為「很冷的冬天，（梧桐）才乾燥落葉」，形容高潔之士堅守晚節，不隨俗游移。不過，梧桐樹「發葉晚，落葉早」，並非耐寒樹種，此處謂其「晉冬之祁寒，燥其方落兮」，當屬誇飾。蘇、何主張「喿」讀為「巢」，楚簡確有其例，且與下文「鳳鳥之所集」似亦緊密相連，但在晉冬祁寒之時敘述鳥巢之掉落或始成，似不合自然生態。鳳鳥為神鳥，簡文用以比喻高潔之士，釋義不宜過於落實。

〔註 50〕參陳新雄《古音學發微》（臺北：嘉新水泥公司文化基金會出版，1972 年），頁 1068。

〔註 51〕陸志韋《古音略說》（燕京學報專刊之二十，1947 年），頁 297。

〔註 52〕馬承源主編《上海博物館藏戰國楚竹書（八）》，頁 234。

〔註 53〕當然，這些業其實是「世」的繁化，與「葉」無關。本文力求多方考慮，因此也納入討論。

𩾈（鳳）鳥之所窠（集）

原整理者隸為「𩾈（鵬）鳥之所窠（集）」，謂「鵬鳥」為「傳說中的大鳥」。〔註 54〕〈李頌校讀〉：「『𩾈』整理者認爲即『鵬』繁構，『鵬鳥』即大鳥。按古書『鳳』多與『梧桐』相關，如《詩經・大雅・卷阿》：『鳳凰鳴矣，于彼高岡。梧桐生矣，于彼朝陽。』《莊子・秋水》：『夫鵷鶵，發於南海而飛於北海，非梧桐不止，非練實不食，非醴泉不飲。』《釋文》：『鵷鶵乃鸞鳳之屬也。』故改讀『𩾈』爲『鳳』。」

旭昇案：鳳鵬古或難分，《說文》云：「[古文字形]，古文鳳，象形。鳳飛，群鳥從以萬數，故以為朋黨字。」其下又出古文鳳作「[古文字形]」〔註 55〕。依《說文》之意，此字即可隸定為「鵬」。《莊子・逍遙遊》：「北冥有魚，其名為鯤。……化而為鳥，其名為鵬。鵬之背，不知其幾千里也。……《諧》之言曰：『鵬之徙于南冥也，水擊三千里，摶扶搖而上者九萬里，去以六月息者也。』」宋玉〈對楚王問〉易「鵬」為「鳳」：「故鳥有鳳而魚有鯤，鳳皇上擊九千里，絕雲霓，負蒼天，翱翔乎杳冥之上。夫蕃籬之鷃，豈能與之料天地之高哉！」故陸德明《經典釋文・莊子音義》：云：

> 鵬，步登反。徐音朋。郭甫登反。崔音鳳，云：「鵬即古鳳字，非來儀之鳳也。」《說文》云朋及鵬，皆古文鳳字也。朋鳥象形。鳳飛，群鳥從以萬數，故以朋為朋黨字。《字林》云：「鵬，朋黨也，古以為鳳字。」〔註 56〕

文獻中所見鳳，多為「神鳥」，《說文》：「鳳：神鳥也。天老曰：『鳳之象也，鴻前麐後，蛇頸魚尾，鸛顙鴛思，龍文虎背，燕頷雞喙，五色備舉。出於東方君子之國，翱翔四海之外，過崐崘，飲砥柱，濯羽弱水，莫宿風穴。見則天下大安寧。』从鳥凡聲。[古文字形]，古文鳳，象形。鳳飛，羣鳥從以萬數，故以爲朋黨字。[古文字形]，亦古文鳳。」其意固以為鳳鵬同字，但以當今通行辭彙而言，用「鳳」字較無歧義。

〔註 54〕馬承源主編《上海博物館藏戰國楚竹書（八）》，頁 235。

〔註 55〕俱見東漢・許慎《說文解字》（大徐本，日本早稻田大學館藏《官版說文解字真本》），第三冊，卷四上，葉十六上。北京中華書局 1985 年版《說文解字》所錄「鳳」字古文作「[古文字形]」較怪異，不取。

〔註 56〕見陸德明《經典釋文》（北京：中華書局，1983 年），頁 360。

⿰立巳時（時）而復（作）可（兮）

原整理者謂：「『⿰立巳』，『竢』字或體，見《說文》：『竢，待也。从立，矣聲。⿰立巳，或从巳。』竢，待，等待。……『時』，讀為『時』，二字均从『寺』得聲，可通。（此『⿰口寺』若看作是『時』字之訛亦可，下文有『時』字。『日』、『口』旁構形相近易訛）。『竢時』，等待時機。……作，興起。」〔註 57〕可從。

木斯蜀（獨）生

原整理者謂：「『木』，樹，從下文看，此處專指李樹而言。『斯』，虛詞，相當於『此』。……『蜀』讀為『獨』。……『生』，生長。」〈李頌校讀〉隸「蜀」作「𧊒」，不必。此字作「」上從「視」不從「目」、下從「虫」，實即「蜀」字，讀為「獨」。本篇為歌詠「桐」之小賦，故此「木」當亦指「桐」，不指李樹。

⿱午秝（秦／榛）朸（棘）之閞（間）

原整理者注：

> 「秦」，讀為「榛」。……指叢生的樹木。……「朸」，讀為「棘」。《詩·小雅·斯干》「如矢斯棘」，陸德明《釋文》：「棘，韓詩作朸。」《老子》「師之所處，荊棘生焉」，馬王堆帛書甲本作「〔師之〕所居，楚朸生之」，「棘」作「朸」。……泛指有芒刺的草木。閞，閒字異體。〔註 58〕

旭昇案：「秦」字作「⿱午秝」，从午从秝，省廾，釋為「秦」字、讀為「榛」，可信。本句謂梧桐生長力強，亦不畏環境惡劣，在榛棘之中仍能獨自成長。

亙（亟／疾）植株（束／速）成

原整理者讀為「亙植兼成」，注云：

> 亙，遍，竟。……「植」，……引申為樹立，栽種。……「兼」，盡，義為全部，整個。「成」，《說文》謂：「就也。」引申為成熟，成長。……「亙植兼成」，種植到那裏全都能成長。意思是說李樹很

〔註 57〕馬承源主編《上海博物館藏戰國楚竹書（八）》，頁 235。
〔註 58〕馬承源主編《上海博物館藏戰國楚竹書（八）》，頁 236。

普通，與上文言桐樹之高貴正相反。〔註 59〕

〈李頌校讀〉讀為「亟（極）植（直）束（速）成」：

> 「죠」整理者釋爲「亙」，訓爲「遍，竟」；「植」整理者解爲「種植」；「束」整理者隸爲「兼」，訓爲「盡」。按，古文字「죠」多與「亟」相混，參看裘錫圭：《是「恆先」還是「極先」？》（2007 中國簡帛學國際論壇論文，臺灣大學，2007 年 11 月），今改釋爲「極」。「極直速成」是說梧桐的形狀及生長特點的。

旭昇案：「죠」讀為「亟」，可從，但其意為「疾速」；「植」意為「種植」，不必破讀為「直」，梧桐樹雖直，但不至「極直」，而且與下「速成」連文，意義當在強調其成長快速，而非強調其外形正直。「束」，簡文作「」，依形當隸為「兼」，與《上博四．曹沫之陳》簡 4、12 兩「兼」字、及《上博三．周易》「歷（謙）」同，字从二「禾」，「又」形簡化為二橫筆。唯「兼」與「束」有訛混現象，楚簡所見「速」多作「」，右旁从二「朱」，「朱」字上部作「木」形，不作「禾」形。但《郭店．尊德義》簡 28「速」字作「」，其右旁所從，與〈桐頌〉此字幾乎全同，雖然前此所出「兼」、「束」二形大多可以由偏旁制約來分辨，但偏旁制約本非絕對，因此楚文字「兼」與「束」確有同形現象。〈桐頌〉此字隸為「兼」，文義較不易疏解（文獻未見「兼成」一詞）；隸為「束」、讀為「速」文義較妥。「亟植速成」謂「種植成長都很快速」。梧桐栽培容易，管理簡單，此處以大陸極富盛名而權威的「新農網」介紹的〈梧桐的培植〉來說明：

> 常用播種法繁殖，扦插、分根也可。……播後 4 至 5 周發芽。……正常管理下，當年生苗高可達 50 釐米以上，翌年分栽培養。三年生苗即可出圃。……梧桐栽培容易，管理簡單，又很省水。枝葉繁茂，綠陰濃濃，因有梧桐引鳳的傳說而具有傳奇色彩。它是我國重要的庭院綠化樹種。〔註 60〕

這種生長速度，算是相當迅速的，與簡文稱「亟植速成」相吻合。

「亟植速成」好像與君子進德修業，不求速成的刻板印象不合。其實君子

〔註 59〕馬承源主編《上海博物館藏戰國楚竹書（八）》，頁 236～237。

〔註 60〕〈梧桐的種植〉，新農網（http://www.xinnong.com/jishu/miaomu/z880595/）。

進德修業，並沒有一定要積多年苦功，《論語．述而》：「仁遠乎哉？我欲仁，斯仁至矣。」《孟子．告子下》：「徐行後長者謂之弟，疾行先長者謂之不弟。夫徐行者，豈人所不能哉？所不為也。堯舜之道，孝弟而已矣。子服堯之服，誦堯之言，行堯之行，是堯而已矣；子服桀之服，誦桀之言，行桀之行，是桀而已矣。」本句所要表示的是：人性本善，操則存，捨則亡，順著本性之善，其實進德修業並不難。

砈（昂）亓（其）不還

原整理者隸為「欿（欲）亓（其）不還」：

> 「欿」，即「欲」字，……《說文》：「欲，含笑也。」典籍多以「欿」為之，引申為悅服、欣羡之意。……「還」，返回。〔註61〕

〈李頌校讀〉對「欿」提出兩種看法：

> 該字左從「石」，右所從似爲「斗」，參小篆之「斗」形。承馮師見告，此字右所從疑爲「丩」。

蘇建洲棣於跟帖中謂：

> 注釋9提到馮勝君先生分析[字形]字右從「丩」，應屬可信。則此字應該就是「厚」，見於《郭店老子甲》36號簡[字形]（䂻）。簡文「亟（極）植（直）朿（速？兼？）成，厚亓（其）不還」，可能是指桐樹長的又直又厚（厚乃固），不會再倒退縮回去了。

旭昇案：此字右旁稍殘泐，但還是可以看出大部分的筆畫。就目前已知的楚系文字偏旁來看，無論釋為什麼偏旁，都很難完全吻合。戰國文字形體變化本來就很複雜，我們不能完全要求與已知字形全同，只能要求字形變化合理。以下本文對幾種說法一一進行分析。

原整理者隸此字右旁从「欠」。楚系的「欠」旁與此相去較遠，應不可能。〈李頌校讀〉提出二說，其一以為从「斗」，也不可信，楚簡「斗」字，《上博一．緇衣》簡15作「[字形]」，《上博三．周易》簡42「斛」作「[字形]」，右旁所从「斗」亦與本簡此字頗有差異。第二說引馮勝君說先生以為从「丩」。此說有成立的可能。《包》260「一[字形]牀」，學者多釋「一丩牀」，以為即出土實物中的「折

〔註61〕馬承源主編《上海博物館藏戰國楚竹書（八）》，頁237。

疊牀」。〔註 62〕「一丩牀」的「丩」字與本簡此字類似，只是末筆凹面有向右跟向左的不同。又，《上博一・孔子詩論》簡 6「二句（后）受之」，「句（后）」字作「[圖]」，其上所从「丩」與本簡此偏旁相當接近，只是《上博一》「句（后）」字假借為「后」，所以把右下的部分改造成「卩」形吧！

此外，我們也可以考慮此一偏旁也有可能是「卬」。《上博四・柬大王泊旱》簡 14「王[圖]而[天][圖]而泣」，「王」後一字舊釋「丩」，從上引〈孔子詩論〉簡 6「句」字來看，當然也有一定的道理。陳劍先生〈上博竹書《昭王與龔之脽》和《柬大王泊旱》讀後記〉則釋為「王仰天呼而泣」，並於注 25 云：

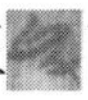

> 「泣」字之釋見前注所引季旭昇先生《〈上博四・柬大王泊旱〉三題》。「天」下之字其形前所未見，與本篇簡 23「虐」字比較可知同於「虐」字之下半。戰國文字中常有出人意表的省略，頗疑此字即「虐」省去「虍」而成之省體，「虐」可讀為「呼」，「仰天而呼」、「仰天大呼」一類說法古書多見。〔註 63〕

陳文釋「[圖]」字為「卬」讀為「仰」，於簡文形義均洽，比釋為从「丩」好。又，《上博一・孔子詩論》10「色」字作「[圖]」（「色」為「卬」的分化字），左从「爪」，右旁的「卩」形極省。形構與本簡此字相當接近。

此字作「[圖]」，右旁稍模糊，還原後有兩種可能：「[圖]」、「[圖]」，綜合前面的字形分析，我們可以說此字右旁从「丩」从「卬」的可能性都有（楚簡「丩」、「卬」於此幾乎訛混為同形）。此時，文義佔了關鍵性的作用。

釋為从「丩」，前引蘇文讀為「厚」，於本篇中不是很理想，梧桐樹較難用「厚」來形容。如果分析為从石从卬，隸作「砎」，則可讀為「昂」，謂梧桐向上昂然伸展。上句謂「亟植速成」，下句謂「向上昂然伸展」，文義銜接較為合理。還，退還、反顧，參《故訓匯纂》頁 2315。「昂其不還兮」意謂梧桐樹向上昂然伸展而不向下彎曲，比喻高潔之士不苟且隨俗。

深利（戾／結）幵（堅）豆（豎）

原整理者隸為「深利冬豆」，釋云：

〔註 62〕參劉信芳《包山楚簡解詁》（臺北：藝文印書館，2003 年），頁 275。

〔註 63〕陳劍〈上博竹書《昭王與龔之脽》和《柬大王泊旱》讀後記〉，簡帛研究網首發，2005 年 2 月 15 日。網址：http://www.jianbo.org/admin3/2005/chenjian002.htm

> 「深」，深入……《楚辭・九章・橘頌》「深固難徙」，謂橘樹根深堅固，「深」字用法與簡文同。「利」，順應，適宜。……「冬」，古文「終」字……表示時間，相當於「常」、「久」。……「豆」，讀為「逗」……止，停留。……簡文此句之「終逗」與上句之「不還」正相呼應。〔註64〕

〈李頌校讀〉指出「冬」當隸「幵」：「『幵』，整理者隸爲『冬』。按，此字字形與簡1的『各』所從之『冬』不同。」旭昇案：「深」，原整理者所釋可從。「利（來母脂部）」似當讀為「戾（來母脂部）」或「結（見母質部）」，「戾」，止也，指樹根深入地下；結指樹根盤結地下，古詩十九首之八「冉冉孤生竹，結根太山阿」。原考釋所隸「冬」，讀書會改隸「幵」，依照片字形作「」，與簡1「冬」字作「」明顯不同，隸「幵」可從。

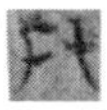

「幵」讀為「堅」，二字皆為「古賢切」，上古同音；「豆」讀為「豎」（「豎」从豆得聲）。深戾（結）堅豎，謂桐樹根向下深深盤結，樹幹堅立地表，比喻高潔之士學問篤實，德行堅毅。

亢亓（其）不弍（貳）

原整理者隸為「夸亓（其）不弍（貳）」，謂：

> 「夸」，美好，同「姱」。……「弍」……，變易，更動，不專一。……「不弍」即「不貳」，專一，無二心。……簡文「深利終逗，夸其不貳兮」句，與《楚辭・九章・橘頌》「深固難徙，更壹志兮」，可互相發明。〔註65〕

〈李頌校讀〉則隸「夸」為「奎」讀為「剛」：

> 「奎」整理者釋爲「夸」，今依陳劍先生《試說戰國文字中寫法特殊的「亢」和从「亢」諸字》（《出土文獻與古文字研究》第三輯，第152～182頁，復旦大學出版社，2010年7月）一文讀爲「剛」。字形則依單育辰《談清華簡中的「主舟」》一文（待刊）隸定爲「奎」。

旭昇案：「亢」，簡文作「」，此字說者多家，主要有「奎」、「夸」、「亢」三說。

〔註64〕馬承源主編《上海博物館藏戰國楚竹書（八）》，頁237～238。

〔註65〕馬承源主編《上海博物館藏戰國楚竹書（八）》，頁238。

陳劍先生〈試說戰國文字中寫法特殊的「亢」和从「亢」諸字〉一文詳舉例證，說明此字應讀「陽」韻。據此，釋「亢（見母陽部）」釋「夸（溪母魚部）」均有可能，二字聲近，韻為陽陰對轉。今姑依陳文隸「亢」，意為「高」。〈李頌校讀〉讀「亢」為「剛」，與梧桐木性軟不合。以詞義而言，「亢」可以包含「剛」，「剛」不能包含「亢」。「亢其不弍（貳）」即「亢然不二」，意謂桐樹深結堅豎，高大正直，難以遷徙，比喻高潔之士，修仁守義，不移志節。

䜌（亂）本曾（層）枳（枝）

原整理者隸為「䜌（亂）木曾枳（枝）」，並謂：

> 「䜌」，即「亂」字。……雜亂，無條理。……「亂木」猶言「雜樹」。……「曾」，通「層」，義為重疊。《淮南子・本經訓》「大廈曾加，擬於昆侖」，「曾」同「層」。……「枳」讀為「枝」，《韓詩外傳》卷二二十三章「陰其樹者，折其枝」，郭店楚簡《語叢四》作「利木陰者，不折其枳」，「枝」作「枳」。「曾枝」，枝條重累，見《楚辭・九章・橘頌》：「曾枝剡棘。」王逸注：「言橘枝重累，又有利棘。」「曾枝」與簡文意思相同。

〈李頌校讀〉隸為「亂木曾枳（枝）」，但在注 12 中說：「『木』，或認爲此字應釋爲『本』。」旭昇案：「本」字原圖形作「 」，豎筆下端有短橫筆，與本篇「木」字作「 」有明顯的不同。楚簡「本」字多作「 」（《上博三・中弓》簡 23），下加「臼」形；但是也有不加「臼」形作「 」的（《上博一・孔子詩論》簡 16），與本簡此字只有豎筆下端作圓點與短橫的不同。因此，〈李頌校讀〉注的「或說」應該是比較合理的，「亂木曾枳（枝）」應作「亂本曾（層）枳（枝）」，「亂本」指榛棘的亂根；「層枝」指榛棘層層的枝葉，全句謂榛棘雜木的樹根糾亂、樹枝繁條，妨礙了桐樹的生長，比喻小人勢力盤根錯節，紛亂坐大，陷害高潔之士。

㴆（寖）𠟭（毀）｜（損）可（兮）

原整理者隸為「㴆𠟭（毀）｜可（兮）」：

> 「㴆」，即「寖」字，《說文》作「濅」，字同「浸」。㴆，副詞，漸漸。……又，簡文「㴆」字若讀為「侵」，亦通。《說文》：「侵，漸

進也。」……亦可訓侵害，損傷。……「𠜭」，即「毀」字異構，古文字義近偏旁往往互作，兩者所从聲符也相同（郭店楚簡《窮達以時》「礜（譽）𡉉（毀）才（在）仿（旁）」，「毀」字作「𡉉」）。毀，毀壞，破壞。……「丨」，字亦見郭店楚簡《緇衣》引《詩》：「出言又（有）丨，利（黎）民所訓。」簡本引《詩》有刪節，《詩》之用字與今本有異：「丨」今本作「章」；「黎」今本作「萬」；「訓」今本作「望」。對郭店楚簡《緇衣》的「丨」字，釋讀各異，裘錫圭先生指出，「丨」即甲骨文「𢍏」旁所从的上部，當為「針」之象形初文，楚簡用為「慎」字的聲旁，又可讀為「遜」或「慎」（參見裘錫圭《釋郭店《緇衣》「出言有丨，黎民所訓」》）。按裘說甚是。上海博物館藏竹書《凡物流形》：「天下亡不有丨（章）」，「丨」讀為「章」文通字順，可見今本《緇衣》作「章」應有所據。從本簡「丨」字的用法看，「丨」也應讀為「章」。章，大木材。《史記·貨殖列傳》：「水居千石魚陂，山居千章之材。」裴駰《集解》引如淳曰：「章，大材也。」〔註 66〕

〈李頌校讀〉隸作「濅（浸）𠜭（毀）丨（彰？）可（兮）」：

「丨」整理者釋爲「章」訓爲大木材。按，依出土文獻看，「丨」應爲陽部韻，參看單育辰：《〈容成氏〉文本集釋及相關問題研究》（吉林大學 2008 年「985 工程」研究生創新基金資助項目，第 14～15、31～38 頁，完成日期：2009 年 2 月 20 日），此處暫讀爲「彰」。又蒙單育辰告知，「丨」在楚簡中出現多次，皆不能準確釋出，「丨」會不會有表示缺字的符號的可能。

旭昇案：簡文「毀」字嚴式隸定應作「𠜭」，左下从「壬」，《說文》古文作「毀」，右旁與簡文同，由「土」旁繁化為「壬」。簡文「丨」，原考釋既引了裘錫圭先生的意見，釋為「針」之象形初文，楚簡用為「慎」字的聲旁，又可讀為「遜」或「慎」，並且認為「裘說甚是」。但是在實際解讀本文時，卻又認為「上海博物館藏竹書《凡物流形》：『天下亡不有丨（章）』，『丨』讀為『章』文通字順，可見今本《緇衣》作『章』應有所據。從本簡『丨』字的用法看，『丨』也應讀

〔註 66〕馬承源主編《上海博物館藏戰國楚竹書（八）》，頁 239。

為『章』」。依違兩說，最後則用後說，讀為「章」，訓為「大木材」。

〈李頌校讀〉也是依違兩可，先指出依照單育辰先生〈〈容成氏〉文本集釋及相關問題研究〉的意見，「依出土文獻看，『丨』應爲陽部韻」。然後又引同樣是單先生的意見「又蒙單育辰告知，「丨」在楚簡中出現多次，皆不能準確釋出，「丨」會不會有表示缺字的符號的可能」，最後釋文隸作「彰？」。

所謂「丨」應爲陽部韻，主要是從《郭店．緇衣》簡 17「其頌（容）不改，出言又（有）丨，利（黎）民所訁丨」，對應今本的《詩經．小雅．都人士》第一章的「其容不改，出言有章，行歸于周，萬民所望」中的二、四句。裘錫圭先生以「丨」為「針」之初文，並詳細說明了「丨」與「十」、「朕」、「囟」、「退」的古音關係，對〈緇衣〉引詩則提出兩種讀法：「出言有遜，黎民所訓」或「出言有慎，黎民所信」。〔註 67〕其說明白有據，很多學者都接受這個說法。

但是，這兩句話在今本《詩經》對應的句子明明是「出言有章，萬民所望」，「丨」對應的是「章」字，「章」字的上古音屬於陽部字，與「針」、「遜」、「訓」、「慎」、「信」都很難通轉。虞萬里先生以為「簡本所引與《毛詩》首章似爲同一首詩之不同章節」〔註 68〕，否定了「丨」要讀為陽部字的必然性。

也有不少學者認為「丨」還是應該屬於陽部字。《上博六．用曰》簡 3「其有成德」，陳偉先生讀為「章其有成德」〔註 69〕，文義亦可通。其後，單育辰先生在《〈容成氏〉文本集釋及相關問題研究》中指出「依出土文獻看，『丨』應爲陽部韻」〔註 70〕。孟蓬生先生提出「出言又（有）丨（針），利（黎）民所訁丨」可讀為「出言有章，黎民所瞻」，與今本《詩經》「出言有章，萬民所望」相合。「瞻」與「望」同義換讀，押韻更直接。〔註 71〕其說在古音疏通上解決了大部分的問題，又能與今本《詩經》對應，所以也受到不少學者的歡迎。這大

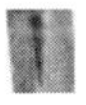

〔註 67〕裘錫圭〈釋郭店《緇衣》「出言有丨，黎民所訁丨」〉，郭店楚簡研究（國際）中心編《古墓新知——紀念郭店出土十周年論文考輯》（香港：國際炎黄文化出版社，2003 年），頁 1～8。

〔註 68〕虞萬里：〈上博簡、郭店簡緇衣與傳本合校補證（中）〉，《史林》2003 年第 3 期。

〔註 69〕陳偉〈〈用曰〉校讀〉，武大簡帛網首發（http://www.bsm.org.cn/show_article.php?id=623），2007 年 7 月 15 日。

〔註 70〕見單育辰：《〈容成氏〉文本集釋及相關問題研究》，吉林大學 2008 年「985 工程」研究生創新基金資助項目，頁 14～15、31～38，完成日期：2009 年 2 月 20 日。

〔註 71〕孟蓬生〈「出言又（有）丨，利（黎）民所丨（从言）」音釋——談魚通轉例說之四〉，武大簡帛網首發（http://www.bsm.org.cn/show_article.php?id=1296），2010 年 9 月 10 日。

概就是《上博八·李頌》原考釋、〈李頌校讀〉會把「寖（寑）毀（毀）丨可（兮）」的「丨」讀為「章」、「彰？」的主要原因吧！

不過，從〈桐頌〉的押韻來看，本文每二句一個韻腳，兩個韻腳後就換韻，非常整齊。據此，「丨」字分明是與脂部的「弍（貳）」字押韻，不應該讀為陽部字。本篇部分文句的押韻如下：

> 木斯獨生，榛棘之間（元部）兮，亟植速成，昂其不還（元部）兮。
>
> 深戾堅豎，亢其不貳（脂部）兮，亂木層枝，寑毀丨（？部）兮。
>
> 嗟嗟君子，觀乎樹之容（東部）兮，豈不皆生，則不同（東部）兮。

鄔可晶先生 2011 年 7 月 17 日在〈李頌校讀〉第 4 樓的跟帖中代表復吉讀書會發表一點補充意見說：「『丨』與其看作陽部字，還不如認爲即《說文·一上·丨部》『引而上行讀若囟』的『丨』，『讀若囟』則屬真部，與其上句『剛其不貳』的脂部字『貳』正可押韻（脂、真陰陽對轉）。」王寧先生則主張「『丨』這個字應該就是『囟』或『細』字的本字，本義是細小、細微」，在〈桐頌〉中則讀為「次」：

> 《李頌》中「亂本層枝，侵毀丨（次）可（兮）」，「次」亦謂次第、秩序，「亂本層枝」是指雜亂無章生長的雜木，「亂」、「層」義正與「次」義相對。此言桐木本來是排列有序的生長，而雜木混生其間，侵毀其秩序，暗喻小人侵亂賢人之位次。次、弍古音同脂部為韻也。〔註 72〕

鄔、王二文以為「丨」字應與脂部字押韻，這是對的。不過，王文讀「丨」為「次」，在「獨生」的桐樹身上似乎不是很合適，我們很難體會什麼是「桐木本來是排列有序的生長」，也比較難接受以此比喻「小人侵亂賢人之位次」。我們其實可以擴大思考方向，不必把「寖（寑）毀（毀）丨可（兮）」的「丨」視為「毀」的受詞，這個字也可以和「毀」同義。「丨」字讀如「針」、「囟」、「信」、

〔註 72〕王寧〈再釋楚簡中的「丨」字〉，復旦網首發（http://www.gwz.fudan.edu.cn/SrcShow.asp?Src_ID=1640），2011 年 9 月 7 日。

「遜」、「順」等音。

如果我們接受裘先生把「丨」視為「針」的初文，「丨」在楚系文字中已作為「真」部字「慎」的聲符，《說文》讀為「囟」，本篇又應當與「脂」部的「貳」叶韻，那麼我們不妨考慮把「丨」字讀為「損」。「慎」，時刃切，禪紐真部；「囟」，息晉切，心紐真部；「損」，蘇本切，心紐文部。三字上古聲紐相同或旁紐，韻為真文旁轉，真文二部主要元音相近，典籍互叶最多。「損」與「貳」旁對轉，典籍也有很多旁證。毀損連用，典籍多見，「寖毀損兮」，指榛棘等的亂本層枝，漸漸地毀損了梧桐樹。比喻小人讒傷漸漸地毀損了高潔之士。

戰國楚簡中出現的其他「丨」字，其實都還沒到徹底解決的時候，但讀為「章」則沒有一則是可以確定不移的。《郭店・殘簡》27「丨槀」，殘詞無從考釋，姑從闕。《上博二・容成氏》簡 1「[illegible]丨是（氏）」，陳劍先生釋首字為「杭」〔註 73〕，謂全詞意義待考。《上博六・用曰》簡 3「丨其有成德」，其前面的文字不可知，因此很難決定要怎麼解讀，不過，讀為「謹」或「慎」也很合理，未必非讀「章（彰）」不可。〔註 74〕此外，前引原考釋謂「上海博物館藏竹書《凡物流形》:「天下亡不有丨（章）」,「丨」讀為「章」文通字順」，實不可從。《上博七・凡物流形》簡 21 原考釋作「是古（故）又（有）豸（貌），天下亡不又（有）丨（章）；亡豸（貌），天下亦亡豸（貌）又（有）丨（章）」〔註 75〕，文義不是很清楚。復旦讀書會改隸作「是古（故）又（有）鼠-（一），天下亡（無）不又（有）；亡（無）鼠-（一），天下亦亡（無）鼠-（一）又（有）」〔註 76〕，文義較通順可理解。原考釋釋為「章」的兩個「丨」字，圖版作「丨」、「乚」，前者與習見的「丨」較接近，後者與「丨」差別太大，而與簡 18 的斷句符號「乚」「乚」完全相同，因此，復旦讀書會以為簡 21 原考釋隸定的兩個「丨」字其

〔註 73〕陳劍〈試說戰國文字中寫法特殊的「亢」和从「亢」諸字〉，復旦網首發（http://www.gwz.fudan.edu.cn/SrcShow.asp?Src_ID=1276），2010 年 10 月 7 日。又見復旦大學《出土文獻與古文字中心集刊》第三輯，頁 152～182，2010 年 7 月。

〔註 74〕參吳珮瑜《上海博物館藏戰國楚竹書（六）用曰研究》（臺灣師範大學國文系碩士論文，2011 年 7 月）對相關諸說的討論。

〔註 75〕馬承源主編《上海博物館藏戰國楚竹書（七）》（上海：上海古籍出版社，2008 年），頁 260。

〔註 76〕復旦大學出土文獻與古文字研究中心研究生讀書會〈《上博（七）・凡物流形》重編釋文〉，復旦網首發（http://www.gwz.fudan.edu.cn/SrcShow.asp?Src_ID=581），2008 年 12 月 31 日。

實都是斷句符號，是比較合理的。

差=（嗟嗟）君子，觀虛（吾）梪（樹）之蓉（容）可（兮）

原整理者讀為「差=（嗟嗟）君子，觀虛（吾）梪（樹）之蓉（容）可（兮）」〔註77〕。〈李頌校讀〉改讀為「差=（嗟嗟）君子，觀虛（乎）梪（樹）之蓉（容）可（兮）」。旭昇案：「虛」於戰國楚簡多讀為「吾」，少數讀「乎」，前文已有說明。本句似仍應讀為「觀吾樹之容兮」，「吾樹」指桐樹，「嗟嗟君子，觀吾樹之容兮」，意思是：啊！君子們，看看我們的桐樹吧（，被讒毀陷害成這樣）。「君子」可以泛指高層，也可以特指國君，《詩經・秦風・終南》「終南何有？有條有梅。君子至止，錦衣狐裘。顏如渥丹，其君也哉」〔註78〕，篇中的「君子」明白地是「其君也哉」。

幾（豈）不皆生，則不同可（兮）

原整理者謂「幾」讀為「豈」；「生」，生長，成活。〔註79〕〈李頌校讀〉謂「此句意謂桐木豈不與眾木一起生長，然而其質性大有不同」，可從。

胃（謂）群眾鳥，敬而勿集（集）可（兮）

原整理者謂「胃」讀為「謂」，告訴，對……說。「羣」、「眾」同義疊用。「敬」，尊敬，敬重。「勿集」，不要棲止於樹。〔註80〕旭昇案：當釋為「不要棲止於梧桐樹」。

眾鳥，蒙審查人提醒當釋為「凡鳥」，可從。「眾」釋為「凡」，見《淮南子・脩務》「不若眾人之有餘」高注〔註81〕。

索（素）府宮李（李），木異頪（類）可（兮）

原整理者以為本句是贊美李樹與其他樹不同：

> 「索」，通「素」，本一字分化，古文字中从「素」旁的字經常寫

〔註77〕馬承源主編《上海博物館藏戰國楚竹書（八）》，頁240。

〔註78〕《詩經》（收入《十三經注疏》第2冊．臺北：藝文印書館，1976年），〈秦風・終南〉，頁242。

〔註79〕馬承源主編《上海博物館藏戰國楚竹書（八）》，頁240。

〔註80〕馬承源主編《上海博物館藏戰國楚竹書（八）》，頁240。

〔註81〕參宗邦福、陳世鐃、蕭海波主編《故訓匯纂》（北京：商務印書館，2003年），頁2041。

成从「索」旁（可參看《金文編》)。……素之本義指本色（白色）的生帛，引申為質樸、不加裝飾。……「府」，本指收藏財貨的房舍，引申為住所。「宮」，房屋的通稱。《說文》:「宮，室也。」「宮」、「室」同義，《爾雅·釋宮》:「宮謂之室，室謂之宮。」陸德明《釋文》:「宮，古者貴賤同稱宮，秦漢以來惟王者所居稱宮焉。」「素府宮」，猶言「素府」、「素宮」或「素室」，「府」、「宮」同義疊用，修辭的需要。又，《抱朴子·崇教》:「若使素士，則晝躬耕以糊口，夜薪火以修業。」以「素士」指布衣之士。後世亦以「素門」指寒素門第。……「李」，从「子」，「來」聲，即楚文字「李」字，……《詩·召南·何彼襛矣》:「何彼襛矣，華如桃李。」《楚辭·七諫》:「橘柚萎枯兮，苦李旖旎。」「苦李」，李樹之一種。「素府宮李」，意思是普通人家園子裏的李樹，與上文之「官樹桐」互對。

旭昇案：原整理者對本篇篇旨之誤解，主要原因之一是來自對本句之誤釋，故本文引述較多，以便辨析。先秦文獻絕無以「李」為「普通人家園子裡的李樹」之例，通檢文本，所呈顯的似乎恰好相反，即以原整理者所引之《詩·召南·何彼襛矣》而言，其首章云「何彼襛矣，棠棣之華」，毛傳：「興也。襛，猶戎戎也。唐棣，移也。」鄭箋：「何乎彼戎戎者？乃移之華。興者，喻王姬顏色之美盛。」〔註 82〕蓋以「棠棣」喻王姬之盛美，其等級之高可以想見。次章云：「何彼襛矣，華如桃李。」〔註 83〕桃李與棠棣同位，則其等級之高亦可以想見。必非「普通人家」可知。桃李開花濃艷，與桐之樸質無華本自不同。

本句之「索」即「素」，意為「平素」、「素習」，義如《中庸》「素富貴行乎富貴。素貧賤行乎貧賤」之「素」。「府」，「本指收藏財貨的房舍」，自為宮廷官府，非普通人家，《禮記·內則》:「芝、栭、蔆、椇、棗、栗、榛、柿、瓜、桃、李、梅、杏、楂、梨、薑、桂。」鄭注：「皆人君庶食所加庶羞也。」〔註 84〕可見「李」為「素府」之食物。

〔註 82〕《詩經》(收入《十三經注疏》〔臺北：藝文印書館，1976〕，第 2 冊，清嘉慶二十年〔1815〕南昌府學刊本影印)，〈國風·召南·何彼襛矣〉，卷一，頁 67。

〔註 83〕同上注。

〔註 84〕《禮記》(收入《十三經注疏》〔臺北：藝文印書館，1976〕，第 5 冊，清嘉慶二十年〔1815〕南昌府學刊本影印)，〈內則第十二〉，卷二十七，頁 523。

宮，原整理者引陸德明「古者貴賤同稱宮」，用來強調「宮李」是屬於「普通人家園子裏的李樹」，恐怕是有問題的。主張貴賤所居同可稱「宮」的學者，所舉的例證多半靠不住，如朱駿聲《說文通訓定聲》：「《詩・七月》『上入執宮功』、《禮記・內則》『父子皆異宮』、〈儒行〉『儒有一畝之宮』，是古者臣民之宅稱宮也。」〔註85〕旭昇案：「上入執宮功」，既稱「上」，則「宮功」必非「民宅」可知。〈內則〉「父子皆異宮」句的前一句明白地說「由命士以上」〔註86〕，則此「宮」也不是「民宅」。〈儒行〉「儒有一畝之宮」下鄭玄注明白地說這是「貧窮屈道，仕為小官」〔註87〕，這個「宮」更不是「民宅」。朱駿聲以為「臣民之宅稱宮」，所舉的例子無一能成立。《孟子・滕文公下》「許子何不為陶冶，舍皆取諸其宮中而用之」，焦循《孟子正義》引《釋文》「古者貴賤同稱宮」，然後說：「此許行所居即廛宅，故（趙注）以宅解宮也。」〔註88〕他沒有明白說許行是貴者還是賤者。不過，以許行的學問地位，不可能是平民。

先秦典籍中的「宮」可能指平民住所的，大概只有前代某些學者所舉《大戴禮記・千乘》篇「百姓不安其居，不樂其宮」的「宮」〔註89〕。不過，《大戴禮記》的這個「宮」的用法和先秦典籍都不吻合，應該在傳鈔的過程中產生的訛誤。「百姓」一詞，在先秦有著較為複雜的演變過程，裘錫圭先生指出：

> 「百姓」在西周、春秋金文裡都作「百生」，本是對族人的一種稱呼，跟姓氏並無關係。在宗法制度下，整個統治階級基本上就由大小統治者們的宗族構成，所以「百姓」同時又成為統治階級的通稱。〔註90〕

據此，「百姓」在春秋以前不可能是指平民。戰國以後，「宮」又多指貴族的住

〔註85〕朱駿聲《說文通訓定聲》（武漢：武漢市古籍書店影印，1983年），頁48。

〔註86〕《禮記》（收入《十三經注疏》〔臺北：藝文印書館，1976〕，第5冊，清嘉慶二十年〔1815〕南昌府學刊本影印），〈內則第十二〉，卷二十七，頁519。這個本子的「異宮」刻成「異官」，但是幾乎所有其他資料、所有學者都主張此處應該是「異宮」。

〔註87〕《禮記》（收入《十三經注疏》〔臺北：藝文印書館，1976〕，第5冊，清嘉慶二十年〔1815〕南昌府學刊本影印），〈儒行第四十一〉，卷五十九，頁976。

〔註88〕焦循撰，沈文倬點校《孟子正義》（北京：中華書局，1987年），頁371。

〔註89〕邵晉涵《爾雅正義》（上海：上海古籍出版社，1995年），頁125以此為庶人所居稱宮的例子。

〔註90〕裘錫圭〈關於商代的宗族組織與貴族和平民兩個階級的初步研究〉，收在氏著《古代文史研究新探》（南京：江蘇古籍出版社，1992年），頁312。

所。所以《大戴禮記》把「百姓」與「宮」這兩個詞組合在一起，其實是很有問題的。《大戴禮記》的這一段話也沒有什麼證據力。

再從傳世楚國文獻來看，屈原作品中有三個「宮」字都不是賤者所居，〈離騷〉「溘吾遊此春宮兮」，王逸注：「東方青帝舍也。」〔註91〕〈九歌・雲中君〉「謇將澹兮壽宮」，王逸注：「供神之處也。」〔註92〕〈九歌・河伯〉「紫貝闕兮朱宮」，王逸注：「言河伯所居，……朱丹其宮。」〔註93〕

根據以上材料，「宮李」不但不能釋為「普通人家園子裏的李樹」，反而應該釋為「宮中的李樹」。「素府宮李，木異類兮」意思是：「習慣官府的宮李，和桐樹是不同的木類。」原整理者前引《楚辭・七諫》：「拔搴玄芝兮，列樹芋荷；橘柚萎枯兮，苦李旖旎。」王逸注：「旖旎，盛貌也。言君乃拔去芝草，賤棄橘柚，種植芋荷，養育苦李，重愛小人，斥逐君子也。」苦李為李樹之一種，可知以李為宮中小人，《楚辭》本有此例。

本句「木異類」之「類」字與前句「敬而勿集」之「集」字為韻，「類」屬「物（沒）」部，「集」屬「緝」部，物（沒）緝二韻主要元音相近，因此古籍多有旁轉的例子。〔註94〕

忢（願）戠（歲）之啟時，思（使）虐（吾）梪（樹）秀可（兮）

原整理者隸為「忨（愿）戠（歲）之啟時」，釋云：

> 「忨」……當讀為「願」。……想，希望。……「戠」，楚文字「歲」字，楚簡習見。……「啟」，訓為「開」，開始。……《左傳・僖公五年》「凡分、至、啟、閉」杜預注：「啟，立春立夏。」《左傳・昭公十七年》「青鳥氏司啟者也」，孔穎達疏：「立春、立夏謂之啟。」「歲之啟時」，新的一年開始之時，亦即立春之時，猶《楚辭・九章・思美人》言「開春發歲兮」，「開」、「發」皆訓始，指來年開春始歲之時。……「思」，想望。……「虐」，楚文字用為「吾」；「秀」，禾、

〔註91〕洪興祖著，白化文、許德楠、李如鸞、方進點校《楚辭補注》（北京：中華書局，1983年3月），頁30。

〔註92〕洪興祖著，白化文、許德楠、李如鸞、方進點校《楚辭補注》，頁58。

〔註93〕洪興祖著，白化文、許德楠、李如鸞、方進點校《楚辭補注》，頁77。

〔註94〕參陳師新雄《古音學發微》（臺北：嘉新水泥公司文化基金會，1972年），頁1060～1061。

草等植物吐穗開花。〔註95〕

〈李樹校讀〉讀「思」為「使」。旭昇案：「啟」，原考釋引杜注、孔疏皆釋為「立春」、「立夏」，舊說如此，應可從。但究竟是立春還是立夏，關係到對本文的理解。又，原考釋在注釋中沒有明說「願歲之啟時，思吾樹秀」是指何樹，但是在考釋卷首的「說明」中應該是指李樹：「李樹被視作『木異類』，『獨生榛棘之間』，……卻能『亙植兼成，欲其不還』，『深利終逗，夸其不貳』，堅持做到『守勿強悍，木一心』、『違與他木，非與從風』，不隨世風所趨。並借詩人之口：『謂群眾鳥，敬而勿集』，表達其敬仰之情，祝福其『願歲之啟時，思吾樹秀』。」〔註96〕案：根據《中國植物志》，李樹的花期是在四月，即立夏之時；而桐樹的花期則是在六月，已經到了夏末（季夏）之時。〔註97〕因此，「願歲之啟時，思吾樹秀」，應該是指李樹。

「思」，原考釋訓為「想望」。案：「想望」是指本來不該有，而希望有。李樹開花本來就很穠艷，不必用「想望」一詞。〈李頌校釋〉訓「思」為「使」，可從。

「虐」，原考釋讀「吾」，〈李頌校讀〉改讀「乎」。案：「思虐桓秀」的主語承前，當為「李樹」。因此「吾」稱代李樹，應屬合理，不必改讀「乎」。「願歲之啟時，思吾樹秀」，意思是李樹希望在立夏之時，滿樹開花；比喻小人希望在時機到來之時，迅速壯大自己的勢力。

豐芋（華）繡（重）光，民之所好可（兮）

原整理者隸為「豐芋（華）繡（重）光，民之所好可（兮）」，釋云：

> 「豐」為豐盛、茂密。……「芋」，讀為「華」。……「繡」即「緟」字，……重複。……「緟光」即「重光」，本義指日光重明，……簡文「重光」是用來形容花貌。「豐華重光」，猶言「繁花如錦」。「民」，民眾。……「民之所好」，猶言「民之所喜」。〔註98〕

〔註95〕馬承源主編《上海博物館藏戰國楚竹書（八）》，頁242～243。
〔註96〕馬承源主編《上海博物館藏戰國楚竹書（八）》，頁229。
〔註97〕「李」，見中國科學院中國植物志編輯委員會編《中國植物志》（北京：中國出版社，1977年）第三十八卷，薔薇科三，頁40；「桐」，見同書第四十九卷，錦葵科，頁134。
〔註98〕馬承源主編《上海博物館藏戰國楚竹書（八）》，頁243～244。

本條注釋中，原整理者並沒有明白指出「豐華重光，民之所好」究竟是指李樹還是桐樹。但是原整理者後面「非與從風」條注釋的最後說：

> 「違與他木，非與從風」，意思是說李樹跟其他樹相違背，不同它們一樣附和世俗風氣（即上文所言之「豐華重光，民之所好」）。〔註99〕

據此，原整理者顯然認為「豐華重光，民之所好」是其他樹（主要指桐樹）「附和世俗風氣」。這種說法很難有成立的可能。梧桐樹開花淡黃綠色，屬圓錐花序，素淡無華，從來沒有人贊美梧桐花。相反地，李花倒是自古以來廣受世人喜愛，前引《詩經》「何彼襛矣，華如桃李」已足為證。因此這兩句話是說媚俗的李樹開花，為流俗所喜好。

戰（守）勿（物）弜（強）榦（幹），木一心可（兮）

原整理者隸為「戰（守）勿弜（強）榦（桿），木一心可（兮）」，釋云：

> 「戰」即「獸」字，讀為「守」。……「弜」，古文「強」字。強，剛強、堅硬。……《論衡·狀留》：「後彼春榮之木，其材強勁。」以「強」指樹木。……「榦」即「桿」字繁構，讀為「悍」。……簡文「強」、「悍」是同義疊用。……《老子》「守柔曰強」、「強大處下，柔弱處上」、「柔弱勝剛強」，可作簡文「守勿強悍」之的詁。又，《孟子·離婁上》「守，孰為大？守身為大。」亦可參考。〔註100〕

旭昇案：原考釋的意思沒有說得很明白，據其段末引《老子》「柔弱」的作用，似讀本句為「守『勿強悍』」，指李樹能「守柔」。高佑仁棣提出「守勿」當讀為「守物」〔註101〕，〈李頌校讀〉從之，讀為「守物強幹」。旭昇案：「勿」讀為「物」，楚簡多見，可從。物，謂物質，本質，本性，引申為合乎本質本性之法則，《詩·大雅·烝民》：「天生烝民，有物有則。」鄭箋：「天之生衆民，其性有物象，謂五行仁、義、禮、智、信也。」「強幹」，指強化樹幹。一心，謂專

〔註99〕馬承源主編《上海博物館藏戰國楚竹書（八）》，頁245。

〔註100〕馬承源主編《上海博物館藏戰國楚竹書（八）》，頁244。

〔註101〕見高佑仁在復旦大學出土文獻與古文字研究中心「曹錦炎：上博簡《楚辭》」第3樓的發言（http://www.gwz.fudan.edu.cn/ShowPost.asp?ThreadID=2984），2013年3月24日，20:28:49。

志不二。全句謂梧桐樹能堅守原則，強立樹幹，不隨俗取媚，以喻君子堅守原則，專志不二。

愇（違）與（於）佗（它）木，非與從風可（兮）

原整理者謂「愇」讀為「違」；「與」，相當於「跟」、「同」；「他木」，其他的樹；「非」，相當於「不」；「從」，隨行，跟從；「風」，習俗，風氣。〔註102〕據其意，「違與他木，非與從風」，意思是說李樹跟其他樹相違背，不同其他樹一樣附和世俗風氣。〈李樹校讀〉讀「與」為「於」。旭昇案：「違於它木，非與從風」，指梧桐樹「違於它木」，不跟李樹等「它木」一樣附和世風，取媚於人。比喻君子不隨聲附和，討好流俗。

氏（氏／是）古（故）聖人朿（肅）此和勿（物），以李（理）人情。人因丌（其）情，則樂丌（其）事；遠丌（其）情，則惡丌（其）事

「朿」，原整理者隸「兼」，注云：

> 「氏」，讀為「是」。……「古」，讀為「故」。……「聖人」，指品德最高尚或智慧最高超的人。……「兼此」，盡此。「咊」，今作「和」。……本義指聲音相和，引申為以詩歌酬答。……簡文「和」字即用此義。「勿」，讀為「物」。……「李」，即「李」字，指李樹。……「人情」，人之感情。……此句謂聖人（詩人）詠物寄予李樹以人之感情。《荀子．解蔽》：「聖人縱其欲，兼其情，而制焉者理矣。」《荀子》此句可為簡文作注釋。
>
> 「因」，《說文》謂「就也」，引申為順隨、順著。……「人因其情」之「情」，義為本性。……「樂」，樂於。……「事」，事情。……「遠」，離去，避開。……「情」，情緒。從「氏古聖人……」句開始，以下為評語。此段點評文字，疑為授詩者所為。〔註103〕

〈李頌校讀〉改隸為「氏（是）古（故）聖人朿此和勿（物），以李（理）人情」。旭昇案：這五句寫在第二簡的最後，字距緊密，與其前的字距疏朗很不相同。此外，這五句明顯地與前文書手、書體不同（如簡1背之「李」字作

〔註102〕馬承源主編《上海博物館藏戰國楚竹書（八）》，頁244～245。
〔註103〕馬承源主編《上海博物館藏戰國楚竹書（八）》，頁245～246。

「」、本簡作「」，差異甚大）；句法不同、又不押韻，當非〈桐頌〉本文。原整理者以為評點文字，頗有可能。或為傳授者的申論文字。「柬」簡文作「」，與簡 1 正同，依簡 1 所論，此字依形當優先隸為「兼」，但戰國楚文字「兼」與「柬」有訛混現象，本文主張簡 1 應隸為「粖」，即「棘／束」，則此處似亦隸「束」較合理，「束」可讀為「肅」，「束」，書玉切，上古音屬書紐屋部；「肅」，息逐切，心紐覺部。屋覺旁轉，其例多見〔註 104〕；聲紐則為舌齒旁紐。亦可讀為「速」，釋為「召集、集合」；「和」意為「調和」。「束（速）此和物」謂「嚴肅地調和眾物，以理順人情」或「集合桐、李，調和眾物，以理順人情」，本文隸定語譯姑用前說。「氏」，原考釋隸「氏」，蒙審查人指出實為「氐」字，可從。楚簡「氐」或逕讀為「氏」，《上博二・容成氏》簡 53 背之篇題「氏」即書作「氐」。

「人因亓（其）情，則樂亓（其）事；遠亓（其）情」，原考釋讀為「人因亓（其）情，則樂亓（其）事，遠亓（其）情。」訓前一「情」為「本性」，後一「情」為「情緒」，全句似謂：「人如果順著本性，就會喜愛他所做的事，而遠離情緒。」〈李頌校讀〉於注 21 以為「此三字後似有缺文」。又謂「整理者認爲簡 2『氏古』至簡末這段簡文是授詩者的點評文字，其實應存疑」。旭昇案：原考釋把二「情」字做不同訓解，固然也可以通讀，但畢竟是一個缺憾。〈李頌校讀〉認為本句後有缺文，比較合理；但以為不是「授詩者的點評文字」，「應存疑」，則稍嫌保守。如果以意復原，全句可能作「人因亓（其）情，則樂亓（其）事；遠亓（其）情，則惡其事」。如果這個推測合理，也可以看出最後這幾句不是〈桐頌〉本文，而是教授者、傳鈔者或研讀者的心得附記，而且不是很成熟，也沒有寫完整。

氐（氏／是）古（故）聖人束（肅）此

本句單獨寫在第三簡。原考釋云：

> 本簡存下半段，……其編聯位置，處於整卷的倒數第三簡，文字書於簡背（正面為本冊《蘭賦》第四簡）。
>
> 簡面大部分空白，存六字，單獨書寫。以簡牘書寫體例，此簡

〔註 104〕參陳師新雄《古音學發微》（臺北：嘉新水泥公司文化基金會，1972 年），頁 1064。

六字似為篇題。但是從內容看，為節錄上簡之評語，未必一定是篇題。〔註105〕

旭昇案：原考釋後說是對的。本句僅是前面五句的第一句，也不是〈桐頌〉的本文，僅僅可能是教授者、傳鈔者或研讀者的心得中的一句，似乎不宜作為篇題。《上博八》同時著錄的其他三篇楚辭（〈蘭賦〉、〈有皇將起〉、〈鶹鷅〉）也都沒有篇題。本句書寫在〈蘭賦〉第4簡的簡背，相當任意。又，本句原考釋隸「氏」字，蒙審查人指出當隸「氐」，可從。字逕讀「氏」，通「是」。

〔語譯〕

看看我們宮館的樹，整理整理梧桐吧！梧桐外形摶實，內在疏寬，真是眾木的模範啊！

在深冬最冷之際，桐葉才乾燥掉落。鳳鳥喜歡停留在梧桐樹上，等待適當的時機展翅飛翔。

梧桐獨生，可以在榛棘之間生長。它們種植、生長很快，樹幹向上伸展而不低垂。

根盤結得很深，樹幹豎立得很直，高大而不能隨便被遷徙。榛棘雜木的樹根和層層的枝條，梧桐樹卻漸漸地被他們毀損傷害了。

啊，君子，看看梧桐的樣貌吧！同樣是生長的樹木，卻不一樣啊！

告訴那些凡鳥，不要停留在梧桐樹上吧！梧桐不像宮府喜歡的李樹，它們是不同的樹。

李樹喜歡在春天，讓整棵樹開滿花朵。滿樹的花朵、鮮艷的光彩，是一般民眾最喜愛的。

梧桐堅守本性，讓樹幹強壯，一心放在根本的樹幹。和其他樹木不同，它不附和世俗風氣。

（因此聖人嚴肅慎重地把各種樹木的特性都調理清楚，以和順人情。人們如果順著這個人情，就喜愛他所做的事；如果遠離這個人情〔，就會厭惡他所做的事〕。）

本篇是有押韻的，韻腳如下（隸定採寬式，古韻部用括弧小字細明體注明）：

〔註105〕馬承源主編《上海博物館藏戰國楚竹書（八）》，頁246。

> 相吾館樹，桐且治（之）兮。摶外疏中，眾木之紀（之）兮。
>
> 晉冬之祁寒，燥其方落（鐸）兮。鳳鳥之所集，竢時而作（鐸）兮。
>
> 木斯獨生，榛棘之間（元）兮。疾植速成，昂其不還（元）兮。
>
> 深戾堅豎，亢其不貳（脂）兮。亂本層枝，寖毀損（文）兮。
>
> 嗟嗟君子，觀吾樹之容（東）兮。豈不皆生，則不同（東）兮。
>
> 謂群眾鳥，敬而勿集（緝）兮。素府宮李，木異類（物）兮。
>
> 願歲之啟時，使吾樹秀（幽）兮。豐華重光，民之所好（幽）兮。
>
> 守物強幹，木一心（侵）兮。違於它木，非與從風（侵）兮。

全篇兩句一韻，每兩韻就換韻，非常整齊。除了兩處通押之外，其餘都是押本韻。基本上是四字一句，不整齊處用「之」和「可（兮）」來調和，與《楚辭‧橘頌》的句法類似。

全篇以「桐」為歌詠對象。原整理者已經指出：

> 作品體現了春秋戰國時期上層知識分子追求高尚品格的一種「君子」心態。同時作者借此抒發自己獨立忠貞而又被視為異類之情感。其與屈原作品及其所反映的思想，有異曲同工之妙。很有可能，屈原正是從這些早期的楚辭作品中汲取豐富的營養，以他的優異才華，創作出一系列不朽的楚作品。……此外，簡文有些詩句可與今本《楚辭》相對照，為深入研究《楚辭》作品提供參考意見。如簡文「深利終逗，夸其不貳兮」句，與《楚辭‧九章‧橘頌》「深固難徙，更壹志兮」句，可以互相發明。……現代研究《楚辭》者，或對《橘頌》之真偽有所懷疑，如謂：「全篇僅一小小物質，與荀卿《賦篇》之詠雲、詠蠶、詠箴，頗相類似，屈宋文中絕無此體。」「《橘頌》風致與《離騷》等篇迥異，似後人擬《亂辭》之體而作者。」（均見陸侃如《屈原與宋玉》所引）本篇的發表，對深入研究《楚辭》各篇的作者和創作年代，無疑也有一定的幫助。〔註 106〕

原考釋指出「簡文有些詩句可與今本《楚辭》相對照」，又謂「本篇的發表，對深入研究《楚辭》各篇的作者和創作年代，無疑也有一定的幫助」，糾正民初懷

〔註 106〕《上海博物館藏戰國楚竹書（八）》，頁 229～230。

疑〈橘頌〉非屈宋文的觀點。這些無疑都是很正確的。

原考釋又以為「很有可能，屈原正是從這些早期的楚辭作品中汲取豐富的營養」，則也不無可能。上博簡的年代，據上海博物館送請中國科學院上海原子核研究所用超靈敏小型回旋加速器質譜儀進行測量，其距今時間為 2257±65 年〔註 107〕，就是大約西元前 260±65 年；屈原的生卒年，說者多家，生年推得最早的是清劉夢鵬的 B.C.366（楚宣王四年）〔註 108〕；最晚的是林庚的 B.C.335（楚威王五年）〔註 109〕；最多人採信的是郭沫若的 B.C.340〔註 110〕。卒年推得最早的是林庚的 B.C.296〔註 111〕；最晚的是游國恩的 B.C.277〔註 112〕；最多人採信的是郭沫若的 B.C.278〔註 113〕。竹簡上限為 B.C.325，依郭沫若說，此時屈原約 16 歲，二者年代大略相當。原考釋謂屈原正是從這些早期的楚辭作品中汲取豐富的營養，也不無可能。尤其〈桐頌〉的完成年代應該早於墓主下葬的年代，更增加了這種可能性。此外，屈原的〈橘頌〉比〈桐頌〉寫得好（見下文分析），也增加了原考釋之說的可能性。不過，也可能在屈原存活的年代，〈橘頌〉、〈桐頌〉這類作品形式已經相當成熟而流行，二者都從更早的類似作品取得養分。〈桐頌〉的作者雖然不知道是誰，但能夠被《上博簡》的墓主列為陪葬品，當然也有一定的水準，才能受到墓主生前相當的喜愛。

〈桐頌〉繼承了《書・禹貢》徐州「嶧陽孤桐」所述桐孤傲不群的特性，《詩・大雅・卷阿》「鳳凰鳴矣，于彼高岡。梧桐生矣，于彼朝陽」所述桐高貴卓絕的品性，舖張而為一篇詠物賦，在詠物賦的初期，算是一篇成功的作品。

〔註 107〕朱淵清訪問記錄〈馬承源先生談上博簡〉，上海大學古代文明研究中心、清華大學思想文化研究所編《上博館藏戰國楚竹書研究》（上海：上海書店出版社，2002 年），頁 3。

〔註 108〕清劉夢鵬《屈子章句》（乾隆五十四年藜青堂版），卷之一，頁 1。

〔註 109〕林庚〈屈原生卒年今考〉，見氏著《詩人屈原及其作品研究》（棠棣出版社，1952 年）。後收在《林庚楚辭研究兩種》（北京：清華大學出版社，2006 年），頁 20～31。

〔註 110〕郭沫若《郭沫若全集・歷史篇・第四卷・歷史人物、李白與杜甫》（北京：人民出版社，1982 年），頁 17～18。

〔註 111〕林庚〈屈原生卒年今考〉，收在林庚《詩人屈原及其作品研究》（棠棣出版社，1952 年）。又收在《林庚楚辭研究兩種》（北京：清華大學出版社，2006 年），頁 20～31。

〔註 112〕游國恩《屈原》（北京：三聯書店，1953 年），頁 50。

〔註 113〕郭沫若《郭沫若全集・歷史篇・第四卷・歷史人物、李白與杜甫》（北京：人民出版社，1982 年），頁 17～18。

全篇詠梧桐而無一語明言君子，為典型之詠物寄託之作。修辭學上屬於全篇借喻。以下為詳細說明：

摶外疏中——喻外表修飭、內在謙和。

晉冬之祁寒，燥其方落——喻君子不畏懼環境惡劣。

鳳鳥之所集，竢時而作——喻君子同類相求，修己待時。

木斯獨生，榛棘之間——喻君子慎獨，不為環境所污染。

亟植速成，昂其不還——喻君子求知若渴，求義不回。

深戾堅豎，亢其不貳——喻君子高潔守義，不移志節。

亂木層枝，寖毀損——反諷小人嫉毀君子。

素府宮李，木異類兮；願歲之啟時，使乎樹秀兮；豐華重光，民之所好兮——反諷小人媚俗。

守物強幹，木一心——喻君子堅守原則，專志不二。

違於它木，非與從風——喻君子不同流俗。

全篇比興手法相當成熟，與〈橘頌〉類似，下表可供比較：

相同點	橘　頌	桐　頌
專一不遷	受命不遷，生南國兮．深固難徙，更壹志兮 獨立不遷，豈不可喜兮？深固難徙，廓其無求兮	深戾堅豎，亢其不貳
外表修飭，內在嚴謹	綠葉素榮，紛其可喜兮．曾枝剡棘，圓果摶兮．青黃雜糅，文章爛兮．精色內白，類可任兮	摶外疏中，眾木之紀
立志與眾不同	嗟爾幼志，有以異兮	豈不皆生，則不同兮 素府宮李，木異類兮
不隨從流俗	蘇世獨立，橫而不流兮	違於它木，非與從風

〈橘頌〉全文共 36 句，152 字。〈桐頌〉全文共 32 句，143 字。篇幅大小差不多，結構也很類似，請看下表：

橘　頌	桐　頌
后皇嘉樹，橘徠服兮，受命不遷，生南國兮。（點出地域）	相吾館樹，桐且治兮。（點出地域）
深固難徙，更壹志兮，綠葉素榮，紛其可喜兮，曾枝剡棘，圓果摶兮，青黃雜糅，文章爛兮，精色內白，類任道兮，紛緼宜修，姱而不醜兮。（描寫外在容貌，兼含比興）	摶外疏中，眾木之紀兮。晉冬之祁寒，燥其方落兮。鳳鳥之所集，竢時而作兮。木斯獨生，榛棘之間兮，疾植速成，昂其不還兮，深戾堅豎，亢其不貳兮。亂本層枝，寖毀損兮。（描寫外在容貌，兼含比興）

嗟爾幼志，有以異兮，獨立不遷，豈不可喜兮，深固難徙，廓其無求兮，蘇世獨立，橫而不流兮，閉心自慎，終不失過兮，秉德無私，參天地兮。（描寫內在品德）	嗟嗟君子，觀吾樹之容兮，豈不皆生，則不同兮，謂群眾鳥，敬而勿集兮。素府宮李，木異類兮，願歲之啟時，使吾樹秀兮，豐華重光，民之所好兮。守物強幹，木一心兮，違於它木，非與從風兮。（描寫內在品德，並以李樹為對比）
願歲並謝，與長友兮，淑離不淫，梗其有理兮，年歲雖少，可師長兮，行比伯夷，置以爲像兮（文末贊頌）	是故聖人肅此和物，以理人情，人因其情，則樂其事；遠其情，則惡其事。（文末評論？）

〈桐頌〉勝過〈橘頌〉之處，是以「李樹」為對比，一濃一淡，加強了全文的張力。不過，〈橘頌〉的文末贊頌寫得很好，以伯夷比橘樹，筆力千鈞，收束夠分量。相形之下，〈桐頌〉的結尾相當軟弱，「是故聖人肅此和物」數句，如果是結尾，則筆法不對，與前文不合；流於議論，味道也不對。如果此數句不是本文結尾，則本文似有文章未完之感。當然，這是以後世刻板的章法結構來批評先秦，〈桐頌〉正在文學發展的早期階段，或許不必也不應以此苛責吧！

參考書目

1.《尚書》，臺北：藝文印書館，1976 年。
2.《詩經》，臺北：藝文印書館，1976 年。
3.《左傳》，臺北：藝文印書館，1976 年。
4.《儀禮》，臺北：藝文印書館，1976 年。
5.《禮記》，臺北：藝文印書館，1976 年。
6.〔漢〕趙曄：《吳越春秋．越王無余外傳》，龍谿精舍叢書。
7.〔東漢〕王肅撰：《孔子家語》（四部叢刊本），上海涵芬樓借江南圖書館藏明翻宋本景印。
8.〔東漢〕許慎撰：《說文解字》，大徐本，日本早稻田大學館藏《官版說文解字真本》。
9.〔東漢〕不著撰人：《越絕書．越絕外傳記吳王占夢》（龍谿精舍叢書）卷十，葉三。
10.〔唐〕陸德明：《經典釋文》，北京：中華書局，1983 年。
11.〔宋〕洪興祖著，白化文、許德楠、李如鸞、方進點校：《楚辭補注》，北京：中華書局，1983 年 3 月。
12.〔清〕陳夢雷纂集：《古今圖書集成》，臺北：鼎文書局，1976 年。
13.〔清〕朱駿聲《說文通訓定聲》，武漢：武漢市古籍書店影印，1983 年。
14.〔清〕焦循撰，沈文倬點校：《孟子正義》，北京：中華書局，1987 年。
15.〔清〕邵晉涵：《爾雅正義》，上海：上海古籍出版社，1995 年。
16.〔清〕劉夢鵬：《屈子章句》，乾隆五十四年，藜青堂版。

17. 〔清〕郭慶藩集釋，王孝魚點校：《莊子集釋》，北京：中華書局，1961 年。
18. 〔清〕孫詒讓閒詁，孫啟治點校：《墨子閒詁》，北京：中華書局，2001 年。
19. 〔清〕王先慎集解，鍾哲點校：《韓非子集解》，北京：中華書局，1998 年。
20. 上海大學古代文明研究中心、清華大學思想文化研究所編：《上博館藏戰國楚竹書研究》，上海：上海書店出版社，2002 年。
21. 中國科學院中國植物志編輯委員會編：《中國植物志》，北京：中國出版社，1977 年。
22. 江西省木材工業研究所：《長沙馬王堆一號漢墓棺槨木材的鑒定》，《考古》1973 年第 2 期，頁 128～129。
23. 吳珮瑜：《上海博物館藏戰國楚竹書（六）用曰研究》，臺灣師範大學國文系碩士論文，2011 年 7 月。
24. 宗邦福、陳世鐃、蕭海波《故訓匯纂》，北京：商務印書館，2003 年。
25. 林庚：《林庚楚辭研究兩種》，北京：清華大學出版社，2006 年。
26. 林庚：《詩人屈原及其作品研究》，棠棣出版社，1952 年。
27. 馬承源主編《上海博物館藏戰國楚竹書（一）》，上海：上海古籍出版社，2001 年。
28. 馬承源主編《上海博物館藏戰國楚竹書（七）》，上海：上海古籍出版社，2008 年。
29. 馬承源主編《上海博物館藏戰國楚竹書（二）》，上海：上海古籍出版社，2002 年。
30. 馬承源主編《上海博物館藏戰國楚竹書（八）》，上海：上海古籍出版社，2011 年。
31. 許維遹集釋：《呂氏春秋集釋》，北京：中國書店，1985 年，據 1935 年清華大學版影印。
32. 郭店楚簡研究（國際）中心編：《古墓新知——紀念郭店出土十周年論文考輯》，香港：國際炎黃文化出版社，2003 年。
33. 郭沫若：《郭沫若全集．歷史篇》第四卷，北京：人民出版社，1982 年。
34. 陳新雄：《古音學發微》，臺北：嘉新水泥公司文化基金會出版，1972 年。
35. 陸志韋《古音略說》，燕京學報專刊之二十，1947 年。
36. 單育辰：〈〈容成氏〉文本集釋及相關問題研究〉，吉林大學 2008 年「985 工程」研究生創新基金資助項目。
37. 游國恩：《屈原》，北京：三聯書店，1953 年。
38. 湖北省文物考古研究所編著：《江陵九店東周墓》，北京：科學出版社，1995 年。
39. 湖北省文物考古研究所，北京大學中文系編：《望山楚簡》，北京：中華書局，1995 年。
40. 湖北省荊州地區博物館：《江陵馬山一號楚墓》，北京：文物出版社，1985 年。
41. 湖南省博物館、湖南省文物考古研究所、長沙市博物館、長沙市文物考古研究所：《長沙楚墓》，北京：文物出版社，2000 年。
42. 楊朝明《孔子家語通解》，臺北：萬卷樓圖書公司，2005 年。
43. 虞萬里：〈上博簡、郭店簡緇衣與傳本合校補證（中）〉，《史林》2003 年第 3 期，頁 68～79。
44. 裘錫圭：《古代文史研究新探》，南京：江蘇古籍出版社，1992 年。
45. 劉信芳：《包山楚簡解詁》，臺北：藝文印書館，2003 年。

46. 魯琪〈試談大葆臺西漢墓的「梓宮」、「便房」、「黃腸題湊」〉，《文物》1977 年 6 期，頁 30～33。
47. 中央研究院歷史語言研究所「漢籍電子文獻資料庫」，網址：http://hanji.sinica.edu.tw/
48. 王寧：〈《上博八・李頌》通讀〉，簡帛研究網首發，2011 年 10 月 18 日，網址 http://www.jianbo.org/showarticle.asp?articleid=1929
49. 王寧：〈《上博八・李頌》閑詁〉，武大簡帛網首發，2011 年 8 月 29 日，網址：http://www.bsm.org.cn/show_article.php?id=1540
50. 王寧：〈再釋楚簡中的「丨」字〉，復旦網首發，2011 年 9 月 7 日，網址：http://www.gwz.fudan.edu.cn/SrcShow.asp?Src_ID=1640。
51. 孟蓬生：〈「出言又（有）丨，利（黎）民所丨（从言）」音釋——談魚通轉例說之四〉，武大簡帛網首發，2010 年 9 月 10 日，網址：http://www.bsm.org.cn/show_article.php?id=1296
52. 徐伯鴻：《要想理解「剸外置中」，先得辨析「桐」為何樹？》，復旦網論壇「學術討論」區帖子，2011 年 3 月 16～17 日，網址：http://www.gwz.fudan.edu.cn/ShowPost.asp?ThreadID=4363
53. 陳偉：〈〈用曰〉校讀〉，武大簡帛網首發，2007 年 7 月 15 日，網址：http://www.bsm.org.cn/show_article.php?id=623
54. 陳劍：〈上博竹書《昭王與龔之脽》和《柬大王泊旱》讀後記〉，簡帛研究網首發，2005 年 2 月 15 日。網址：http://www.jianbo.org/admin3/2005/chenjian002.htm
55. 陳劍：〈試說戰國文字中寫法特殊的「亢」和从「亢」諸字〉，復旦網首發，2010 年 10 月 7 日，網址：http://www.gwz.fudan.edu.cn/SrcShow.asp?Src_ID=1276。又見復旦大學《出土文獻與古文字中心集刊》第三輯，頁 152～182，2010 年 7 月。
56. 復旦大學出土文獻與古文字研究中心研究生讀書會：〈《上博（七）・凡物流形》重編釋文〉，復旦網首發，2008 年 12 月 31 日，網址：http://www.gwz.fudan.edu.cn/SrcShow.asp?Src_ID=581
57. 復旦吉大古文字專業研究生聯合讀書會聯合研讀，吉林大學研究生李松儒執筆撰寫：〈《上博八》李頌校讀〉，復旦網首發，2011 年 7 月 17 日。網址：http://www.gwz.fudan.edu.cn/SrcShow.asp?Src_ID=1596。

本文初稿於 2012 年 6 月 1 日在中國文字學會第 23 屆研討會發表，2012 年 8 月 26 日修改完畢。發登於《中研院歷史語言研究所集刊》第 84 本第四分，頁 651～693，2013 年 12 月又本文蒙審查人提供寶貴意見，特此致謝。

談《上博九·成王為城濮之行》「究敗師已」的「究（𣪘）」字

摘　要

《上海博物館藏戰國楚竹書（九）·成王為城濮之行》寫楚成王為城濮之戰預作準備，令子文教導子玉操練軍隊之法，軍演過後，成王於子文家作客，國人皆慶賀子文善於用兵，唯獨年幼的伯嬴置之不理，子文主動前去攀談，伯嬴卻預言子玉必將大敗。最後一句楚簡作「子玉之帀（師）⿰皀戈敗」，「⿰皀戈」字各家都釋為「既」，只有高佑仁對釋「既」提出懷疑，宋華強則隸為「餓」，讀為宜。本文根據《上博八·王居》簡3：「……毀惡之。是言聞於衆巳（已），邦人其沮志解體」的「」字，以為〈成王為城濮之行〉此字當釋為「𣪘」，讀為「究」，義為「終究」。

關鍵詞：究、𣪘（廄－广）、既、餓、宜

〈成王為城濮之行〉一文，收錄於《上海博物館藏戰國楚竹書（九）》第一篇，由陳佩芬先生考釋。據該書〈說明〉，本篇現存九簡，原考釋分為甲、乙兩篇。全篇兩道編聯，先寫後編，滿簡書寫，完簡的長度為33.1至33.3公分，寬0.6公分。本篇原無篇題，材料正式公布以前，李零先生稱為〈子玉治兵〉（《簡帛古書與學術源流》頁274。）經原考釋整理之後，拈篇首數字定名為〈成王為城濮之行〉。內容記載楚成王為城濮之戰預作準備，令子文教導子玉操練軍隊之法，軍演過後，成王於子文家作客，國人皆慶賀子文善於用兵，唯獨年幼的伯嬴置之不理，子文主動前去攀談，並希望伯嬴應多設想老人的用心。伯嬴告訴子文，子玉必將大敗，之後，子文雖會因為尊崇的地位而不被責備，但子玉是子文薦舉的，子文難辭其咎，故無可慶賀。簡文利用伯嬴與子文的對話，凸顯子玉的難負大任以及伯嬴的先見之明，並預見楚國日後將遭遇重大挫敗。

原考釋以為本篇主要內容是：楚成王在巡視城濮之地後，因子玉剛而無禮，不願乘機撤兵，遂致大敗，因而考慮讓子虔（蘧伯玉）去教子玉要善待士兵。子虔在完成這一任務後，舉國為之慶賀。王返回後在子虔家作客，與子虔持杯飲酒，在推薦蔿賈時，發現鬭穀㝬余（令尹子文）未來參加飲食，認為子文是違反天意而造成禍害。

很快地，學者指出「子虔」並非「蘧伯玉」，而是「令尹子文」，簡序及相關的文字也都經過學者們的調整，全文大致已可通讀。主要是圍繞著城濮之戰的一段令尹子文和蔿賈的對話，凸顯蔿賈的先見之明。最後學者還未能完全解決的問題是：蔿賈的話究竟是城濮之戰前說的？還是城濮之戰後說的？答案本來很簡單，如果是城濮之戰後說的，那就談不上什麼先見之明。因此蔿賈的話當然應該是城濮之戰前說的。但是簡文中蔿賈在推測子玉用兵的結果時，簡文作「□敗帀巳」，原考釋讀為「既敗帀（師）巳（已）」，絕大部的學者都把「□」字釋讀為「既」，但是「既敗」這種詞例中的「既」字通常都是完成式，這就使得蔿賈的預言變得有點不好理解。宋華強先生引《上博八・成王既邦》4 號「伯夷、叔齊餞而死於雒濱」，「餞」字作□，以為與本簡「□」同字，也應該釋為「餞」，即「餓」，讀為「宜」。這個通讀本來應該是最好的，但是我們看到《上博八・王居》簡 3 有一個「□」，無法讀為「餞／餓」，因此這個字似乎還有研究的空間。

這篇材料我曾帶領研究生做過初步的集釋與研讀，其後交給高佑仁棣編製讀本，他也帶了一些研究生做了集釋與研讀，並進一步解決了很多問題。以下的釋文是我在高佑仁棣的基礎上再加進一些我的意見。為了節省篇幅，學者的意見出處大部分可見 2015 年 6 月復旦出土文獻與古文字中心張舒的碩士論文

《《上海博物館藏戰國楚竹書（九）》集釋及相關問題研究》及我們即將出版的讀本，此處就不一一注明了。

城（成）王為成（城）僕（濮）之行，王囟（使）子䰼（文）斈（教）子玉。子䰼（文）遈（閱）帀（師）於敱（／畋？），一日而䜌（畢），不敓（抶）一人。子【甲一】玉受帀（師）出之（𣪘／蔿），三日而䜌（畢），漸（斬）三人。𦥷（舉）邦加（賀）子䰼（文），㠯（以）亓（其）善行帀（師）。王逯（歸），客於子=䰼=（子文，子文）甚𢡺（喜）【甲二】，畲（合）邦㠯（以）酓=（飲酒）。遠（蔿）白（伯）珵（嬴）猶約（幼），須（寡／顧）寺（持）俑（舟？）酓=（飲酒）。子=䰼（文）𦥷（舉）脮（脅）（貽）白（伯）珵（嬴）曰：「彀（穀）𧕧（菟）余為【甲三】楚邦老，君王孚（免）余辠（罪），㠯（以）子玉之未患（慣），君王命余遈（閱）帀（師）於敱（畋？），一日而䜌（畢），【乙一】不敓（抶）一人。子玉出之（𢊁／蔿），三日而䜌（畢），漸（斬）三人。王為余（？），𦥷（舉）邦加（賀）余。女（汝）【乙二】蜀（獨）不余見，飤（食）是脮（脅）而棄不思老人之心。」白（伯）珵（嬴）曰：「君王胃（謂）子玉未患（慣）【甲四】，命君斈（教）之。君一日而䜌（畢），不敓（抶）一人。子玉出之蔿，三日而畢，斬三人，□【乙三上】□□□□□□□□□□□□□□□□□□□□□□□子玉之【乙四】帀（師）𢦏（究）敗，帀（師）巳（已），君為楚邦老，憙（喜）君之善而不𢘿（誅），子玉之帀（師）之【甲五】敗……【缺簡】

為了方便表示我們對全文的解釋，先白話語譯如下：

楚成王（將要）發動城濮之戰，楚王命子文教導子玉作戰之法。子文於敱（畋？）訓練部隊，演練一日即完畢，未處罰任何人。子玉帶領部隊開往蔿地進行演練，三日才結束，並且斬殺三人。大家都讚許子文善於治理部隊。成王歸返後在子文家作客，子文非常高興，聚合國人一同飲酒。蔿伯嬴當時年紀尚小，卻獨自拿著酒杯喝酒。子文舉起脅肉對蔿伯嬴說：「我是楚國老臣，承蒙君王的赦免而能活到今天。因為子玉尚未熟習戰略之法，因此楚王命令我在敱（畋？）練兵，一天結束，未斬殺任何人。子玉離開至蔿地練兵，三天才結束，斬殺三人，楚王為我（高興？），全國都讚許我。只有你不來拜謁我，你吃了你這塊脅肉，然後丟掉你那『不肯顧念我這個老人』的心吧！」伯嬴說：「國君因為子玉未熟習治兵之法而命你教導他，你演訓一日就完畢，不斬殺一人，（子玉練兵三天結束，斬殺三人，子玉剛而無禮），……子玉之師終究會打敗仗，戰事結束後，你貴為楚國老臣，國君會因寵愛你而不忍責備你，但子玉的部隊（挫敗）……」

甲五的「[皀戈]（究）敗帀（師）巳（已）」，「[皀戈]」字原考釋隸作「既」，沒有進一步分析。2013 年 11 月高佑仁棣在史語所舉辦的「古文字學青年論壇」發表了〈上博九〈成王為城濮之行〉通釋〉，改隸為「[皀戈]（？）」：

> 右半从「戈」，原篆字形作「」（「戈」旁與同簡的「𢧢」相同），左半从「皀」（即「毀」），目前所見「既」字尚未見右半从「戈」的構形，釋「既」之說有討論的空間。〔註 1〕

2014 年，宋華強先生也提出此字應从戈，字即「餓」，讀為「宜」的意見：

> 上博八《成王既邦》4 號「伯夷、叔齊[食戈]而死於雎瀆」，「[食戈]」字作，整理者釋為从「食」、「戈」聲，疑是「餓」字或體。從辭例來看，古書有「餓而死」，如「二子北至於首陽之山，遂餓而死焉」（《莊子· 讓王》）、「靈王餓而死乾溪之上」（《韓非子· 十過》），可見把「[食戈]」讀為「餓」是很通順的。作為義符，「皀」、「食」有時通用，如「毀（簋）」字或作，「既」字或作（包山 202 反），故「[皀戈]」和「[食戈]」當是一字異體。「[皀戈]」既與「餓」通，而「我」聲字常與「宜」通，如《詩· 邶風· 谷風》「不宜有怒」，阜陽漢簡「宜」作「我」，故疑「[皀戈]」當讀為「宜」，「宜敗師已」是說子玉治兵的失敗是必然的。其上簡文不全，推測是伯嬴批評子玉缺點的話，類似《左傳》蔿賈所說的「子玉剛而無禮」。〔註 2〕

旭昇案：「」字从戈，與同篇「𢧢（誅）」字右上所从相同，因此「[皀戈]敗師已」讀為「宜敗師已」應該是可行的。但是楚簡還有一個與「」字類似的

〔註 1〕見高佑仁〈上博九〈成王為城濮之行〉通釋〉，後發表在成功大學《中文學報》第四十七期，2014 年 12 月。

〔註 2〕宋華強：《上博九〈成王為城濮之行〉考釋（九則）》，《簡帛》第九輯，上海古籍出版社，2014 年 10 月，頁 89～101。

字，讓我們對此字有一些不同的想法。

《上博八·王居》簡 3：「……毀惡之。是言聞於衆巳（已），邦人其沮志解體，胃（謂）」。「」字，原考釋隸為「既」，學者似乎未見有其他意見。我們以為這個字應該和「」是同一個字。

此字左旁从「皀」，右旁學者多以為从「旡」，其實應从「戈」而不从「旡」。戰國楚文字確定無疑的「旡」旁有以下二類寫法：

甲、口形向右

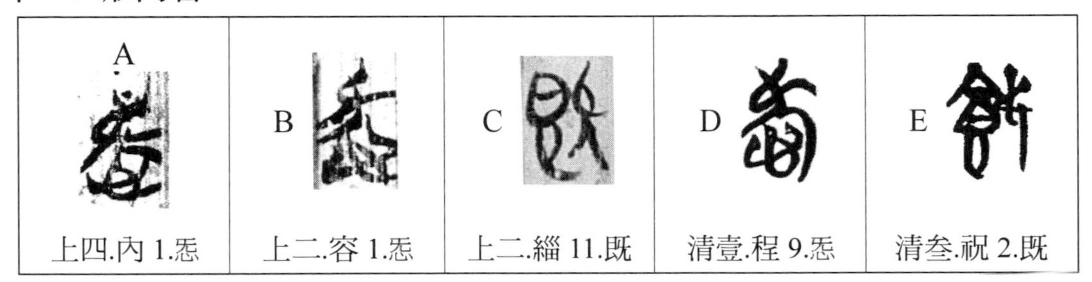

A	B	C	D	E
上四.內 1.炁	上二.容 1.炁	上二.緇 11.既	清壹.程 9.炁	清叁.祝 2.既

乙、口形向左

a	b	c	d	E
上九.舉 35.炁	上二.民 13.既	上六.用 10 槩	上七.凡甲 1.既	上七.吳 9.既
f	g	h	i	j
上八.顏 10.既	上八.成 1.既	上九.陳 17.既	郭.緇 46.既	清.壹.程 1.既
k				
清壹.保 6.既				

在早期商周的甲骨、金文中，「旡」旁的「口」形都是向後的（就人形來看）：

1 商.前 7.18.1《甲》	2 商.戩 12.10《甲》	3 商.𠨍其卣《金》	4 周早.作冊大鼎《金》	

到了楚文字，「口」形多半向前。但是，無論「口」形向前或向後，書手都會儘

量把「口」形背向開口的那一邊用一筆寫得圓圓的，即使用兩筆寫成，也會寫得圓圓的，未見作「>」或「<」等尖角形的。因此，把〈成王為城濮之行〉的「 」字隸為右旁从「旡」，當然是不合適的。前引高、宋二氏把此字釋為从「戈」，自然較合理。

古文字中習見的「戈」字作：

1 商.甲 622《甲》	2 商.戈觶《金》	3 商.ㅂ戈爵《金》	4 商.戈卣《金》	5 周早.宅簋《金》
6 周中晚.伯晨鼎《金》	7 周晚.楚公豙鐘《金》	8 春.□之用戈《金》	9 戰.齊.□濯戈《金》	10 戰.齊.陳卯戈《金》
11 戰.燕.左行議戈《金》	12 戰.晉.璽彙 5702	13 戰.楚.楚王酓璋戈《金》	14 戰.楚.曾 91《楚》	15 秦.睡.日甲 47《張》

但是，我們也應該注意到楚文字中有一些寫法較特殊的「戈」旁：

a 上七· 武 11.武	b 上七· 武 11.武	c 七· 武 6.戒	d 八· 顏 9.戔	e 九· 濮甲 1.䜌
f 九· 濮甲 5.惄	g 上九.成.甲 5			

這些字「戈」旁的變化，最先應該是由 a 形把「戈」旁橫筆的上部寫成兩點作「⺌」，其下的部作或作 a～d 的「ㄝ」形、或作 e 字左下「戈」形的「ㄧ」、或作 f～g 的「ㄌ」。F～g 的「ㄌ」和前述「旡」形甲 e、乙 d,h,j 諸字形寫「卩」旁寫法完全相同，因此這一類形的偏旁「旡」與「戈」的區別應該就是在上部

的「ㄓ」形與「丄」形的不同。上部作「ㄓ」形者為「旡」、上部作「丄」形者為「戈」。

由於楚簡保存條件的關係，已往有些字我們的辨識不是很清楚，以《上博三·周易》38的「藏」字為例，它的右下方乍看像一般的戈，其實仔細分辨，它的寫法與上表的a～d形相同的。這種寫法的「戈」旁，將來應該會發現更多。

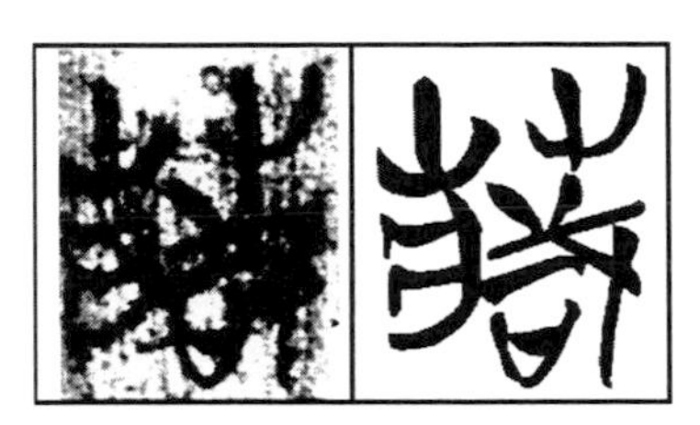

如果這個區別的標準可以成立，那麼《上博八·王居》簡3的「」字就應該隸作「戝」。它的下部作「ㄚ」形當然有和「卩」形雷同之虞，但是如前面所說的「戈」字f～g形的「ㄚ」和「旡」形甲e、乙d,h,j諸字的「卩」旁寫法完全相同，其區別全靠上部。「」字的上部作「丄」形，因此隸作「戝」應無可疑。「戝」字从「皀」从「戈」，我們以為它應該就是「𣪘／毀」字的異體。「𣪘／毀」歷代字形如下：

1 商.甲 752《甲》	2 商.甲 1971《甲》	3 商.寧滬 1.231《甲》	4 周中.頌簋《金》	5 周晚.函皇父簋《金》
6 春.秦公簋《金》				

甲骨文从皀从殳，今學者多隸定為「毀」，以為即《說文》之「𣪘」，又以為與「簋」同字。此字金文多用為「簋」，故學者或以為字从皀从殳，象手持勺於簋中取食之形（《中國字例》二篇122~123頁）。案：「毀」字右旁从「殳」，並不象手持勺形，考古出土簋中少見附勺（或匕）者，考古及文獻所見勺為挹酒器，與簋無關；匕則為取鼎實與飯食之用，《易·震》：「不喪匕鬯。」注：「匕所以載鼎實。」《儀禮·士昏禮》：「匕俎從設。」鄭注：「匕所以別出牲體也。」安徽壽縣蔡侯墓出土七件升鼎，各附有一銅匕；同墓出土八件鬲，每鬲亦各附一匕；曾侯乙

墓出土諸升鼎一小鬲，皆配置銅匕，以上鼎鬲所附匕，為取鼎中牲體之用。《儀禮・少牢饋食禮》：「廩人摡甑甗匕與敦于廩爨。」鄭注：「匕所以匕黍稷者也。」寶雞福臨堡春秋中期偏早秦墓Ｍ１出土甗中置有匕一件，當即用以取甗中所蒸炊之黍稷等飯食。（朱鳳瀚《古代中國青銅器》87 頁）據此，「毀」右旁所从當即「殳」，而非「象手持勺（匕）」，《說文》釋「𣪘」為「揉屈」，當與从「殳」有關，可能是本義，甲骨文此字為用牲法（《小屯南地甲骨》1037 頁），或即此義之引伸。金文假「毀」為「簋」，似不得以為「毀」、「簋」同字。（參《說文新證》卷三下「𣪘」字條）

據上引字表，「𣪘／毀」或从殳、或从攴，自然有可能替換為「戈」旁。古文字从「殳」、「攴」、「戈」旁本多互用，如楚簡「敗」字或从「殳」作「」（上九.濮甲 5）、或从「攴」作「」（包 2.23）、或从「戈」作「」（信 1.29）。因此「⿰皀戈」應該就是「𣪘／毀」字。《說文》釋為「揉屈也。从殳皀。皀，古叀字。廏字从此」，大徐讀「居又切」。於此字可讀為「究」（居又切，𣪘、究二字完全同音），義為「終極、終究」（參《故訓匯纂》頁 1643 第 15 條）。

把這個字隸為「⿰皀戈」，讀為「究」，並不影響《上博八・成王既邦》簡 4「伯夷、叔齊餞而死於雝瀆」的「餞」字讀為「餓」，因為一从「皀」、一从「食」，二字畢竟有區別。當然，可能由於這兩個字的形體太過接近，所以後來都沒有流傳下來。

《上博八・王居》簡 3「……毀惡之。是言聞於衆巳（已），邦人其沮志解體，胃（謂）」，「」字隸作「⿰皀戈」，究竟應該怎麼讀，似乎還未到解決的時候。〈王居〉簡 3 據程少軒先生的看法，應不屬於〈王居〉＋〈志書者言〉的內容，可能應該歸到未刊布的《謙恭淑德》〔註 3〕。但是就這幾句話而言，它似乎不太可能讀「餓／宜」，如果讀為「究」，那麼整句話的意思可能是，「（毀惡的話）最後被大家聽說了，邦人都沮喪懈怠」，文義也還算清楚。

「」與「」的形構相同，自然也應是「𣪘／毀」字，讀為「究」，依此解，《上博九・成王為城濮之行》的這幾句可以讀為「……子玉之帀（師）

〔註 3〕復吉讀書會〈上博八《王居》、《志書乃言》校讀〉，復旦網 2011 年 7 月 17 日（http://www.gwz.fudan.edu.cn/SrcShow.asp?Src_ID=1595），第 18 樓發言。〈上博八《王居》、《志書乃言》校讀〉文中也提到〈命〉4、5 也許可能與〈王居〉、〈志書乃言〉拼合。

𢧁（究）敗，帀（師）巳（已），君為楚邦老，憙（喜）君之善而不㦤（誅），子玉之帀（師）之敗……」，意思是：子玉之師終究會打敗仗，戰事結束後，你貴為楚國老臣，國君會因寵愛你而不忍責備你，但子玉的部隊（挫敗）……。「子玉之師究敗」是一句推測的話，全篇文義就相當清楚了。

《左傳・僖公廿七年》對此一事件的敘述如下：

> 楚子將圍宋，使子文治兵於睽，終朝而畢，不戮一人。子玉復治兵於蒍，終日而畢，鞭七人，貫三人耳。國老皆賀子文，子文飲之酒。蒍賈尚幼，後至，不賀。子文問之，對曰：「不知所賀？子之傳政於子玉，曰以靖國也。靖諸內而敗諸外，所獲幾何？子玉之敗，子之舉也，舉以敗國，將何賀焉？子玉剛而無禮，不可以治民。過三百乘，其不能以入矣。苟入而賀，何後之有。」

所謂「子玉之敗」，也是預測的口吻。依本文的解釋，〈成王為城濮之行〉的內容與《左傳》此一事件的記載的相似度應該是越來越高了。

原發表於第二十八屆中國文字學國際學術研討會，臺灣大學中文系主辦，2017 年 5 月 12～13 日。

談《上博九・舉治望天下》簡 1「古公見太公望」——兼說古公可能就是閎夭

〈舉治王天下〉是《上海博物館藏戰國楚竹書（九）》〔註 1〕的第四篇，全文包含連續抄寫的五篇文章，依原考釋者濮茅左的命名，分別是〈古公見太公望〉、〈文王訪之於尚父舉治〉、〈堯王天下〉、〈舜王天下〉、〈禹王天下〉。全部合起來總名〈舉治王天下〉〔註 2〕。我與高佑仁博士現在正編寫《上博九讀本》，〈舉治王天下〉是由王瑜楨女士撰寫，由我校定。在校定的過程中，我覺得有一些地方值得深入探討，本文要討論的就是其中第一篇〈古公見太公望〉中的一部分。

〈古公見太公望〉只存三支簡，文義殘缺不全，頗難索解。全篇共 3 簡，無完簡。共 44 字。原整理者為濮茅左先生。簡文記敘了「者（古）公」至呂隧見太公望，應該是商請太公望幫周文王滅商（或商量拯救文王於羑里的方法）。

〔註 1〕馬承源主編《上海博物館藏戰國楚竹書（九）》，上海：上海古籍出版社，2012 年 12 月。以下簡稱《上博九》。

〔註 2〕〈文王訪之於尚父舉治〉的命名是有問題的，「舉治」二字當為「舉（與）詞（辭）」，即「子」向「文王」告辭。綜觀全篇，應該是先寫周宗有難，古公去見太公望，尋求解決之方（第一篇），然後文王命「子」去訪求尚父，既得尚父，文王向尚父請教「持中達道」之方。尚父回答以「四帝二王」之道，於是後面分述黃帝、堯、舜、禹（四帝）、啟、湯（二王）之道。本篇第 35 簡之後應該還有缺簡，也許缺的就是接著敘述啟、湯王天下之道。因此全篇可能可以稱之為「文王訪尚父問道」。為了方便大多數讀者檢索，本文總名仍依原考釋名為〈舉治王天下〉。

由於簡文殘缺嚴重，本篇具體內容難以說清楚。此外，訪太公望的主角「者公」，原整理者以為就是文王的祖父「古公」——周后稷第十二代孫、季歷之父、被尊稱為「周太王」的「古公亶父」。陳劍先生以為是陳國的始封之君胡公滿，我們以為是文王時人，但具體是誰，待考。

以下先列出我們的釋文：

> ……坪（平）。者（胡／古）公見大公宔（望）於呂（呂）墜（述／隧），曰：「虗（吾）䎽（聞）周宗又（有）難，而不……【1】
>
> ……䌛（令）䎽（聞）光剌（烈）之𣄴（族）。」者（胡/古）公……【2】
>
> ……又（有）慶。子嘗以此謑（稽）之，亓（其）白墨（黑）𤖨（將）可智（知）也。」者（胡／古）公……【3】

全文就這麼沒頭沒腦的三支簡，內容究竟在講什麼也不清楚。所幸，其中有一些關鍵詞，可以提供我們對本篇有一些瞭解。

首先是「大公宔」。「宔」字簡文作「宔」，从壬亡聲，原考釋者濮茅左先生已指出「似為望省」，「太公宔即太公望」，學者皆無異議。這是本篇的第一個定位點。

太公望就是呂尚，《史記·齊太公世家》的記載如下：

> 太公望呂尚者，東海上人。其先祖嘗為四嶽，佐禹平水土甚有功。虞夏之際封於呂，或封於申，姓姜氏。夏商之時，申、呂或封枝庶子孫，或為庶人，尚其後苗裔也。本姓姜氏，從其封姓，故曰呂尚。
>
> 呂尚蓋嘗窮困，年老矣，以漁釣奸周西伯。西伯將出獵，卜之，曰「所獲非龍非彨非虎非羆；所獲霸王之輔」。於是周西伯獵，果遇太公於渭之陽，與語大說，曰：「自吾先君太公曰『當有聖人適周，周以興』。子真是邪？吾太公望子久矣。」故號之曰「太公望」，載與俱歸，立為師。
>
> 或曰，太公博聞，嘗事紂。紂無道，去之。游說諸侯，無所遇，而卒西歸周西伯。或曰，呂尚處士，隱海濱。周西伯拘羑里，散宜

> 生、閎夭素知而招呂尚。呂尚亦曰「吾聞西伯賢，又善養老，盍往焉」。三人者為西伯求美女奇物，獻之於紂，以贖西伯。西伯得以出，反國。言呂尚所以事周雖異，然要之為文武師。
>
> 周西伯昌之脫羑里歸，與呂尚陰謀修德以傾商政，其事多兵權與奇計，故後世之言兵及周之陰權皆宗太公為本謀。周西伯政平，及斷虞芮之訟，而詩人稱西伯受命曰文王。伐崇、密須、犬夷，大作豐邑。天下三分，其二歸周者，太公之謀計居多。〔註3〕

《史記》的記載有點複雜，文王遇於渭水之濱一說，最為後世稱道，但以古代的社會情況來看，近於神話，與武丁夢傅說類似，附會的成分居多。一、三段較合史實。無論如何，太公望歸周，肯定在文王之時。因此，本篇既稱「耇公見大公望」，則其時間當在文王時。

「耇公見大公望於呂陸」，原考釋連下一字斷讀為「耇公見大公望於呂，陸（遂）曰」。袁金平先生謂：

> 「呂遂（從阜）」當連讀，為齊地名，見於馬王堆帛書以及銀雀山漢簡。〔註4〕

yangan79說得更詳細：

> 《古公見太公望》簡一有句作「古公見太公望於呂遂曰」，整理者斷句在「遂」前，我們覺得有所不妥。「遂」，一般表示前後事在時間或是事理上的關係。本句「古公見太公望於ＸＸ」顯然是為之後的對話提供一個狀語。如：清華簡《尹至》：「惟尹自夏徂亳，逯至在湯。湯曰……」所以這個「遂」加在曰前有違古人的習慣。此句之「呂遂」不可分，為一地名。馬王堆《戰國縱橫家書・蘇秦謂燕王章》：「自復而足，楚將不出雎（沮）章（漳），秦將不出商閹（於），齊不出呂隧（隧）……」其註釋說：「呂隧，未詳。《燕策》蘇秦章和蘇代章均作營丘，營與呂字形相近。營丘是太公呂望始封之地，在今山東省臨淄縣。《漢書・地理志》泰山郡蛇丘縣註：

〔註3〕《史記》（臺北：藝文印書館，1955），頁1477～1479。

〔註4〕袁金平在「武漢簡帛網—簡帛論壇—簡帛研讀」之〈〈舉治王天下〉初讀〉（http://www.bsm.org.cn/bbs/read.php?tid=3026&page=2）下的討論，2013年1月5日，16樓。

『隧鄉，故隧國。《春秋》曰：齊人殲於隧也。』地在今山東省肥城縣。」《銀雀山漢墓竹簡・選卒》:「……勝不服於呂遂。」整理者引馬王堆帛書認為其地當屬齊。「呂遂」斷為一詞，既符合了語感，又很好的和「太公望」聯繫在了一起。而且又為「呂遂」這個地名提供了新的線索，豈不一舉三得。〔註5〕

旭昇案：yangan79之說有理，但他說「《燕策》蘇秦章和蘇代章均作營丘，營與呂字形相近」則可再做點補充。依隸楷，「營」與「呂」字形相去太遠，我們不能說「營」的下半寫成「呂」，就認為這兩個字形近。應該這麼說，「呂」與「吕（雍）」形近，「吕（雍）」上古音屬影母東部，「營」屬喻母耕部，東耕旁轉〔註6〕，聲母影喻通假，見於《郭店》的有22例、見於《說文》的有4例〔註7〕，因此其變化應是「呂」以形近訛為「吕（雍）」、「吕（雍）」再以音近訛為「營」。

其次是「耆公」應該是誰？原考釋濮茅左先生云：

「耆公」，即「古公」。古公，姬姓，名亶父。亦稱「豳公」、「古公亶父」、「大王亶父」、「古公太王」、「豳公亶父」、「古公亶甫」等，季歷之父，周文王姬昌之祖父。《史記・周本紀》:「古公卒，季歷立，是為公季……。」《御定孝經衍義》:「古公，號也；亶公，名也。」〔註8〕

又於《上博九》頁191「說明」云：

關於「古公」的稱謂在歷史上是否存在，這是學術界至今還在關注和爭論的一個重要問題。《詩・大雅・緜》正義說:「古公言其年世久古，後世稱前世曰古公，猶云先王、先公也。」清崔述《豐鎬考信錄》說:「古，猶昔也。『古公亶父』者，猶言『昔公亶父也』。」朱熹認為:「古公，太王之本號。」(《詩集傳》、《四書集注》) 嚴陵

〔註5〕yangan79 在「武漢簡帛網—簡帛論壇—簡帛研讀」之〈〈舉治王天下〉初讀〉下（http://www.bsm.org.cn/bbs/read.php?tid=3026&page=6）的討論，2013 年 1 月 12 日，58 樓。

〔註6〕參陳新雄師《古音學發微》(嘉新水泥公司文化基金會，1972)，頁1073。

〔註7〕參丘彥遂《喻四的上古聲值來源及其演變》(高雄：中山大學中文系研士論文)，頁27，30。

〔註8〕《上海博物館藏戰國楚竹書（九)》頁195。

方氏說：「所謂古公也，季歷也，西伯也，皆當時之所稱也。大王也，王季也，文王也，乃後來之所追也。」《禮記集說》聞一多、錢穆提出「古」為地名說，「古即古公亶父之古，本地名．當在沮、漆二水之間。太王自古徙岐，太伯失位，復逃歸古」（聞一多《天問疏證》）；「臨汾有古山、古水，公亶父本居其地。故稱古公」（錢穆《周初地理考》，《燕京學報》第十期）。也有認為先秦兩漢典籍，多不見「古公」之稱，如《穆天子傳》、《孟子》、《呂氏春秋》、《韓詩外傳》、《尚書大傳》等，「古公」之稱是司馬遷誤解《詩・大雅・緜》「古公亶父」句之故。本篇的發現解開了這一歷史的謎團。本篇開門見山句「耇公見大（太）公塱（望）於郘（第一簡），可見文獻所記載的「古公」，戰國時是書作「耇公」，把「耇」作「古」之本義解有誤。本卷竹書所有對話者採用的都是個稱，耇公往郘地見太公望，可見「耇公」為個稱。而非先王、先公等泛稱，司馬遷所記「古公」個稱有據。〔註9〕

袁金平先生指出原考釋之說非是：

簡1「古公見太公望於呂遂曰」一句，整理者斷作「古公見太公望於呂，遂曰」，非是。〔註10〕

鄔可晶先生〈編連小議〉則分析得更詳細：

《文王訪於尚父》前一篇為《古公見太公望》，「古公」之「古」原寫作「耇」，原整理者認為此人就是古公亶父。但據《史記・周本紀》，古公亶父是文王的祖父，跟太公望並非同一世代的人，他怎麼可能去「見太公望於呂隧」呢？「耇」即胡考、胡壽之「胡」的本字，陳劍先生指出這個「耇公」應該讀為「胡公」，即陳國的始封之君胡公滿。胡公滿與武王同時代而比武王年幼，他去見太公望是合情合理的。由此可知《古公見太公望》故事的時代要晚於《文王訪於尚父》。而《文王訪於尚父》之後的三篇——《堯王天下》、《舜王

〔註9〕《上海博物館藏戰國楚竹書（九）》頁191～192。

〔註10〕袁金平在「武漢簡帛網—簡帛論壇—簡帛研讀」之〈〈舉治王天下〉初讀〉（http://www.bsm.org.cn/bbs/read.php?tid=3026&page=2）下的討論，2013年1月5日，16樓。

天下》、《禹王天下》——的故事時代則早於《文王訪於尚父》。看來，《舉治王天下》內部的小篇大致是按從晚到早的時代順序排列的，《成王既邦》無疑當列於《古公見太公望》之前，後者首簡墨節之上所存「坪」字，也許就屬於《成王既邦》。〔註 11〕

旭昇案：「耇」从老省、古聲，即「胡耇」之「胡」的本字〔註 12〕，可信。原考釋讀為「古公」，也不能說不對，但謂即周文王之祖父古公亶父，鄔文已指出其不可信。但鄔文以為〈古公見太公望〉故事的時代要晚於〈文王訪於尚父〉，又引陳劍先生之說讀為「胡公」，謂即比周武王年幼的陳國始封之君「胡公滿」，並據此以為本篇係胡公滿見太公望，可能證據還不夠。

〈古公見太公望〉故事的時代是否晚於〈文王訪於尚父〉，頗不易判定。理由在本篇的第二個定位點「虛（吾）䎽（聞）周宗又（有）難」。原考釋以為周宗即鎬京，即宗周。宗周，史籍所載多指周朝政治中心——鎬京。但文王訪呂尚之時尚未都鎬，《史記．貨殖列傳》：「公劉適邠，大王、王季在岐，文王作豐，武王治鎬。」文王伐崇侯虎後始自岐遷豐，不都鎬京。因此，周宗當指周之宗室、宗族。「周宗有難」當指文王被囚羑里。本篇記載求見太公望之事，自在文王之時。查考《史記．周本紀》，西伯在位五十年，唯一的災難就是被崇侯虎譖於殷紂王，而囚於羑里。為了營救西伯，散宜生、閎夭、呂尚盡了很大的力量。《史記》中文王與呂尚結緣的記載不是很清楚，《史記》本身就收錄了兩種說法，第一種說法是文王訪太公於渭水濱，此說與本篇不合；第二種與羑里之難有關，《史記》謂「呂尚處士，隱海濱。周西伯拘羑里，散宜生、閎夭素知而招呂尚。呂尚亦曰：「吾聞西伯賢，又善養老，盍往焉。」三人者為西伯求美女奇物，獻之於紂，以贖西伯。西伯得以出，反國」，與本簡所載比較吻合。其他史籍中關於呂尚的記載也很紛歧，詳細的說法可以參看張廣志著《西周史與西周文明》第二十一節〈武祖姜太公〉。〔註 13〕如依前說，文王

〔註 11〕yangan79 在「武漢簡帛網—簡帛論壇—簡帛研讀」之〈〈舉治王天下〉初讀〉下（http://www.bsm.org.cn/bbs/read.php?tid=3026&page=6）的討論，2013 年 1 月 12 日，58 樓。

〔註 12〕參王瑜楨〈談古文字中老旁與㚘旁的訛混現象〉，《孔壁遺文論集》（臺北：藝文印書館，2013 年 8 月），頁 291 有詳細的討論。

〔註 13〕參李學勤先生、孟世凱副主編《中國古代歷史與文明》六卷之四，張廣志著《西周史與西周文明》，上海科學技術出版社，2007 年。

親自遇見呂尚，不勞其他人去拜訪，此說與〈舉治王天下〉所記載顯然不屬於同一個傳說系統。依後說，散宜生、閎夭素知而招呂尚。呂尚亦曰：「吾聞西伯賢，又善養老，盍往焉。」三人為西伯求美女奇物，獻之於紂，以贖西伯。《史記》中雖然沒有者公，但者公能為周宗有難去見太公望，應該與散宜生、閎夭同等級。

陳的始封之君胡公有沒有可能受命去拜訪太公望呢？史實沒有記載，很難查考。據陳槃先生《春秋大事表列國爵姓及存滅表譔異》，陳國的史迹很少：

> 《逸周書・王會篇》：「成周之會……堂下之右，唐公、虞公南面立焉。」孔注：「唐、虞二公，堯、舜後也。」王應麟補注：「〈樂記〉：武王克殷，未及下車，封帝堯之後於祝，帝舜之後於陳。」陳逢衡補注：「此不言祝公、陳公者，從其朔也。」所謂虞公，即陳公。〔註14〕

> 〔始封〕舜後胡公。襄二十五年《左傳》，子產曰：「昔虞閼父為周陶正，以服事我先王，我先王賴其利器用也，與其神明之後也，庸以元女大姬，配胡公而封之陳，以備三恪。」如傳《此》說，則胡公是始封。《大戴禮・少閒》，孔子曰：「禹卒受命，乃遷邑姚姓于陳。」《世家・索隱》引宋忠：「殷湯封遂于陳以祀舜。」則又以胡公為續封。孔廣森《補注》曰：「陳者，因周所封言之。其實夏時，舜之後仍邑于虞，故傳稱少康逃奔有虞，虞思妻之以二姚也。」《史記志疑》十九亦謂戴、宋之說「恐未可信」，闕疑可也。〔註15〕

有關陳國及其史封之君陳公（虞公、胡公）的資料就這些了。《逸周書・王會篇》：「堂下之右，唐公、虞公南面立焉；堂下之左，殷公、夏公立焉。」校注：「〔唐公〕唐堯之後；〔虞公〕虞舜之後；〔殷公〕殷商之後；〔夏公〕夏禹之後，皆周初所封。」〔註16〕據此，虞公和唐公、殷公、夏公一樣，只是因為前朝之後受封，並沒有什麼特殊的貢獻。同樣的，根據《左傳・襄公二十五

〔註14〕陳槃《春秋大事表列國爵姓及存滅表譔異》（上海：上海古籍出版社，2009年），頁216。

〔註15〕陳槃《春秋大事表列國爵姓及存滅表譔異》，頁217。

〔註16〕參黃懷信《逸周書校補注釋》（西安：西北大學出版社，1996年），頁343。

年》子產的話，虞閼父只是因為為周陶正，服事周朝，對武王滅商也沒有什麼特別的貢獻。所以〈舉治王天下〉去見太公望的「者公」是否陳國始封之君胡公，其實典籍中是找不到任何記載的。如果我們對「吾聞周宗有難」的推測不錯，那麼周急著找人去尋訪太公望營救文王，這是第一等機密的國家大事，只有武王最信任的人才有可能擔任這種任務，武王最信任的十個人，《尚書·泰誓》云：「予有亂臣十人，同心同德。」注：「十人：周公旦、召公奭、太公望、畢公、榮公、太顛、閎夭、散宜生、南宮适，及文母。」〔註 17〕據《史記》：「（文王）禮下賢者，日中不暇食以待士，士以此多歸之。伯夷、叔齊在孤竹，聞西伯善養老，盍往歸之。太顛、閎夭、散宜生、鬻子、辛甲大夫之徒皆往歸之。」〔註 18〕楊寬《西周史》，文王網羅的人才有：虢叔、閎夭、散宜生、泰顛、南宮括、八虞（伯達、伯括、仲突、仲忽、叔夜、叔夏、季隨、季騧）、二虢、蔡公、原公、辛甲、尹佚、周文公、邵康公、畢公、榮公、鬻子、向摯等。〔註 19〕《清華一·耆夜》中則另有辛公謰甲（當即辛甲）、作冊逸。總之，所有材料中都看不到胡公滿。《史記·陳杞世家》對胡公滿的記載如下：

> 陳胡公滿者，虞帝舜之後也。昔舜為庶人時，堯妻之二女，居于媯汭，其後因為氏姓，姓媯氏。舜已崩，傳禹天下，而舜子商均為封國。夏后之時，或失或續。至于周武王克殷紂，乃復求舜後，得媯滿，封之於陳，以奉帝舜祀，是為胡公。〔註 20〕

從這些記載看不出胡公滿對周克商有什麼貢獻。舜居於媯汭，媯水在今山西；武王封媯滿於陳，陳地在今河南淮陽及安徽亳州一帶，都和呂尚、武王克商無關。

從出土材料來看，「者」字用法可分為三大類：

一、釋為「故」

（01）：「燕者（故）君子噲」。（《集成》9735「中山王譽壺」·戰國晚期）

（02）：者（故）不以至今。（《上九·邦人不稱》1）

〔註 17〕《十三經注疏·尚書》（臺北：藝文印書館，1981 年），頁 155。

〔註 18〕藝文印書館《史記》，頁 116。

〔註 19〕楊寬《西周史》（上海：上海人民出版社，2003 年），頁 81～83。

〔註 20〕《史記》（臺北：藝文印書館，1965 年），頁 1575。

（03）：犧牲、珪璧，必全如耆（故）。（《上五・鮑》3）

（04）：鑄二十金半以賹（易）者（故）爵。（郾客銅量）〔註 21〕

（05）：事耆（故）。（左塚漆梮）〔註 22〕

二、釋為姓名

（06）：「耆耳」（《璽彙》3477）

（07）：「耆耳」（璽彙 5678）

（08）：「丘齊辛里之耆」（陶彙 3.612）〔註 23〕

（09）：「丘齊辛里之耆」（陶彙 3.615）

（10）：「丘齊辛里之耆」（陶彙 3.616）

（11）：「丘齊辛里之耆」（陶彙 3.617）

（12）：「丘齊辛里之耆」（陶彙 3.618）

（13）：「耆毋公信鉨」（《彙考》334）〔註 24〕

（14）：滕侯耆之鋯（《殷周金文集成》11077）

（15）：滕侯耆之鋯（《殷周金文集成》11078）

（16）：鄗君之耆州加公周踦受期（《包山》2.68）

三、宮廟門

（17）：公格在耆門（《清華一・皇門》1）〔註 25〕

第一種用法當屬假借。第三種用法牽涉到古代宮廟門庭的制度，資料不足，其實不容易討論出結果。第二種用法或屬於姓，或屬於名，或屬於謚號。陳國屬於嬀姓，因此「胡公滿」的「胡」應該是謚，《逸周書・謚法篇》：「保

〔註 21〕參劉波〈釋楚郾客銅量中的「故」字〉（《江漢考古》2012 年 1 月，總第 122 期）

〔註 22〕高佑仁〈釋左冢楚墓漆棋局的「事故」〉，武大簡帛網，2008 年 5 月 17 日首發，網址：http://www.bsm.org.cn/show_article.php?id=828

〔註 23〕以下三例此字下半省「古」，參王瑜楨論文。

〔註 24〕孫剛：《齊文字編》（吉林大學歷史文獻學碩士學位論文，2008 年 4 月，指導教師：馮勝君），頁 179。

〔註 25〕本條學者通讀為庫門、路門、閎門、皇門、胡門、強門等各種說法，參李雅萍〈《清華大學藏戰國竹簡（壹）・皇門》研究〉，玄奘大學中國文學系教學碩士班碩士論文，101 學年，季旭昇指導。

民耆艾曰胡。彌年壽考曰胡」又「胡，大也」。《左傳．昭公八年》:「胡公不淫故周賜之姓使祀虞帝。」胡公滿大約就是屬於「保民耆艾」被謚為「胡公」吧！〔註 26〕

前引「砉」字文例，06-15 都屬於齊系，似乎齊人好以此為名姓謚號，《史記．齊太公世家》中也有一位國君叫胡公：

> 哀公時，紀侯譖之周，周烹哀公而立其弟靜，是為胡公。胡公徙都薄姑，而當周夷王之時，哀公之同母少弟山怨胡公，乃與其黨率營丘人襲攻殺胡公而自立。〔註 27〕

齊胡公徙都薄姑，殺胡公的同母少弟山率領的是營丘人。前引馬王堆《戰國縱橫家書．蘇秦謂燕王章》的呂隧，學者亦以為營丘。〈舉治王天下〉「砉公見大公望於呂隧」，很可能只是呂隧（營丘）人，與古公亶父、胡公滿都未必有關係。

如果我們要做點推測，散宜生應是散國人，《墨子閒詁．尚賢上》云:「《大戴禮記．帝繫篇》云:『堯娶於散宜氏之女。』散宜蓋以國為氏也。」而閎夭的來歷則無人知曉，只有《墨子．尚賢上》說:「文王舉閎夭、泰顛於罝罔之中，授之政，西土服。」此外典籍中查不到任何他的出身來歷。於此我們不妨做個大膽的推測，砉公也許就是閎夭，《清華一．皇門》簡 1「隹（惟）正〔月〕庚午，公格在砉門」，今本《逸周書．皇門篇》作「維正月庚午，周公格于左閎門」，孔晁《注》:「路寢左門曰皇門。閎，音皇也。」這是「砉」可以讀為「閎」的最明確的例證。「砉」從「古」得聲，上古音在見母魚部；「閎」上古音在匣母蒸部，二字聲母為牙喉相鄰，韻部「魚」部和「蒸」部表面上看起來相去較遠，其實上古音也有一定的關係。《禮記．月令》以恆（蒸部）韻裳、長、量、常（陽部），《楚辭．離騷》以常（陽部）韻懲（蒸部），《荀子．大略》以行（陽部）韻興（蒸部），陳師新雄《古音研究》說:「陽讀[aŋ]，蒸讀[əŋ]，韻尾相同，但元音相去稍遠，故旁轉亦不多也。」〔註 28〕劉鴻雁先生在〈試論戰國早中期楚方言的韻部特點〉指出「《詩經》和《楚辭》中之魚合韻的情況較少。《詩經》中共有 5 例，郭店楚簡中之魚接觸共 8 次」，以下是《郭店》中押韻的 6 例「厇

〔註 26〕也有人以為「胡」是封地，因此以地為氏。因為與本文關係不大，因此不作討論。

〔註 27〕《史記》(臺北：藝文印書館，1965 年)，頁 1478。

〔註 28〕陳新雄《古音研究》(臺北：五南圖書出版公司，1999 年)，頁 471。

（職）、托（鐸）」、「夫（魚）、子（之）」、「福（職）、芒（陽）」、「有（之）、止（之）、殆（之）、下（魚）、海（之）」、「者（魚）、子（之）」、「有（之）、亡（陽）」〔註29〕。再以古文字為例，「強」字从虫、弘聲，「強」為陽部字，「弘」為蒸部字。李天虹先生把「耆門」讀為「強門」，並且說：「戰國時期『厷』、『弓』聲字有陽部字的異讀，孔晁注『閎』音『皇』即是一例。『皇』系匣母陽部字，與見母魚部的『古』音近可通。戰國文字『皇』的上部常寫作『古』形，而《說文》古文『古』的構形又與『皇』字有關，也有助於說明『皇』跟『耆』之間的音轉關係。」〔註30〕魚部為陽部的陰聲，陽蒸既然可以旁轉，那麼魚蒸旁對轉應該也還有一定的道理。馬王堆帛書《老子》：「堅強者死之徒（魚）也；柔弱微細生之徒（魚）也。兵強則不勝（蒸），木強則恆（蒸）。強大居下（魚），柔弱微細居上（陽）。」「勝」、「恆」兩個蒸部字夾在魚部中間，我們當然可以看成此二字單獨成韻，但是它們與前後的魚部字叶韻的可能性應該是很大的。高亨先生《古字通假會典．蒸部第二》頁45云：「《山海經．海內北經》：『從極之川，唯冰夷恆都焉。』郭璞引《穆天子傳》冰夷作無夷。」冰（蒸）與「無（魚）」為異文，足證蒸魚二部主要元音雖有距離，但在先秦某些時空下，其讀音應該頗近，因此可以通假。〔註31〕

「耆」字後世不用，以音近而寫作「閎」，其名「夭」，晉張華《博物志》卷六作「天」，何者為是，難以判斷。至於「耆公」的「公」則是尊稱，清陳壽祺輯《尚書大傳》卷三：「文王以閎夭、太公望、南宮括、散宜生為四友。」其地位頗高，尊之為公，應屬合理。

原發表於第二十六屆中國文字學國際學術研討會，台中．逢甲大學中文系，2015年5月29～30日。

〔註29〕見劉鴻雁〈試論戰國早中期楚方言的韻部特點〉，《燕山大學學報（哲學社會科學版）》14卷3期，2013年9月，頁49～50。他所舉的八例，我認為其中二例難以成立，因此只列了六例。

〔註30〕李天虹〈由清華簡《皇門》「古（從老）門」談上博簡《姑成家父》的「強門」〉，武漢大學簡帛網，2012年7月4日首發，網址：http://www.bsm.org.cn/show_article.php?id=1714

〔註31〕我們也同時應該注意到，這些材料與齊、楚的關係非常密切，荀子五十歲遊學於齊，齊襄王時「最為老師」，後受讒入楚。《楚辭》、《馬王堆．老子》應該都是楚系材料。

《上博九・史蒥問於夫子》釋譯及相關問題

摘　要

《上海九・史蒥問於夫子》記載了一位齊國敝吏之子史蒥接受了國君的某項職位，不知道該怎麼做，因而向孔子請教。可以補充我們對儒家孔子的認識。但是，由於本篇竹簡全部殘斷，沒有一支簡可以連讀，所以全篇內容幾乎不知所云。很快地，學者指出本篇與《上博六・孔子見季桓子》某些簡可以拼接，使得全篇的釋讀得到很大的突破。本篇對這些拼接進行了較深入的檢討，並對拼接後的釋讀也進行了一些討論，提出了一些新的意見。

關鍵詞：史蒥問於夫子、孔子見季桓子、竹簡字距、竹簡漏字、才、信

《上海博物館藏戰國楚竹書（九）・史蒥問於夫子》殘斷較嚴重，文句不易通讀。我們最近在編纂《上博九讀本》，其中〈史蒥問於夫子〉是由賴怡璇女士撰寫完畢後，由我校訂。全篇大概是說一位齊國敝吏之子史蒥接受了國君的某項職位，不知道該怎麼做，因而向孔子請教（與《上博三・仲弓》篇的情形類似）。第二、三段記述國君派其子「師之」，簡文指出這是關係國家百姓福祉的事，不可以不戒慎恐懼，並強調人不能完全靠自己存活，必需學習。第四段強調為政用人要「慎始」，一開始就要選擇仁人進用。第五段強調為政

要不違民意。第六段列舉人君八種過失。第七段夫子解釋何謂「申（信）」與「敬」。第八段夫子贊美「臨事而懼」。

全文的簡序編聯及釋文參考了《上博九》濮茅左的原考釋以及下列各篇，為了避免繁瑣，釋文中不一一加注，詳細的注，請看《上博九讀本》：

Youren（高佑仁）〈〈史留問於夫子〉初讀〉，武漢大學「簡帛論壇」，0 樓，2013.1.5，http://www.bsm.org.cn/bbs/read.php?tid=3042&fpage=4；以及以下各樓無語、海天遊蹤（蘇建洲）、易泉（何有祖）、鳲鳩（王凱博）、Yushiawjen（王瑜楨）、Mpsyx（孟蓬生）、苦行僧（劉雲）、松鼠（李松儒）、天涯倦客、xiaosong 等的發言；

ee（單育辰）：〈上博九識小〉，武漢大學「簡帛論壇」，0 樓，2013.1.5，http://www.bsm.org.cn/bbs/read.php?tid=3044；

溜達溜達〈俺也湊熱鬧，整個簡單的，把很表面的清理完，接著就看大佬們的了〉，武漢大學「簡帛論壇」，0 樓，2013.1.5，http://www.bsm.org.cn/bbs/read.php?tid=3031&fpage=2；

張峰〈《上博九・史留問於夫子》初讀〉，武漢大學「簡帛網」，2013.1.6，http://www.bsm.org.cn/show_article.php?id=1773；

何有祖〈讀《上海博物館藏戰國楚竹書（九）》札記〉，武漢大學「簡帛」網，2013.1.6，http://www.bsm.org.cn/show_article.php?id=1777；

蘇建洲〈初讀《上博九》劄記（一）〉，武漢大學「簡帛網」，2013.1.6，http://www.bsm.org.cn/show_article.php?id=1776；

程燕〈讀《上博九》劄記（二）〉，武漢大學「簡帛網」，2013.1.7，http://www.bsm.org.cn/show_article.php?id=1784；〈讀《上博九》札記〉，《紀念何琳儀先生誕生七十週年暨古文字學國際學術研討會》，合肥：安徽大學漢字發展與應用研究中心，2013.8.1-3，頁 189-192；

高佑仁〈《上博九》初讀〉，武漢大學「簡帛網」，2013.1.8，http://www.bsm.org.cn/show_article.php?id=1789；

單育辰〈佔畢隨錄之十六〉，武漢大學「簡帛網」，2013.1.9，http://www.bsm.org.cn/show_article.php?id=1798；

王凱博〈《史留問於夫子》綴合三例〉，武漢大學「簡帛網」，2013.1.10，http://www.bsm.org.cn/show_article.php?id=1803；

高榮鴻〈《上博九．史留問於夫子》校讀〉，《第二十五屆中國文字學國際學術研討會論文集》，台北：中國文化大學中國文學系，2014。

在編聯方面，前列多位學者指出〈孔子見季桓子〉（以下簡稱「季」）有些簡與本篇（〈史留問於夫子〉，以下簡稱「史」）可以拼接，完簡應該有三道編繩，這是很有見地的，吸收了這些學者的意見，我們最後採用的簡序及編聯如下：

史 1，史 2＋11，史 3＋10，史 4＋季 9，季 5＋史 5，史 6＋7，史 9＋8，史 12

各簡的簡長及契口（以「▼＊」表示）如下，能拼接的簡用同一底色標示，缺多少字儘可能估出。因為大部分簡仍有殘缺，拼接後的簡彼此之間能否連讀，仍難以肯定：

<table>
<tr><th>簡 號</th><th>現存簡長</th><th colspan="6">簡首 ▼1 ▼2 ▼3 簡尾</th></tr>
<tr><td>完簡</td><td>54</td><td>10</td><td colspan="2">17</td><td colspan="2">17</td><td>10</td></tr>
<tr><td>史 1</td><td>19.6~</td><td>10.1</td><td>9.5~</td><td></td><td></td><td></td><td></td></tr>
<tr><td>史 2＋</td><td>20~</td><td rowspan="2">10.1</td><td rowspan="2">9.9~</td><td rowspan="2">~7.3</td><td colspan="2" rowspan="2">16.8</td><td rowspan="2">0.9~</td></tr>
<tr><td>史 11</td><td>~25~</td></tr>
<tr><td>史 3＋</td><td>19.5~</td><td rowspan="2">9.8</td><td rowspan="2">9.7~</td><td rowspan="2">~7.5</td><td colspan="2" rowspan="2">16.8</td><td rowspan="2">1.1~</td></tr>
<tr><td>史 10</td><td>~25.4~</td></tr>
<tr><td>史 4＋</td><td>19.5~</td><td rowspan="2">9.8</td><td rowspan="2">9.7~</td><td rowspan="2">~7.7</td><td colspan="2" rowspan="2">17</td><td rowspan="2">0.3~</td></tr>
<tr><td>季 9</td><td>~25~</td></tr>
<tr><td>季 25＋</td><td>~19.7~</td><td rowspan="2">10.2</td><td rowspan="2">9.5~</td><td rowspan="2">~8</td><td colspan="2" rowspan="2">17</td><td rowspan="2">0.5~</td></tr>
<tr><td>史 5</td><td>~25.5~</td></tr>
<tr><td>史 6＋</td><td>~25.3~</td><td rowspan="2"></td><td rowspan="2"></td><td rowspan="2">~14.5</td><td rowspan="2">10.8~</td><td rowspan="2">~5.9</td><td></td></tr>
<tr><td>史 7</td><td>~16</td><td>10.1</td></tr>
<tr><td>史 9＋</td><td>19.8~</td><td rowspan="2">10.2</td><td rowspan="2">9.6~</td><td rowspan="2">~7.3</td><td colspan="2" rowspan="2">17</td><td rowspan="2">1.3~</td></tr>
<tr><td>史 8</td><td>~25.6~</td></tr>
<tr><td>史 12</td><td>~23.6~</td><td></td><td></td><td>~6</td><td colspan="2">17</td><td>0.6~</td></tr>
</table>

學者主張的拼接，有些我們沒有採納，如〈史〉1＋12、7＋3、11＋3，因為文義的銜接不理想；〈史〉2（存 20 釐米）＋〈季〉21（存 20.8 釐米），看起來長度還可以，文義的銜接也似乎還可以，可是〈史〉平均每字 0.95 釐米；〈季〉21 平均每字 1.38 釐米，二者字距相差太大，不太可能屬於同一支簡。

依本篇主張的簡序及釋字，全篇釋文如下：

【缺簡】亓（其）□之。」史蒥曰：「蒥也，古（故）齊邦𢁒（幣／敝）史（吏）之子也。亡（無）女（如）𢘓（圖）也，□□□□□□□□□□□□□□□□□□□□□□□□□□□□□□□□□□【一】

□之㠯（以）亓（其）子=（子。子），亓（其）身之弍也。含（今）史（使）子帀（師）之，君之睪（擇）之新（慎）矣，【二】不可以弗戒ㄜ。子之史（使）行，百生（姓）㝵（得）亓（其）利，邦家㠯（以）徲（徲／夷）；子之史（使）不行，百生（姓）□□□□□□□□□□□【十一】

杙（必）㔾（危）亓（其）邦㝐（家），則能貴於禹=湯=（禹湯，禹湯）則學。自訇（始）【三】又（有）民㠯（以）來，未或（有）能才（特）立於𡌸（地）之上，弌（一）或不免又（有）𧩸（禍），不？□□□□□□□□【十】

亟（極／恆？）□同，古（故）𢽟（教）於訇（始）虖（乎）才（哉）。訇（始）㝵（得）可人而与（舉）之，【四】𢙇（仁）爰（援）𢙇（仁）而進之，不𢙇（仁）人弗㝵（得）進矣。訇（始）㝵（得）不可人而与（舉）之【季九】

民噩（喪／氓）不可𢘍（侮）。眾之所植，莫之能灋（廢）也；眾之灋【季二五】，莫之能豊（豎）也。子㠯（以）氏（是）視之，不亓（其）難与（與）言也？虘（且）夫□□□□□□□□【五】

□□□□□□□□□□□也。」史蒥曰：「可（何）胃（謂）八ㄜ？」夫子曰：「〔好〕內与（與）賜（貨），幽（好）色与（與）酉（酒），大鐘貞（鼎），【六】美宮（宮）室，區（驅）𨊠（騁）畋邋（獵），与（舉）獄訟，此所以遊（失）」【七】

「害（曷）鹿（從）而不敬？子亦𠪚（厥）之惻（側）。」史蒥曰：「可（何）胃（謂）雷〔申〕（信）？可（何）胃（謂）【九】敬ㄜ？」夫子曰：「敬也者，詹（瞻）人之𩒨=（彥=／顏色）而為之、為視亓（其）所谷（欲）而□□□□□□□□【八】

「□□□□□□□□□□□□□□□□□□□□□□□□□□□□□□□□□□□𦖞（聞）子之言大𧢨（懼），不志（識）所為ㄜ。」夫子曰：「善才（哉）！臨事而𧢨（懼），希不□□□□□□□□□【十二】

以下是幾點相關的討論。

一、〈季〉25＋〈史〉5 的拼接後的釋讀問題

〈季〉25＋〈史〉5 的文字為「眾之所植，莫之能灋（廢）也；眾之」＋「莫之能豊（豎）也」。鴨鳩於武漢大學「簡帛論壇」〈〈史蒥問於夫子〉初讀〉47 樓說：「簡 25 尾部為「所」之殘，後應還有一字，已不存。」Youren 在 53 樓說：「季 25 和史 5 綴合是完全正確的，但從圖片中很容易就看出來，這中間如果要再補一字，那麼史 5 的契口將不符合本篇編聯的要求。……就簡文來看，季 25 與史 5 應當是直接綴合，而不補字。」季案：據前表，二簡拼接後第一契口至第二契口的長度為 9.5＋8 釐米，已經略為超過標準值的 17 釐米了，因此不可能再補字。但是，如不補字，依鴨鳩的釋讀，此處為「眾之所植，莫之能灋（廢）也；眾之所，莫之能豊（豎）也」，實不成文句，難以拼接。我們認為，這兩簡的銜接應該是合理的，但是文句不全，只能推測是原書寫者漏字。〈季〉25 簡末殘字作「 」，鴨鳩以為是「所」字，對比楚簡的「所」字，當非。此字當為「灋（廢）」，對照同簡的「灋（廢）」字作「  」，二字的右上完全相同。如果這個推測可信，則〈季〉25 本作「眾之所植，莫之能灋（廢）也；眾之灋（廢）」，書手在「灋（廢）」字前本來就漏抄了一個「所」字。因此這兩簡的拼接就沒有補字的問題了。〈孔子見季桓子〉和〈史蒥問於孔子〉為同一書手，其書寫水準不是很好，抄寫有誤並不奇怪，如〈孔子見季桓子〉簡 3「而桀{専}（敷、布）䎽（聞）亓（其）訔（詞/辭）於僘（逸）人虐（乎）」，陳劍先生就以為「『桀』、『専』兩字中必有一字係衍文」〔註1〕。

二、〈史〉6＋7 拼接後的釋讀問題

〈史〉6＋7 拼接後作「史蒥曰：『可（何）胃（謂）八？』夫子曰：『內与䝔，幽（好）色与（與）西（酒），大鐘貞（鼎），』＋『美宀（宮）室，區（驅）軴（騁）畋邋（獵），与（舉）獄訟，此所以遊（失）。』」二簡長度可以拼接，文義也接近。但是「內与䝔」應如何釋讀，頗為棘手。Youren 於武漢大學「簡

〔註 1〕陳劍〈《上博（六）．孔子見季桓子》重編新釋〉，復旦大學「出土文獻與古文字」網站，2008 年 3 月 22 日首發，http://www.gwz.fudan.edu.cn/SrcShow.asp?Src_ID=383；《出土文獻與古文字研究》第二輯，上海：復旦大學出版社，2008，頁 160～187；《戰國竹書論集》，上海：上海古籍出版社，2013 年，頁 283～317。

帛論壇」〈〈史蕾問於夫子〉初讀〉12 樓云：「簡 6：『貨』原考釋者訓作『賭』，這個字楚簡常讀作貨，此處不應例外，《郭店·語叢三》『內（納）貨（貨）也』可參。」鳴鳩於 26 樓云：「簡 6：史留曰：『何謂八？』夫子曰：『內与貨，幽色与酉，大鐘貞』其中『內与貨』讀為『納邪偽』。」季案：鳴鳩之說係援用陳劍先生在〈《上博（六）·孔子見季桓子》重編新釋〉釋「與蝸」為「邪偽」的意見，自有一定的說服力，但這麼一來，本小節的「納邪偽，幽色與酒，大鐘鼎，美宮室，驅騁田獵，舉獄訟」只有七項，不符「何謂八」之數。依 Youren 之說，「納與貨，幽色與酒，大鐘鼎，美宮室，驅騁田獵，舉獄訟」恰為「八失」，符合簡文「何謂八」之數。不過，「納與貨」與「幽色與酒」對比，似乎少了一個動詞。比照上一段的思路，我們也不妨推測本篇書手在這兒抄漏了一個動詞，原句應作「好內與貨」。好內，即貪戀妻妾姬侍，見《國語》、《史記》、《漢書》；好貨，見《孟子》。

三、自訇（始）又（有）民㠯（以）來，未或（有）能才（特）立於墬（地）之上，𢦏（一）或不免又（有）謂（禍）（簡 3＋10）

「未或能才立於墬之上」，原考釋讀為「未或能才（裁）立（粒）於墬（地）之上」，注謂「全意難以明瞭」。其他學者也都沒有提任何想法。原因可能是〈史蕾問於夫子〉全篇殘斷太甚，文義難明，所以無法訓讀。

從前面的釋文可以知道，本篇第二段談「（君）使子師之」，自然是強調「師」、「學習」的重要。因此第三段說「禹湯則學」（我們懷疑這四個字有訛漏，句意應是「禹湯亦學」），因此接著說「自始有民以來，未有能才立於地之上」，意思應該是很清楚的。「才立」應該是「獨立不需向人學習」之類的意思。據此，我以為「才（從紐之部）」可讀為「特（定紐職部）」，二字韻為陰入對轉，聲為舌齒旁紐，從紐與定紐古音可假的例子，如「蜨」從「疌」聲，「蜨」《說文》徒叶切，屬定紐；「疌」《說文》疾葉切，屬從紐。「才」與「特」，典籍雖無通假之例，但「才」與「直」（澄紐職部）可通（參《漢字通用聲素》頁 29），「直」與「特」只是聲母有清濁之異而已。「特立」謂「獨立」，《禮記·燕義》「君獨升立席上，西面特立」，即此義。「未有能特立於地之上」，謂「未有人能孤立於地之上（而不用跟人學習）」。

四、史蕾曰：「可（何）胃（謂）雷〔申〕（信）？可（何）胃（謂）敬？」

夫子曰：「敬也者，詹（瞻）人之衾=（㡿=／顏色）而為之、為視亓（其）所谷（欲）而口（簡 9+8）

「雷」字原圖作「  」，中作倒 S 形，兩邊作二「田」形。原整理者引《殷契粹編》1570「 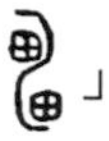 」釋為「疆」。高榮鴻〈史留校讀〉釋為「雷」字，可從。但是放在簡文中無法通讀。駱珍伊《《上海博物館藏戰國楚竹書（七）～（九）》與《清華大學藏戰國竹簡（壹）～（叁）》字根研究》以為「申」字之訛。季案：此說可從。楚簡「申」字作作「  」，本簡此字「口」形訛成「田」形。「申」讀為「信」，《孟子・告子上》：「今有無名之指，屈而不能信。」句中「信」字即假借為「伸」。〈史留〉書手水準不高，類似訛誤，不足為奇。雖楚簡「信」字常見，但偶然假借「申」字為之，也不是不可能。楚簡類似情況如「農」作「嬳」（《上博五・三德》簡 15），字形承自甲金文，但又假借「戎」（《上博三・容成氏》簡 1）〔註 2〕。

「敬也者，詹（瞻）人之衾=（㡿=／顏色）而為之、為視亓（其）所谷（欲）而……」句意費解。「詹」字簡文作「  」，原整理者讀為「𠶷（信）」，無語在武漢大學「簡帛論壇」〈〈史留問於夫子〉初讀〉1 樓主張讀「詹」。季案：楚簡「信」字从言身，但都作左右排列；且本句讀「信」也無法通讀；視為「詹」字的訛體，放在簡文中讀為「瞻人之之顏色而為之」文從句順。但是，「瞻人之之顏色而為之」怎麼會是敬呢？我們認為本簡下殘，此處夫子應是先從反面抨擊「瞻人之顏色」不是「敬」。「瞻人之之顏色而為之，為視亓（其）所谷（欲）而……」之下，夫子接著說的應該是「則非敬」之類的話，全段文義才合理。孔子類似的表述，不為罕見，如《論語・為政》孔子回答子游問孝，說：「今之孝者，是謂能養。至於犬馬，皆能有養；不敬，何以別乎？」

由於文殘句難，我們把本篇大義試著做白話語譯，希望有助於本篇的解讀：

亓（其）口之。」史留說：「留，是從前一個齊國鄙陋官吏的兒子。對『謀畫』不知道該怎麼辦。」

之㠯（以）亓（其）子，太子，是他自己的分身。今日派遣他去學習，國君的選擇是十分慎重的，不可以不謹慎啊。太子的派遣（學習）得以實現，

〔註 2〕參李守奎《上海博物館藏戰國楚竹書（一～五）（北京：作家出版社，2007 年），頁 135、568。

百姓就能得到利益，國家與國家之間皆能親厚；太子的派遣（學習）不能實現，百姓……

必可以端正國家，則連禹、湯都會推重他。禹、湯也是要學習（才能成為聖賢）。自有人民以來，沒有人能孤立於土地之上（而不學習），（如果不學習），甚至於不免會遇到災禍。

亟（極／恆？）[illegible]同，因此教化要從開始做起吧！。一開始得到可用之人而舉薦他，則仁者會援引同樣有仁之人出仕，而不仁之人就無法出仕。一開始得到不可用之人而推舉他……。

人民是不可以欺侮的。眾人所樹立的，不能夠廢除；眾人〔要廢除〕的，不能夠豎立。你從這一點來看，不是非常難跟他說明的嗎？而且□……

……也。」史留說：「是哪八項呢？」夫子說：「貪戀妻妾姬侍與財貨、沉溺於酒與色、製作大鐘和大鼎、裝修華麗的宮室、駕著車馬打獵、喜歡興起獄訟，這些都是人君之失。」

「為何外表遵從而內心不恭敬呢？你亦在他的身邊。」史留說：「什麼是信？什麼是敬？」夫子說：「敬，（如果）是瞻望人的臉色而表現出來的、（如果）是要看對方的欲望而（決定，那就不叫敬了）……」

「（我）聽到夫子的話非常畏懼，（我）不知道（已往都）在做什麼。」夫子說：「很好啊！面對事情會畏懼，很少會不……」

《吉林大學社會科學學報》創刊六十周年紀念號，2015 年第 4 期，頁 242～247。（國家社科基金資助期刊、全國中文核心期刊、中國人文社會科學核心期刊、中文社會科學引文索引（CSSCI）來源期刊）

《清華一・皇門》篇「大門宗子埶臣」解

摘　要

《逸周書・皇門》「大門宗子勢臣」六字，歷代說法紛歧：孔晁以「大門宗子」即「嫡長子」，「勢臣」為顯赫的臣子；莊述祖《尚書記・皇門第四》改「大門宗子」為「大宗門子」，以為「大宗」即「宗子」，「門子」即「小宗之嫡子」。「勢臣」是指治國之臣，「大門宗子勢臣」即「宗子勢臣」、「小宗勢臣」的合稱；陳逢衡《逸周書補注》以「大門宗子勢臣」為三，暗指管叔、蔡叔、霍叔；黃懷信先生《逸周書校補注譯》譯為「世家大族的嫡子、重臣」；王連龍〈《逸周書・皇門篇》校注、寫定與評論〉釋「大門」為「大宗族之嫡長子」，釋「宗子」為「別子的適長子」，釋「勢臣」為「邇臣」即「為御事在君左右者」。此六字在《清華壹・皇門》中作「大門宗子埶臣」，學者看法也不盡相同。本文透過對文字較古的簡本〈皇門〉全文結構思想的分析，以為「大門」當指大家、巨室；「宗子」指貴族的嫡長子；「埶臣」當讀為勢臣，指類似周公這樣等級的人物。

關鍵詞：皇門、大門、宗子、勢臣、巨室、大家

《清華大學藏戰國竹簡（壹）》有〈皇門〉〔註1〕一篇（以下簡稱「簡本〈皇

〔註1〕清華大學出土文獻研究與保護中心編，李學勤主編《清華大學藏戰國竹簡（壹）》，上海文藝出版集團・中西書局出版，2010年12月。

門〉」)，內容與今本《逸周書・皇門》(以下簡稱「傳本〈皇門〉」) 大體相同，但又有不少字詞不同，可以校勘今本的原文，訂正歷代注解家的錯誤。簡本〈皇門〉出版後，學者有不少研究，但有些地方還可以再做進一步的探討。本文想討論篇中「大門宗子埶臣」究竟指什麼人？

這六個字在傳本〈皇門〉中作「大門宗子勢臣」〔註2〕，與簡本有一字之差。不過，真正問題出在傳本〈皇門〉訛誤太多，造成歷代學者對它的理解上的困難，所以影響了學者對「大門宗子勢臣」的理解和判斷。以下，我們先把〈皇門〉前兩段的傳本（據《逸周書彙校集注》）和簡本對照列出：

傳　本	簡　本
維正月庚午，周公格左閎門，會羣門。曰:「嗚呼！下邑小國克有者老據屏位，建沈人，非不用明刑。維其開告予于嘉德之說，	隹（惟）正〔月〕庚午，公咠（格）才（在）耇（路）門。公若曰:「於（嗚）虖（呼）！朕寡（寡）邑少（小）邦，穖（蔑）又（有）耆耇虞（慮）事噂（屏）朕立（位）。緐（肆）朕沓（沖）人非敢不用明刑，隹（惟）莫覔（開）【1】余嘉悳（德）之兌（說）。
命我辟王小至于大。我聞在昔有國誓王之不綏于卹，乃維其有大門宗子勢臣，內不茂揚肅德，訖亦有孚，以助厥辟，勤王國王家。乃方求論擇元聖武夫，羞于王所。其善臣以至于有分私子。苟克有常，罔不允通，咸獻言在于王所。人斯是助王恭明祀、敷明刑。王用有監，明憲朕命，用克和有成，用能承天嘏命。	今我卑（譬）少（小）于大，我聞（聞）昔才（在）二又（有）或（國）之折（哲）王，則不（丕）共（恭）于卹，廼隹（惟）大門宗子埶（勢）臣，楙（懋）易（揚）嘉悳（德），乞（迄）又（有）寚（寶一孚），以【2】薑（助）氒（厥）辟，堇（勤）卹王邦王豪（家）。 廼方（旁）救（求）巽（選）睪（擇）元武聖夫，膳（羞）于王所。自蜜（釐）臣至于又（有）貧（分）厶（私）子，句（苟）克又（有）款（諒），亡（無）不覊（遂）達，獻言【3】才（在）王所。是人斯薑（助）王共（恭）明祀，敷（敷）明刑。王用又（有）監，多憲（憲）正（政），命用克和又（有）成，王用能承天之魯命。〔註3〕

看得出，傳本的訛誤相當嚴重，如果沒有簡本出土，很多地方簡直是不知所云！現在，很幸運地，我們有簡本〈皇門〉可以對校，對〈皇門〉文義釋讀掌握得比較周延，有助於我們對「大門宗子埶／勢臣」的理解。

舊時學者對傳本「大門宗子勢臣」的解釋，主要有以下幾家：

一、孔晁以「大門宗子」即「嫡長子」，「勢臣」為顯赫的臣子。至於「大門

〔註 2〕見黃懷信、張懋鎔、田旭東撰，李學勤審定《逸周書彙校集注》(上海：上海古籍出版社，1995 年 12 月)，頁 584。

〔註 3〕這是綜合各家的考釋，我們加以甄擇後的釋文。因為重點在「大門宗子埶臣」，所以釋文採用那一家就不在這兒詳注了。我們將來的集釋會注明。

宗子」與「勢臣」這二個詞之間有什麼關係，沒有說明：

> 大門宗子，適長。勢臣，顯仕。〔註4〕

先秦典籍「宗子」，學者有不同解釋，一般指「嫡長子」，《禮記·內則》：「適子、庶子祇事宗子、宗婦」，孔疏：「適子謂父及祖之適子，是小宗也。庶子謂適子之弟。宗子謂大宗子，宗婦謂大宗子之婦。」〔註5〕一個家族之內，同一輩的除了嫡子、庶子，當然就是嫡長子了。或以為「王之嫡子」，《毛詩·大雅·板》「大宗維翰，……宗子維城」鄭箋：「大宗，王之同姓適子也。……宗子，謂王之適子。」〔註6〕。朱熹不贊成鄭箋的解釋，《詩集傳》以為「大宗」是強族，「宗子」是同姓（王的同姓族人）。〔註7〕陳奐《詩毛氏傳疏》也說「《左》兩引詩，並以宗子為群宗之子」。〔註8〕

以上三義（嫡長子、王之嫡子、群宗之子），孔晁注用的是「宗子」的一般義「嫡長子」。釋「勢臣」為「顯仕」，不以為這個詞有貶義。可從。

二、莊述祖《尚書記·皇門第四》改「大門宗子」為「大宗門子」，以為「大宗」即「宗子」，「門子」即「小宗之嫡子」。「勢臣」是指治國之臣，「大門宗子勢臣」即「宗子勢臣」、「小宗勢臣」的合稱：

> 大宗，宗子。門子，小宗之適子。《周官·小宗伯》曰：「其正室皆謂之門子。」埶，治也。埶臣，大宗、門子之能左王治國者，所謂世臣也。〔註9〕

為了解決先秦兩漢傳世文獻沒有「大門宗子」一詞的問題，莊述祖改「大門宗子」為「大宗門子」，「大宗」一詞古籍常見，但是用義也不是很明確，莊述祖逕等同於「宗子」，應該是用《禮記·大傳》鄭注的說法。《禮記·大傳》：「別子為祖，繼別為宗。」鄭玄注：「別子謂公子若始來在此國者，後世以為

〔註4〕孔晁注《逸周書》（乾隆丙午抱經堂雕，民國十二年夏五用北京直隸書局影印），卷五，葉十二。孔注「適長」，莊述祖《尚書記》作「適長子」，見莊述祖《尚書記》，葉二十三。

〔註5〕《十三經注疏·禮記》（臺北：藝文印書館，1979），頁522。

〔註6〕《十三經注疏·詩經》（臺北：藝文印書館，1979），頁635。

〔註7〕朱熹《詩集傳》（北京：中華書局，1958年7月），頁202。

〔註8〕陳奐《詩毛氏傳疏》（吳門南園掃葉山莊陳氏藏版），詩廿四，葉四六下。

〔註9〕莊述祖《尚書記》（清光緒中江陰繆氏刊本，《雲自在龕叢書》第一集），尚記四，葉二十三。

祖也。別子之世適也，族人尊之，謂之大宗，是宗子也。」〔註 10〕

「門子」也見於《左傳》、《國語》、《周禮》、《韓非子》等傳世文獻，一般指「卿之嫡子」，莊述祖以為「小宗之適子」，以之與「大宗（宗子）」相對。這個解釋對簡本〈皇門〉的考釋有相當的影響力。不過，深入分析，這個說法其實是靠不住的。詳細分析見後文。

簡本〈皇門〉出來以後，莊述祖的改動已證明是錯的，簡本同樣作「大門宗子」。因此，莊述祖所釋「大宗，宗子。門子，小宗之適子」頓失著落，放在文本中也不合適。

三、陳逢衡《逸周書補注》以「大門宗子勢臣」為三，暗指管叔、蔡叔、霍叔：

> 大門，猶〈梓材〉所云大家；宗子，公族公姓也。《周禮・小宗伯》：「其正室皆謂之門子。」鄭康成曰：「門子，將代父當門者也。」勢臣，秉國有權勢者也。大門、宗子、勢臣，即暗指三叔。〔註 11〕

陳逢衡釋「大門」為「大家」，可從。「大家」，見《尚書・梓材》：「王曰：『封！以厥庶民暨厥臣達大家，以厥臣達王，惟邦君。』」屈萬里先生《尚書今注今譯》注云：「大夫稱家，孫《疏》及《便讀》以為大家，猶孟子所謂巨室；茲從之。」語譯則作：「王說：『封！使你的民眾及一般臣屬（的情意）通達到高級官員，再使你所有官員們的意見都能通達到天子，（若能作到這樣），那才可算是國君。』」〔註 12〕《孟子・離婁上》「不得罪於巨室」趙注：「巨室，大家也，謂賢卿大夫之家。」〔註 13〕大家、巨室，是指賢能的世族。

不過，陳逢衡說「大門、宗子、勢臣，即暗指三叔」，則失之於鑿，沒有證據，也不合〈皇門〉全文旨意。近人郭偉川承陳說發揮，以為「大門宗子勢臣，內不茂揚肅德」等句為指責管蔡：

> 歷來《皇門解》之註解，義多不通，此乃對通篇主旨未明之故。事實上，本篇敘述周公接獲管、蔡、霍三監勾結武庚作亂之訊息，

〔註 10〕《十三經注疏・禮記》（臺北：藝文印書館，1979 年），頁 620。

〔註 11〕陳逢衡《逸周書補注》（收在《叢書集成三編 94》，臺北，新文豐出版公司，1996 年），卷十二，葉廿七。

〔註 12〕屈萬里《尚書今注今譯》（臺北：聯經出版事業公司，1984 年 7 月），頁 113。

〔註 13〕《十三經注疏・孟子》（臺北：藝文印書館，1979 年），頁 127。「巨室」一詞，學者也有不同的解釋，本文以為趙注較合理。

> 乃急臨朝，會群臣于閎門時所說的一番話。內中聲討管、蔡、武庚等人之罪狀，尤其譴責管、蔡身為「大門宗子勢臣，內不茂揚肅德，……弗卹王國王家。……亦昏求臣，作威不祥，不屑惠聽，無辜之亂辭，是羞於王」而又特別指出主謀管叔「是人乃讒賊娼嫉，以不利於厥家國。」所謂「家」者，姬家也；「國」者，乃為周國。管、蔡、霍不以家國為重，勾結外人武庚，「乃維有奉狂夫，是陽是繩，是以為上」。「狂夫」者，武庚也。彼等狼狽為姦，叛周作亂，危及天下，「國亦不寧」。有鑒於此，周公宣布：「朕維其及」！因此，我認為《皇門解》是周公踐祚稱王的一篇文告。因為「及」者，兄終弟及，周公及武王而踐阼，這是十分明確的。〔註 14〕

其說與陳逢衡類似。不過，郭文中所謂指責管蔡的「內不茂揚肅德」，簡本實作「懋揚嘉德」，二者文義完全相反，因此「大門宗子勢臣」不得逕指三叔。此外，傳本的「嗚呼！敬哉！監于茲，朕維其及，朕藎臣，大明爾德，以助予一人憂」，簡本作「於（嗚）虖（呼）！敬（敬）才（哉），監于茲。朕遺父兄眔朕𢓊（藎）臣，夫明尔（爾）悳（德），以䚄（助）余一人𢝊（憂）」，「朕維其及」一句實作「朕遺父兄眔」，不得釋為「周公及武王而踐阼」。簡本〈皇門〉出版後，這種受傳本〈皇門〉訛字影響所作的解釋，應該是可以置之毋論了。不過，「大門宗子勢臣」固然不得逕指三叔，但周公發表此一文誥，與三監之亂有關，則是沒有問題的。

四、朱右曾《逸周書集訓校釋》似分「大門宗子勢臣」為三，指兩種人：

> 大門，大族。孔曰：「宗子，適長。勢臣，顯仕。」〔註 15〕

釋「大門」為「大族」，與陳逢衡說相近。但孔晁注本謂「大門宗子，適長」，朱右曾卻把「大門」提出來單獨解釋，然後說「孔曰：宗子，適長」，這恐怕不是孔晁的原意，至少不是我們現在所見到的孔晁注。

五、黃懷信先生《逸周書校補注譯》語譯為「世家大族的嫡子、重臣」，並

〔註 14〕郭偉川：〈周公稱王與周初禮治——《尚書・周書》與《逸周書》新探〉，收入《周公攝政稱王與周初史事集》，（北京：北京圖書館出版社，1998 年 11 月），頁 199～200。

〔註 15〕朱右曾《逸周書集訓校釋》，《續皇清經解》（光緒十四年江陰南菁書院刊本卷千二十八至卷千三十八），卷五葉十下。

在注5說：「〔大門〕世家大族。〔宗子〕嫡子。〔勢臣〕重臣。」〔註16〕

六、王連龍先生〈《逸周書・皇門篇》校注、寫定與評論〉釋「大門」為「大宗族之嫡長子」，又可稱「門子」，與「大宗」意義相當；釋「宗子」為「別子的適長子」；釋「勢臣」為「邇臣」，指「為御事在君左右者」：

> 「大門」即《穆天子傳》「盛門」，彼言望族，此指大宗族之適長子。所以，「大門」還可稱「門子」。《周禮・春官・小宗伯》：「掌三族之別，以辨親疏。其正室皆謂之門子，掌其政令。」鄭玄注：「正室，適子也，將代父當門者也。」是其證。又，「大門」與《詩經・大雅・板》「大宗維翰」之「大宗」意義相當。按周代適長子繼承制，「大門」具有嗣位的資格，屬于君統。另外，下文「勢臣」作「埶臣」，即「邇臣」，義為近臣。《禮記・表記》、《緇衣》等傳世文獻中「邇臣」與「大臣」對文，是「大門」或作「大臣」，亦未可知。
>
> 「宗子」，習見《逸周書》、《詩經》、《禮記》等傳世文獻及《善鼎》等銘文，為周人語例。孔晁以「大門」、「宗子」相混。非是。按：「宗子」屬于宗法系統，與「大門」所代表的君統有別。周代宗法制的核心內容為「別子為祖，繼別為宗」(《禮記・大傳》)。「別子」，即適長子（大門）之外的其他諸子，為表明與君統相區別，要自立宗統。這個宗從「別子」開始，所以叫「別子為祖」。在別子所建的宗裏，也施行適長子繼承制，即「繼別為宗」，而繼「別子」的適長子叫「宗子」。所以，「宗子」是「別子」的適長子。在宗統系統中，血緣關係支配政治關係，宗族成員要一統于「宗子」，所以「宗子」的身份和地位非常尊崇。另外，本篇中周公以商王為例說，是「宗子」應屬殷商之宗法。關于商代宗法制的具體內容，現代學者多傾向于商代存在跟周代相似的宗法制度〔註17〕。
>
> （勢臣，）《孔注》：「顯仕」。《莊記》校「勢」為「埶」，並謂：「埶，治也。埶臣，大宗門子之能左王治國者，所謂世臣也。」《陳注》：「勢臣，秉國有權勢者也。」《孫斠》：「『勢』當讀為『暬』，古

〔註16〕黃懷信《逸周書校補注譯》（西安：西北大學出版社，1996年3月），頁260。

〔註17〕王連龍原注15：裘錫圭《關于商代宗組織與貴族和平民兩個階級的初步研究》，《古代文史研究新探》，江蘇古籍出版社，1992年，第320頁。

> 文假借。」按：《莊記》校「勢」為「埶」。甚是。惟訓「埶」為「治」，不可從。傳世文獻中「勢」、「埶」相通，裘錫圭先生論之甚詳〔註18〕。這裏略作補充的是，「埶」、「邇」古同。《禮記・緇衣》：「大臣不治，而邇臣比矣。」郭店楚簡《緇衣》「邇臣」作「埶臣」。另，《禮記・檀弓》「褻臣」，「褻」亦當作「埶」，讀為「邇」。所以，本篇「埶臣」又可讀作「邇臣」。「邇臣」，習見《禮記》、《孔子家語》及《晏子春秋》等先秦文獻，為御事在君左右者。〔註19〕

旭昇案：王文釋「大門」為「大宗之嫡長子」，其實是沒有根據的。前輩學者或以「大門宗子」為「嫡長」，或以「大宗」為嫡長子，或以「宗子」為嫡長子，就是沒有以「大門」為「大宗之嫡長子」的。又，謂「大門」還可稱「門子」，也是沒有根據的。釋「宗子」為「別子的適長子」，別出新義，恐不可從；釋「勢臣」為「邇臣」，指「為御事在君左右者」，主要用孫詒讓的說法，孫詒讓《周書斠補》云：「案：勢，當讀為暬，古文假借。《國語・楚語》：『居寢有暬御之箴。』韋注云：『暬，近也。』暬臣猶云近臣。孔訓為顯仕，則是有權勢之臣，非良臣矣。莊說猶迂曲不可通也。」〔註20〕孫說未必可從，說見後。

2010年12月清華簡〈皇門〉出版，本句作「大門宗子埶臣」，與傳本只有一字之差。學者承著前代學人之說，有更深入的討論。簡本〈皇門〉原考釋者李均明先生以為「大門」指「貴族」；又以為「大門宗子」即「門子」；釋「埶臣」為「邇臣」：

> 門，門戶。大門，指貴族。大門宗子，即門子。《周禮・小宗伯》：「其正室皆謂之門子，掌其政令。」鄭注：「正室，適子也，將代父當門者也。」孫詒讓《正義》：「云『將代父當門者也』者，明以父老則適子代當門戶，故尊之曰門子……蓋詳言之曰大門宗

〔註18〕王連龍原注16：裘錫圭《釋殷墟甲骨文裏的「遠」「𢦏」（邇）及有關諸字》，《古文字研究》第12輯，第85～95頁。《古文獻中讀為「設」的「埶」及其與「執」互訛之例》香港大學亞洲研究中心《東方文化》Volume XX XVI，1998 Numbers1 and 2，第39～46頁。

〔註19〕王連龍：〈《逸周書・皇門篇》校注、寫定與評論〉，復旦大學出土文獻與古文字研究中心網站，http://www.gwz.fudan.edu.cn/SrcShow.asp?Src_ID=1065，2010年1月22日。

〔註20〕孫詒讓：《周書斠補》，（台北：臺灣商務印書館，1977年2月），頁95。

子，省文則曰門子，其實一也。」埶讀為「邇」。邇臣，親近的大臣。此句今本作「乃維其有大門宗子勢臣」，孔晁注：「大門宗子，適長。」〔註21〕

其後在〈清華簡《皇門》之君臣觀〉一文中，再度強調「大門宗子」即「門子」，「埶臣」即「邇臣」：

竹簡本《皇門》經驗之談中，「大門宗子邇臣」居于統治集團中最重要位置，是輔助君王治國理政的核心。從君臣關係的角度來看，大門、宗子、邇臣是相連貫的事物的三個方面。大門，望族，通常指王族；宗子，嫡長子。大門之宗子則簡稱為「門子」，《周禮・小宗伯》：「掌三族之別，以辨親疏。其正室皆謂之門子，掌其政令。」鄭注：「正室，適子，將代父當門者也。」孫詒讓《正義》：「云『將代父當門者也』者，明以父老則適子代當門戶，故尊之曰門子……蓋詳言之曰大門宗子，省文則曰門子，其實一也。」今本《皇門》孔晁注：「大門宗子，適長。」邇臣，親近的大臣。今本《皇門》莊述祖注：「執〔註22〕臣，大門宗子之能左王治國者，所謂世臣也。」從大門而宗子而邇臣，呈現的是宗法體系中的金字塔，反映了周初的政治制度與宗法制度之密切的關係，正如王國維所云：「欲觀周之所以定天下，必自其制度始矣。周人制度之大異于商者，一曰立子立嫡之制，由是而生宗法及喪服之制，並由是而有封建子弟之制，君天子臣諸侯之制。」〔註23〕

李文謂「從君臣關係的角度來看，大門、宗子、邇臣是相連貫的事物的三個方面」、「大門而宗子而邇臣，呈現的是宗法體系中的金字塔」，應該是對的。但是話說得不是很明白，讓人不知道他主張「大門宗子邇臣」是一類人，即大門中的宗子而為王所親信的臣子，還是三類人——大門一類、宗子一類、邇臣一類？

另外，李文有些地方說也得太肯定，如謂「大門宗子」即「門子」，主要

〔註21〕李學勤主編：《清華大學藏戰國竹簡（壹）》，（上海：中西書局，2010年12月），頁166。

〔註22〕執，當作「埶」，疑手民之訛。

〔註23〕李均明：〈清華簡《皇門》之君臣觀〉，《中國史研究》2011年第1期，頁63～64。

依據孫詒讓《周禮正義》的意見〔註 24〕，其實孫詒讓此說也是他的個人意見，完全沒有任何證據。李文既說「大門，望族，通常指王族」，又說大門之宗子簡稱為「門子」，可是我們看到《左傳・襄九年》:「將盟，鄭六卿，公子騑、公子發、公子嘉、公孫輒、公孫蠆、公孫舍之，及其大夫、門子皆從鄭伯。」〔註 25〕這裡的大夫門子顯然就不可能全部是王族。

黃懷信先生〈清華簡《皇門》校讀〉放棄他在《逸周書校補注譯》中釋「勢臣」為「重臣」的看法，改釋為「邇臣」:

> 大門，大族。宗子，嫡子。邇臣、近臣。今本「勢」字，孫詒讓謂當讀爲「暬」，引《國語・楚語》「居寢有暬（或作『褻』）御之箴」韋昭注:「暬，近也。」暬臣猶云近臣。正與簡書同。〔註 26〕

楊兆貴先生〈清華簡〈皇門〉與《逸周書・皇門解》篇校釋（初稿）〉云:

> 《詩經・大雅・板》「大宗維翰」，鄭箋:「大宗，王之同姓世適子也。」又詩句「懷德維寧，宗子維城」，鄭箋:「謂王之適子」。宗子，王之嫡子或同姓世嫡子。于省吾云:「子之長者無男女均可稱元子」、「是元子周人例語。」則宗子亦即元子。
>
> 大門，《左傳・哀公十四年》「攻闈與大門」，杜預注:「大門，公門也。」楊伯峻注:「宮墻四周皆有大門與小門。」大門指宮門。按:簡文「大門」以貴族家宅大門借指王室、諸侯、卿大夫等貴族，貴族住宅有大門，如《儀禮・燕禮》「公迎之于大門內」，《儀禮・聘禮》「公皮弁，迎賓于大門內」。《國語・晉語七》「門子」，韋昭注:「大夫之適子。」《左傳・襄公九年》「及其大夫門子」，杜預注:「門子，鄉〔註 27〕之適子。」門子指卿大夫的適子。又按:大門，意同「大家」。《尚書・梓材》「以厥庶民暨厥臣，達大家」，偽孔傳解「大家」為「都家」。孔疏:「以大夫稱家，對士庶有家而非大，

〔註 24〕見孫詒讓撰，王文錦、陳玉霞點校《周禮正義》（北京:中華書局，1987 年 12 月），頁 1439。

〔註 25〕李學勤主編《十三經注疏（整理本）・春秋左傳正義》（北京:北京大學出版社，1999 年 12 月），頁 1002。

〔註 26〕黃懷信:〈清華簡《皇門》校讀〉，武漢大學簡帛研究中心網站，http://www.bsm.org.cn/show_article.php?id=1414，2011 年 3 月 14 日。

〔註 27〕鄉，應為卿之訛。

> 故云大家，卿大夫在朝者。都家亦卿大夫所得邑也，又公邑而大夫所治亦是也。」故大家指在朝的、有封邑的卿大夫。
>
> 簡文與《逸》都寫「大門宗子」，莊述祖「大門宗子」為「大宗門子」，或因《左傳》、《晉語》有「門子」詞故。
>
> 孫詒讓指出傳世「勢」當讀為「埶」，古文假借，即近臣。此看法得到簡文印證。勢臣，莊述祖指出那些能輔佐天子治國的大宗門子，即世臣，陳逢衡指那些大家宗子、公族公姓。〔註28〕

楊文的解釋有點亂，令人不太明白他要解釋「大門宗子」還是「大宗門子」。「宗子」一般指「嫡長子」，鄭玄所釋「王之嫡子」為特殊義，已見孔晁注下討論。楊文採鄭箋之說釋「宗子」為「王之適子」，以為「宗子」即「大宗」、「元子」。若依此解，「王之適子」一般即是繼位為王的人，不宜跟「邇臣」並列。又，楊文解釋完「大門宗子」的「大門」，理應接著解釋「宗子」，但楊文接著說的卻是「門子」，不知道這個「門子」是指「宗子」？還是「大門宗子」省稱「門子」？

以上扼要評介完學者對傳本及簡本「大門宗子勢／埶臣」的解釋，諸說紛紜，令人不知所從。問題的焦點大約有三項：

一、「大門宗子勢／埶臣」究竟是一種人？兩種人？還是三種人？應該讀成「大門、宗子、勢／埶臣」？還是「大門宗子、勢／埶臣」？或「大門宗子勢／埶臣」？

二、「大門宗子」是否即「門子」？

三、「埶臣」應解為「邇（暬）臣」？或「勢臣」？

最早的《逸周書》孔晁注就把「大門宗子」看成一種人，解為「適長」；把「勢臣」解為「顯仕」，這個解釋其實是對的。但是後世學者未必能理解，錯訛百出的傳本〈皇門〉也造成後世學者理解上的障礙。

跟傳本比起來，簡本應該是比較好的本子，因此我們用簡本來分析。本文一開頭寫周公大會群臣於耆／閎門，勉勵群臣同心為國。周公先陳述「我聞昔在二有國之哲王」所能得到的協助人才，這些人才可以分成三等：

〔註28〕楊兆貴：〈清華簡〈皇門〉與《逸周書．皇門解》篇校釋（初稿）〉，收入《楚簡楚文化與先秦歷史文化國際研討會論文集》（武漢：中國先秦史學會、武漢大學中國地域文化研究所主辦，2011年10月29～31日），頁194。

	人　物	功　能
第一層	廼隹（惟）大門宗子埶臣	楙（懋）昜（揚）嘉悳（德），乞（迄）又（有）寶（孚），以蘉（助）氒（厥）辟，堇（勤）卹王邦王豙（家）。
第二層	廼方（旁）救（求）巽（選）睪（擇）元武聖夫	朡（羞）于王所。
第三層	自釐（釐）臣至于又（有）貧（分）厶（私）子	句（苟）克又（有）款（諒），亡（無）不𦅻（遂）達，獻言才（在）王所。

很明顯的，第一層的人地位最高，所肩負的責任最重，人數當然應該最少，但貢獻最大；第二層的人地位次之，人數較多；第三層的人地位較低，人數最多。

先從第三層說起，「釐臣」指「有官職的臣子」；「有分私子」指「有職位的庶孽」，這些人是貴族的底層，但是，他們如果表現得讓人信任，那麼就能夠「獻言在王所」，有獻言的機會。

再往上一層是「元武聖夫」，今本作「元聖武夫」，各家或釋為「元聖、武夫」兩種人才，恐非。元、武、聖三字都是形容詞，形容「夫」。「元」釋為「善」，見《國語・晉語七》「抑人之有元君」韋昭注：「元，善也。」「武」釋「勇」，見《詩經・羔裘》「孔武有力」孔穎達疏：「其人甚勇，且有力。」「聖」釋為「通」、「通達」、「聰明」，《書・冏命》「聰明齊聖」孔穎達疏：「聖，通也。」「元武聖夫」可以指一種人，也可以指三種人，即善良的人、勇武的人、聰明的人（如《墨子・尚賢下》「晞夫聖、武、知人，以屏輔而身」的「聖、武、知人」）。「元武聖夫」應該位在「大門宗子邇臣」與「有分私子」二階層中間，如果是前一個解釋（元聖武夫），這種人的數量太少，也太優秀；後一個解釋（元夫、聖夫、武夫），似乎比較合適。這種人已經是貴族中的優秀分子，就像《詩經・周南・兔罝》「赳赳武夫，公侯干城」這一等級，要「羞于王所」，為國重用。

最高層的人是「大門宗子勢／埶臣」，其工作是「懋揚嘉德，迄有孚，以助厥辟，勤卹王邦王家」，這種位在金字塔頂層的人，地位較高，人數必然不多。

根據這個金字塔結構，我們可以對「大門宗子勢／埶臣」進行分析。

「大門」當做一種身分，除了〈皇門〉外，傳世文獻沒有見到過。各家或引陳逢衡的解釋，以為同於《尚書・梓材》的「大家」。《尚書・梓材》的「大家」，偽孔傳釋為「卿大夫」，孫奭《孟子注疏》以為同於《孟子》的「巨室」。

諸侯有「邦」、卿大夫有「家」，如果把「大家」釋為「卿大夫」，「大家」的「大」字就沒有著落了。因此釋為「巨室」較合適。再說，釋為「卿大夫」，數量可能太多，釋為「巨室」，在數量上是比較合理的。李均明以為「大門」指「貴族」、「王族」，應該也是巨室、大家。

「宗子」如果釋為「王之嫡子或同姓世嫡子，亦即元子」，可能人數太少，而且放在文本中不太合適，「元子」只有一人，未必賢能；釋為貴族的「嫡長子」比較合適，但數量可能就太多了。因此，「宗子」必需和「大門」合併為一種身分，即「王族／巨室」的嫡子。「王族／巨室」的嫡長子將來都是要繼承「王族／巨室」的重責大任，身分重要，人數不可能太多。

至於學者或以「大門宗子」為門子，可能是沒有必要的。門子的意義，說者不同，如：

《左傳・襄九年》：「將盟，鄭六卿，公子騑、公子發、公子嘉、公孫輒、公孫蠆、公孫舍之，及其大夫、門子皆從鄭伯。」杜注：「門子，卿之適子。」〔註 29〕

《周禮・春官・小宗伯》：「掌三族之別，以辨親疏；其正室皆謂之門子；掌其政令。」鄭注：「正室，適子也，將代父當門者也。」〔註 30〕

《韓非子・亡徵》：「群臣為學，門子好辯，商賈外積，小民右仗者，可亡也。」陳奇猷《韓非子新校注》在本條下注云：

> 凌瀛初曰：「門子，門下之人也。」⊙蒲阪圓曰：「山云：『《周禮・小宗伯》『其正室皆謂之門子』注：『正室，嫡子也。』《左傳》：『鄭六卿及其大夫門子。』注：『卿之適子也。』」⊙孫子書師曰：引《左傳》見襄二十四年。案《晉語》云：「育門子，選賢良。」韋注：「大夫適子。」據內、外傳則門子在古時其地位頗高，故韓子與群臣並舉。且以門子好辯為亡國之徵。梁章鉅《浪蹟續談》卷一云：「今世官廨中有侍僮謂之門子，其名不古不今。《周禮》：正室謂之門子。注：將代父當門者，非後世所謂門子也，《韓非子・亡徵》篇：群臣為學，門子好辯。注云：門子，門下之人。此稱與侍僮為近。」案門子為卿大夫適子，先儒說皆然。以文義推之，韓

〔註 29〕《十三經注疏・左傳》（臺北：藝文印書館，1979 年），頁 528。
〔註 30〕《十三經注疏・周禮》（臺北：藝文印書館，1979 年），頁 291。

非此門子更非門下之人，梁氏誤從凌瀛初注，失於不察矣。⊙奇猷案：本書所列好辯者之史事甚多，未見有一為卿大夫嫡子者。〈五蠹〉篇：「齊攻魯，魯使子貢說之。齊人曰：子言非不辯也，吾所欲者土地也，非斯言所謂也。遂舉兵伐魯，去門十里為界。故子貢辯智而魯削。」則韓子以為魯之削由於子貢之辯，子貢為孔子弟子，而〈八說〉篇云：「書約而弟子辯」，則此文所謂門子，似係指門弟子之流。又〈說林〉下「靖郭君將城薛，客言海大魚」云云，此一辯者為客，當即靖郭君之門下客，既門下客好辯，與此言門子好辯亦合。故余疑門子為門弟子及門下客之類，非指卿大夫嫡子也。〔註 31〕

門子，一般指「卿之嫡子」。「門下客」之說，恐難成立。陳奇猷先生以《韓非子》一書所列好辯者之史事甚多，「未見有一為卿大夫嫡子者」，來反對釋「門子」為「卿之嫡子」。案：《韓非子》所列好辯者之史事，與「門子好辯」是兩回事，不得以《韓非子》抨擊「門子好辯」，而謂「好辯」者都是「門子」。正猶《韓非子》前一句說「群臣為學」，我們不能根據這一句說「為學」者只能是「群臣」。

據此，「門子」的解釋仍然以傳統所釋「卿之嫡子將代父當門者」為妥。這種人還未「代父當門」，地位還不會太高，人數也還不至於太少，不可能與「埶／勢臣」並列。因此，「大門宗子」依孔晁釋為「適長」就可以了，不必依孫詒讓視同「門子」。（在「嫡長」這一層意義上，「宗子」和「門子」意義相差不大，但「宗子」是一輩子的，已代父當門，他仍可以是宗子；「門子」則是階段性的，已代父當門之後就不宜再稱「門子」。再說，「大門宗子」有「大族」的意義，「門子」則未必有「大族」的意義）

「埶臣」，傳本作「勢臣」，學者或主張讀為「邇臣」。乍看二說都有可能，不過，可能讀為「勢臣」比較好。

讀為「勢臣」有今本〈皇門〉的支持，讀為「邇臣」則有《郭店・緇衣》的支持。《郭店・緇衣》簡 21「（埶）臣」，今本《禮記・緇衣》作「邇臣」。從詞例來看，二者都不是很正面的詞。先看「勢臣」：

〔註 31〕陳奇猷《韓非子新校注》（上海：上海古籍出版社，2000 年 10 月），304 頁。

先秦兩漢傳世文獻，除了〈皇門〉外，「勢臣」只見於《孔叢子・連叢子下》：「帝默然。左右皆不善其言。季彥聞之，曰：『吾豈容媚勢臣而欺天子乎？』」勢臣，應該就是強勢的權臣，帶貶義。不過，由於只有一例，代表性不足。我們不能僅根據這一例就判定「勢臣」一定是貶義。

「邇臣」，先秦典籍多見，即君王親近的侍御之臣，一般地位偏低。《左傳・昭公三十年》：

> 己卯，滅徐，徐子章禹斷其髮，攜其夫人以逆吳子，吳子唁而送之，使其邇臣從之，遂奔楚。（杜注：「邇，近也。」）〔註32〕

《晏子春秋・內篇・問上・景公問欲和臣親下晏子對以信順儉節》：

> 晏子對曰：「君得臣而任使之，與言信，必順其令，赦其過，任大無多責焉，使邇臣無求嬖焉，無以嗜欲貧其家，無親讒人傷其心，家不外求而足，事君不因人而進，則臣和矣。〔註33〕

《禮記・緇衣》：

> 子曰：「大臣不親，百姓不寧，則忠敬不足，而富貴已過也；大臣不治而邇臣比矣。故大臣不可不敬也，是民之表也；邇臣不可不慎也，是民之道也。君毋以小謀大，毋以遠言近，毋以內圖外，則大臣不怨，邇臣不疾，而遠臣不蔽矣。葉公之顧命曰：『毋以小謀敗大作，毋以嬖御人疾莊后，毋以嬖御士疾莊士、大夫、卿士。』」〔註34〕

「邇臣」與「大臣」相對，足見其地位較低，「毋以嬖御士疾莊士、大夫、卿士」顯係以「嬖御士」等同「邇臣」，以「莊士、大夫、卿士」等同「大臣」。

《大戴禮記・子張問入官》的「邇臣」，地位更低：

> 故上者民之儀也，有司執政民之表也，邇臣便辟者群臣僕之倫也。故儀不正則民失誓，表弊則百姓亂，邇臣便辟不正廉而群臣服汙矣，故不可不慎乎三倫矣。（王聘珍注：邇臣便辟，謂侍御之臣。）〔註35〕

〔註32〕《十三經注疏・左傳》（臺北：藝文印書館，1979年），頁928。
〔註33〕吳則虞編著《晏子春秋集釋》（北京：中華書局，1962年1月），頁236。
〔註34〕《十三經注疏・禮記》（臺北：藝文印書館，1979年），頁930～931。
〔註35〕王聘珍《大戴禮記解詁》（北京：中華書局，1983年3月），頁139。

《禮記・表記》的「邇臣」稍好一點：

子曰：「邇臣守和，宰正百官，大臣慮四方。」〔註36〕

綜合來看，「邇臣」指天子身邊的侍御之臣，地位不會太高，希望這種人能「懋揚嘉德，迄有孚，以助厥辟，勤卹王邦王家」，似乎不太可能。因此近代學者贊成把「勢臣」、「埶臣」釋為「邇臣」的越來越多，本文以為未必合適。

〈皇門〉作於何年，學界至今難有定論，但主要有三種意見：一是成王即位之年，即周公攝政第一年，盧文弨、林春溥、王國維、郭偉川、余瑾、楊兆貴、黃懷信等學者同意此說，此說多根據《今本竹書紀年》。二是根據《漢書》以為「正月庚午」為成王即政之年，陳逢衡、唐大沛同意此說。但成王即政之年有周公攝政第五年和第八年兩種說法：主張第五年的學者有王連龍，主張第八年的學者有劉師培、李均明〔註37〕。不管那一說成立，周公在此時面對的是成王年幼，三監武庚叛亂，國家根基不穩，這時候最需要的是強而有力的重臣，如周公、召公等，來輔佐天子，穩定國家。以周公的才幹和地位，此時周公應該出來主政，但周公不是嫡長子，所以此時周公的地位是很尷尬的，如果周公出來主政（攝政？稱王？），就會引起小人不滿，造謠說他要篡位；如果周公不出來主政（攝政？稱王？），周這個寡邑小邦很快就會傾覆。從歷史來看，周公當然選擇了忍辱負重，出來主政，掃平三監武庚之後即避居東都，其內心之煎熬，可想而知。〈皇門〉的內容，應該是周公向群臣解釋這種局勢，說明國家需要有重臣出來穩定大局，周公藉著夏商的哲王「譬小於大」，因此輔佐哲王的金字塔頂端「大門宗子埶臣」中的「埶臣」，應該就是類似周公這樣重量級的人物才足以當之，傳本〈皇門〉作「勢臣」，應該是最合適的。

周公不是嫡長子，因此他不能叫做「大門宗子」，由此看來，「大門宗子埶臣」應該讀為「大門宗子、勢臣」。至於「大門宗子」是那些人，難以判斷。

「大門宗子埶／勢臣」要肩負的責任是「楙（懋）昜（揚）嘉悳（德），乞又寏」，「乞又寏」三字今本作「訖亦有孚」，學者多讀「又寏」為「有孚」，可從。乞，讀為「迄」，至也。「迄有孚」的意思是「到被（天地神明／百姓）相信」

〔註36〕《十三經注疏・禮記》（臺北：藝文印書館，1979年），頁918。

〔註37〕李說引自李雅萍《清華一〈皇門〉篇研究》，玄奘大學碩士論文，2013年6月，由本人指導。

（傳本作「訖」，孔晁注「既也」、潘振注「盡也」〔註38〕，都不是很理想）。從周公攝政被懷疑的歷史來看，周公說「大門宗子埶臣懋揚嘉德」要「迄有孚」，做到讓人明白信任，應該是意有所指的吧！

參考書目

1.《十三經注疏・詩經》，臺北：藝文印書館，1979
2.《十三經注疏・左傳》，臺北：藝文印書館，1979年。
3.《十三經注疏・周禮》，臺北：藝文印書館，1979年。
4.《十三經注疏・禮記》，臺北：藝文印書館，1979年。
5.《十三經注疏・孟子》，臺北：藝文印書館，1979年。
6. 晉・孔晁注《逸周書》，乾隆丙午抱經堂雕，民國十二年夏五用北京直隸書局影印。
7. 宋・朱熹《詩集傳》，北京：中華書局，1958年7月。
8. 清・莊述祖《尚書記》（清光緒中江陰繆氏刊本，《雲自在龕叢書》第一集），尚記四，葉二十三。
9. 清・陳逢衡《逸周書補注》（收在《叢書集成三編94》，臺北，新文豐出版公司，1996年），卷十二，葉廿七。
10. 清・朱右曾《逸周書集訓校釋》。
11. 清・王聘珍《大戴禮記解詁》，北京：中華書局，1983年3月。
12. 清・陳奐《詩毛氏傳疏》（吳門南園掃葉山莊陳氏藏版），詩廿四，葉四六下。
13. 清・道光，朱右曾《逸周書集訓校釋》，皇清經解續編線裝本。
14. 清・孫詒讓《周書斠補》，臺灣商務印書館，1977年2月，頁95。
15. 清・孫詒讓撰，王文錦、陳玉霞點校《周禮正義》（北京：中華書局，1987年12月），頁1439。
16. 王連龍〈《逸周書・皇門篇》校注、寫定與評論〉，復旦大學出土文獻與古文字研究中心網站，http://www.gwz.fudan.edu.cn/SrcShow.asp?Src_ID=1065，2010年1月22日。
17. 吳則虞編著《晏子春秋集釋》，北京：中華書局，1962年1月。
18. 李均明〈清華簡《皇門》之君臣觀〉，《中國史研究》2011年第1期。
19. 屈萬里《尚書今注今譯》，臺北：聯經出版事業公司，1984年。
20. 荊門市博物館編《郭店楚墓竹簡》，文物出版社，1998年。
21. 郭偉川《周公攝政稱王與周初史事集》，北京：北京圖書館出版社，1998年11月。
22. 陳奇猷《韓非子新校注》，上海：上海古籍出版社，2000年10月。
23. 清華大學出土文獻研究與保護中心編，李學勤主編《清華大學藏戰國竹簡（壹），上海文藝出版集團・中西書局出版，2010年12月。

〔註38〕參黃懷信、張懋鎔、田旭東撰，李學勤審定《逸周書匯校集注》（上海：上海古籍出版社，1995年12月），頁584。

24. 黃懷信、張懋鎔、田旭東撰，李學勤審定《逸周書彙校集注》，上海：上海古籍出版社，1995 年 12 月。
25. 黃懷信《逸周書校補注譯》，西安：西北大學出版社，1996 年 3 月。
26. 黃懷信〈清華簡《皇門》校讀〉，武漢大學簡帛研究中心網站，http://www.bsm.org.cn/show_article.php?id=1414，2011 年 3 月 14 日。
27. 楊兆貴〈清華簡〈皇門〉與《逸周書．皇門解》篇校釋（初稿）〉，《楚簡楚文化與先秦歷史文化國際學術研討會論文集》（武漢大學主辦，2011 年 10 月 29～31 日），頁 192～199。
28. 裘錫圭〈關于商代宗組織與貴族和平民兩個階級的初步研究〉，《古代文史研究新探》（江蘇古籍出版社，1992 年），頁 296～342。
29. 裘錫圭〈釋殷墟甲骨文裏的「遠」「㹃」（邇）及有關諸字〉，《古文字研究》第 12 輯，頁 85～95。
30. 裘錫圭《古文獻中讀為「設」的「埶」及其與「執」互訛之例》香港大學亞洲研究中心《東方文化》Volume XX XVI，1998 Numbers1 and 2，頁 39～46。

原在台灣大學．中國經學研究會主辦「第八屆中國經學國際研討會」發表，2013 年 4 月 20～21 日。

清華簡〈祭公之顧命〉與今本《逸周書・祭公》對讀

一、前　言

《清華藏戰國竹簡（壹）》〔註1〕出版後，內中包含的《尚書》、《逸周書》令學界震撼，也立即掀起熱烈的研究。其中，〈祭公之顧命〉與今本《逸周書・祭公》大體相同，但文詞稍異，這些同中之異呈顯了《逸周書》在流傳過程中產生的種種改動，可以做為經學、訓詁學的重要研究材料。本文擬在各家基礎上，把清華簡〈祭公之顧命〉與今本《逸周書・祭公》進行對讀，考察今本改動的情況推測其改動的原因。由於原考釋及復旦讀書會、網路上公布的〈祭公之顧命〉集釋取得極為方便，我們在不久的將來也會有更詳細的研究成果公布，因此，為了使本文簡潔明朗，凡網路上可以容易查見的諸家之說，本文就不一一注明了。

以下列出〈祭公之顧命〉原文及語譯，然後分句對讀。《清華大學藏戰國竹簡・祭公之顧命》簡稱「簡本」，傳世本《逸周書・祭公》〔註2〕簡稱「今本」，

〔註1〕清華大學出土文獻研究與保護中心編，李學勤主編《清華藏戰國竹簡（壹）》，上海：上海文藝出版集團・中西書局，2010年12月。

〔註2〕傳世本《逸周書・祭公》主要依據黃懷信《逸周書匯校集注》，上海：上海古籍出版社，1995年。再參以其他古本。

簡本以大字黑體表示，其後之今本以大字楷體表示，中間以斜線隔開。原文均用嚴式隸定，後用括弧寫出今字及通讀字。

二、簡本原文

王若曰：「且（祖）𥛰（祭）公！衺（哀）余少（小）子，抹（昧）亓（其）才（在）位。䚷（旻）天疾畏（威），余多寺（是）叚（嘏）𢡱（懲）。我䎽（聞）且（祖）不【一】余（豫），又𡰥（遲），余隹（惟）寺（是）逨（來）視。不淑（淑）疾甚，余畏天之复（作）畏（威），公亓（其）告我𠨘（抑／懿）德。」

𥛰（祭）公拜=（拜手）【二】䭫=（稽首），曰：「天子，𢘅（謀）父𦀚（朕）疾隹（惟）不瘳。𦀚（朕）身尚才（在）孳（茲），𦀚（朕）䰟（魂）才（在）𦀚（朕）辟卲（昭）王𢇍=（之所），𡿨（亡）𢠐（圖）、不智（知）命。」【三】

王曰：「於（嗚）虎（呼），公，𦀚（朕）之皇且（祖）周文王、剌（烈）且（祖）武王，厇（宅）下郻（國），复（作）戟（陳／甸）周邦。隹（惟）寺（是）皇上帝【四】厇（度）亓（其）心，卿（享）亓（其）明悳（德），庌（付）畀四方，甬（用）纏（膺）受天之命，尃（敷）䎽（聞）才（在）下。我亦隹（惟）又（有）若且（祖）【五】周公㮣（暨）且（祖）卲（召）公，孳（茲）由（迪）䢅（襲）斈（學）于文武之曼悳（德），克夾卲（紹）𡍮（成）康，甬（用）臧（畢）【六】𡍮（成）大商。我亦隹（惟）又（有）若且（祖）𥛰（祭）公，𢘽（調）和周邦，保𦣞（乂）王彖（家）。」

王曰：「公爯（稱）不（丕）顯悳（德），【七】以余少（小）子颺（揚）文武之剌（烈），颺𡍮（成）、康、卲（昭）宔（主）之剌（烈）。」王曰：「於（嗚）虎（呼），公，女（汝）念孳（哉）！𢓊（遜）惜（措）乃【八】心，𦘠（盡）庌（付）畀余一人。」

公𢝊（懋）拜=（拜手）䭫=（稽首），曰：「允孳（哉）！」乃詔（召）𢼄（畢）𩢟，𠛙（井）利、毛班，曰：「三公，𢘅（謀）父𦀚（朕）【九】疾隹（惟）不瘳，敢𡭝（告）天子，皇天改大邦𣪘（殷）之命，隹（惟）周文王受之，隹（惟）武王大敗（敗）之，【十】𡍮（成）氒（厥）社（功）。

隹（惟）天奠我文王之志，適（董）之甬（用）畏（威）；亦尚𡨦（寬）臧（壯）氒（厥）心，康受亦弋（式）甬（用）休；亦𡵂（美）【十一】𢘅（懋）妥（綏）心，敬龏（恭）之。隹（惟）文武中大命，戏（戡）氒（厥）敵（敵）。」

公曰：「天子，三公，我亦走（上）下卑（辟）于文武之受【十二】命，㞷（皇）𡩜（戡）方邦，不（丕）隹（惟）周之蒡（旁），不（丕）隹（惟）句（后）禝（稷）之受命是羕（永）𠪚（厚）。隹（惟）我逡（後）嗣，方𡉚（建）宗子，不（丕）【十三】隹（惟）周之𠪚（厚）䓝（屏）。於（嗚）虎（呼），天子，藍（監）于𩠩（夏）商之既䀠（敗）不（丕）則亡遺逡（後），至于萬啻=（億）年=，參舒（敘）之。【十四】既沁，乃又（有）顐（履）宗，不（丕）隹（惟）文武之由。」

公曰：「於（嗚）虎（呼），天子，不（丕）則𡪺（寅）言孳（哉）。女（汝）母（毋）以戾孳（災）辠𧑒（蠱）【十五】𡚬（亡）寺（時）𤼷（遠）大邦，女（汝）母（毋）以俾（嬖）𧩙（御）息（疾）尔（爾）臧（莊）句（后），女（汝）母（毋）以少（小）悬（謀）䀠（敗）大䖒（作），女（汝）母（毋）以俾（嬖）士息（疾）夫=（大夫）卿李（理），女（汝）【十六】母（毋）各𡦹（家）相而（爾）室，肰（然／而）莫血（恤）亓（其）外。亓（其）皆自寺（時）中（中）𤔲（乂）萬邦。」

公曰：「於（嗚）虎（呼），天子，三公，女（汝）念孳（哉）。【十七】女（汝）母（毋）㥞=（康康？），𠪚（厚）庬（顏）忍恥，寺（時／是）隹（惟）大不弔（淑）孳（哉）。」曰：「三公，尃（敷）求先王之共（恭）明悳（德）；型（刑）四方，【十八】克中（中）尔（爾）罰。昔才（在）先王，我亦不以我辟窾（陷）于𪀔（難），弗遂（失）于政，我亦隹（惟）以沒我𣧍（世）。」

公【19】曰：「天子，參（三）公，余隹（惟）弗记（起）𦃈（朕）疾，女（汝）亓（其）敬孳=（哉。茲）皆缶（保）舍（胥）一人，康𢻛（慈）之，𢓍（嬖）伓（傅）之，肰（而）母（毋）夕（斁）□，【20】維我周又（有）祟（常）型。」王拜䭫=（稽首）舉（舉／亢抗）言，乃出。

三、簡本語譯

穆王這麼說：「祖祭公！可憐我這個失去先人的小子，昏昧地在王位上。老天爺大大地發威，我承受了很多這些懲罰。我聽說祖公您生病，而且遷延日久，我因此來探望您。老天爺是這麼地威猛，我害怕上天降威，因此想請您告訴我一些好的德行。」

祭公行了拜手稽首禮，說：「天子！我謀父的病不會好的。我的身體還在這兒，我的魂已經在我的主子昭王那兒了，我沒有想法，也不知天命。」

穆王說：「啊！公，我的皇祖周文王、烈祖武王，居住在下土，創始奠定了周邦。偉大的上帝度量他們的用心、彰顯他們的明德，因此賦予他們天下，讓他們承受天命，廣布聲聞於下土。我有祖周公和邵公，他們由於承襲效法文武綿長的德性，能輔佐成王、康王，因此能平定大商。我也有祖祭公，能調和周邦君臣上下、能保護治理王家。」

王說：「公稱舉丕顯偉大的德行，帶著我這個小子發揚文王、武王的偉大，發揚成王、康王、昭王等先王的偉大吧！」王說：「啊！祭公，您想想吧！盡量舉出您心中的想法，全部告訴我吧！」

祭公行了拜手稽首禮，說：「好的。」於是召集了畢貆、井利、毛班，說：「三公，謀父我的病不會好了，我敢告訴天子，皇天改大殷之命，周文王受命，武王大敗殷，完成克商的大功。因為上天要讓文王安心，所以督促他用武力滅了崇和黎；上天要壯大文王武王的心志，文王武王也都安然接受，因而得到美好；上天嘉美文王武王的行事，安定文王武王的用心，文王武王也都恭敬地承受。因為文王武王能夠符合上天的大命，所以能消滅敵人。」

祭公說：「天子，三公，我們君臣上下要效法文武受命的精神及作為，大大地戰勝四周的邦國，張大周邦，這才顯示后稷受命深厚綿長。我們這些後嗣，也要廣建宗子，作為周的堅實屏障。啊！天子，把夏商的「敗亡沒有傳給後人」做為鑑戒，一直到億萬年後，都要參驗遵循，最後，才能福佑於宗室。這就是文武之道。」

祭公說：「啊！天子，我就恭敬地說了。你不要因自己行為失當而招致的癘疫災禍、罪害蠱疾而使得我們這長遠廣大之周邦滅亡；不要寵愛婢妾而疾惡嫡夫人；不要因為小計謀而敗壞了國家大政；不要因為親信私寵而疾惡卿士重臣；不要袒護偏私你的家相、家人，而不體恤外面的老百姓。希望都用適合的中道去治理萬邦。」

祭公說：「啊，天子，三公，你們要時時記得！你們不要愚頑奸詐，荒淫迷亂，厚著臉皮，忍著羞辱，這是很不好的啊！」又說：「三公，你們要廣求先王的恭明德，作四方的表率，刑罰適當。從前在昭王時，我也不會讓我的君王陷溺於災難，施政沒有錯失，我能用這種態度一直維持到去世。」

祭公說：「天子，三公，我的病不可能好了，你們要恭敬謹慎啊！要保護、輔助天子一人，慈愛他使他安好，要以嚴正的法規典範教導他、輔助他，不要懈怠，這就是我周朝恆久的典範。」王對祭公行拜稽首之禮，感謝他嚴正高明的話，於是就出去了。

四、分句對讀

䊷（祭）公之𩔽（顧）命／祭公

這是全篇的標題。簡本標題寫在最後一支簡（第 21 簡）的全文之後。「䊷公」即「祭公」，「𩔽命」即「顧命」，《史記・周本紀》集解引鄭玄曰：「臨終出命，故謂之顧。顧，將去之意也。」據鄭意，「命」似指天子之命令。今據簡本〈祭公之顧命〉為祭公臨終對穆王及三公之叮嚀，不得謂之「命」，故知「顧命」之「命」當指「生命」，「顧命」謂臨終之回顧叮嚀。今本作〈祭公〉，題意不夠清楚。且讓後世不知「顧命」非王者專用。後世唯知《尚書・顧命》為成王將崩，命群臣立康王之事，鄭玄因此釋「命」為「命令」。不可從。

衮（哀）余少（小）子，袜（昧）亓（其）才（在）位／次予小子虔虔在位

簡本「衮（哀）」今本作「次」，不可通。黃澤鈞以為「哀」換讀為「憫」，「憫」訛為「汶」，再訛為「次」。

余多寺（是）叚（瘕）𢘅（懲）／予多時溥愆

「叚（見／魚）」、「溥（滂／魚）」韻同，義俱訓為「大」。「𢘅（懲）」、「愆」雖俱有罪罰義，但「叚（瘕）𢘅（懲）」為上天降罰，「溥愆」為人自行犯錯，意義並不相同。

不余（豫）又（有）𡰥（遲）／不豫有加

「又（有）𡰥（遲）」為病情久延不癒，「有加」為病情加重，義近而微不同。蓋漢人不識「𡰥」字而改。

余隹（惟）寺（是）逨（來）視／予惟敬省

視，古文作「[illegible]」，漢人不識，故改「逨視」為「敬省」。

不沸（淑）疾甚／不弔天降疾病

「不沸」即「不弔」，為「不弔旻天」之省，「疾」，疾惡，疾，疾怒，《孟子·梁惠王下》：「王撫劍疾視。」趙岐注：「疾視，惡視也。」「不弔疾甚」，謂不善之旻天甚為疾厲。漢人誤以「疾」為「疾病」義，故訛「疾甚」為「降疾病」。

㥄（謀）父𦁜（朕）疾隹（惟）不瘳／謀父疾維不瘳

簡本多一「朕」字，為「謀父」之同位語。蓋秦始皇以後「朕」為天子專用，祭公不得用，今本因此而改。

𦁜（朕）𩲡（魂）才（在）𦁜（朕）辟卲（昭）王𣢶=（之所），𠀃（亡）𢘛（圖）、不智（知）命／朕魂在于天。昭王之所勖，宅天命

簡本「朕辟」，今本作「于天」，亦因避「朕」字而改。簡本「𠀃（亡）𢘛（圖）」，形義費解，今本因與上句連讀為「昭王之所勖」，「𠀃（亡）」字刊落，「𢘛（圖）」字訛為「勖」。「不智命」改為「宅天命」。

厇（宅）下鄭（國）／度下國

秦漢人不識「厇」字，故以同音訛為「度」，「厇（宅）」、「度」同從「石」聲。「厇（宅）下鄭（國）」本意為居此下土。訛為「度」，孔晁因而釋為「謀」。

复（作）戟（陳／甸）周邦／作陳周

周邦即周，「作陳周邦」意謂「作甸周邦」，即奠定周邦。秦漢以後不識「作陳周」之義，故異說甚多。

隹（惟）寺（是）皇上帝厇（度）亓（其）心，卿（享）亓（其）明悳（德）／維皇皇上帝，度其心，寘之明德

「卿（享）亓（其）明悳（德）」蕭旭：〈清華竹簡《祭公之顧命》校補〉釋為彰明其明德。秦漢以後不解此義，訛為「寘之明德」，孔晁釋「寘明德於

其身」，釋義不誤，但明德未有用「寘」者，今知實為「卿」之訛。秦漢以後人不知「卿」有「享」義，因訛為「寘」，陳逢衡釋「寘」為「示」。

府（付）畀四方，甬（用）繼（膺）受天之命，尃（敷）䎽（聞）才（在）下／付畀於四方，用應受天命，敷文在下

簡本「尃（敷）䎽（聞）才（在）下」，意謂「廣布聲聞於下土」。今本以同音誤為「敷文在下」，孔晁注云：「付與四方受命於天，而敷其文德在下土也。」

我亦隹（惟）又（有）若且（祖）周公暨（暨）且（祖）卲（召）公／我亦維有若文祖周公暨列祖召公

簡本祖周公、祖卲公，與第一簡祖祭公同稱，今本誤「祖周公」為「文祖周公」已屬不妥（其他文獻未見此稱），又誤「祖卲公」為「列祖召公」，尤屬不通。陳逢衡《逸周書補注》改「列」為「烈」，文義較妥，今據簡本知其仍屬臆校。

孳（茲）由（迪）逊（襲）孪（學）于文武之曼悳（德）／茲申予小子追學於文、武之蔑

簡本「孳（茲）由逊（襲）孪（學）」，謂「斯由學習效法」，「逊」字秦漢以後不識，故今本以形近誤「由」為「申」、誤「逊」為「予小子」；「孪」增繁為「追學」；以音近誤「曼」為「蔑」，「德」字刊落，導致諸家對「蔑」字異說紛呈。

克夾卲（紹）城（成）康，甬（用）畢（畢）城（成）大商／用克龕紹成康之業，以將天命，用夷居之大商之眾

簡本「夾卲」即「輔佐」，「卲」通「盥」，《盂鼎》「夙夕盥我一人烝四方」、《師害簋》「以召其辟」，皆其義（參《金文形義通解》152 號）。「畢成大商」之「成」釋為「平」，見《詩・小雅・天保》「民之質矣，日用飲食」毛傳「質，成也」，鄭箋：「成，平也也。民事平，以禮飲食相宴樂而已。」畢成大商，謂「畢平大商」。秦漢以後學者不明此義，故今本訛作「用夷居之大商之眾」，義不可通，孔晁注：「言大商，本其初也。」亦極勉強。

我亦隹（惟）又（有）若且（祖）𧾷（祭）公，㐭（調）和周邦，保𦣻（乂）王豙（家）／我亦維有若祖祭公之執和周國，保乂王家。

簡本「㐭（調）和」，今本訛作「執和」。蓋「㐭（調）和」與金文所見「盩龢」（師訇簋）、「𢾊龢」（史墻盤）、「盩龢」（逨盤），舊或以為「盩／𢾊」讀「戾」，今據《清華一》知「盩／𢾊」與「㐭（調）」音近，當讀「張流切」，原考釋釋「㐭和」為「修和」，不如逕釋為「調和」。「盩／𢾊」與「執」形近，今本因訛為「執和」。孔晁云：「執，謂執其政也。」莊述祖云：「執讀曰埶，治也。」朱右曾云：「執，執持。和，和燮。」均不可通。

䬍㙇（成）、康、卲（昭）室（主）之剌（烈）／弘成康昭考之烈

楚系文字「主」「丂」幾乎同形，如《上一・性情論》3「室」字作「  」《上四・內豊》8「考」字作「  」、二字下部所从「主」與「丂」幾無區別，故簡本「昭室」於今本訛作「昭考」。當然，昭王為穆王之父考，故竹簡書手誤書「昭考」為「昭室」，亦非全無可能。

王曰：「於（嗚）虎（呼），公，女（汝）念孳（哉）！㥶（遜）惜（措）乃心，聿（盡）㝇（付）畀余一人。」／王曰：「公無困我哉！俾百僚乃心，率輔弼予一人。」

原考釋讀「㥶惜」為「遜措」，謂順置。此詞罕用，故今本訛誤嚴重。

公䓫（懋）拜₌（拜手）䭫₌（稽首）／祭公拜手稽首

簡本有「䓫（懋）」字，今本無之。懋，《說文》訓「勉」，祭公病亟而仍「勉力」行禮，公忠體國之情狀，宛在目前，今本則無此義。

曰：「允孳（哉）！」乃詔（召）𦊼（畢）𩠘，𨊠（井）利、毛班／曰：「允乃詔，畢桓于黎民般。」

今本井利訛為于黎、毛班訛為民般，「公懋拜手稽首曰：『允哉！』乃召畢𩠘、井利、毛班」亦誤斷作「祭公拜手稽首曰：『允乃詔，畢桓于黎民般。』」故後世注解家均難以通讀。

曰：「三公，𢘓（謀）父𦁠（朕）疾隹（惟）不瘳／公曰：「天子，謀父疾維不瘳

簡本前云召畢𩨨，井利、毛班，故稱之為「三公」；今本除畢𩨨外，餘人名俱訛舛，故稱「天子」。

隹（惟）周文王受之，隹（惟）武王大䟫（敗）之，𡌶（成）氒（厥）𢀜（功）／維文王受之，惟武王大克之，咸茂厥功

今本改「敗之」為「克之」，義無不同；改「成厥功」為「咸茂厥功」，則義反不顯。

隹（惟）天奠我文王之志，𨗜（動）之甬（用）畏（威）／維天貞文王之重用威

簡本語義明暢，天奠定文王之志，鼓動文王用威於殷之與國。今本「奠」誤為「貞」、「𨗜」誤為「重」，其前之「之」、其後之「甬（用）」皆敓，義遂難曉。孔晁注「貞，正也。重之用威，伐崇黎也」，大旨不差，甚為難得。「重」，盧校從卜本作「董」，注同。俞樾從之，以為此句當作「維天貞文王，董之用威」，今本董之二字誤倒，當據注乙正。清華原考釋受此影響，故引《左傳》釋簡之，當不可從。

康受亦弋（式）甬（用）休／康受乂之，式用休

簡本「康受」謂康（安）受天命，今本增「乂之」，不妥。孔晁注「康受乂之」云：「（既剋之而）安受治之。」簡文下句始云「𢦏（戡）氒（厥）敵（敵）」，此處不應先「乂之」。

亦𡯁（美）𢘓（懋）妥（綏）心，敬龏（恭）之／亦先王茂綏厥心，敬恭承之

簡本「𡯁（美）𢘓（懋）妥（綏）心」，三動詞連用，極為罕見，故今本改為「先王茂綏厥心」。簡本「敬龏（恭）之」，今本作「敬恭承之」，增一「承」字，義更明顯。

隹（惟）文武中大命，𢦏（戡）氒（厥）敵（敵）／維武王申大命，戡厥敵

簡本「中大命」謂應天命，與上文敘述合。今本「中」訛為「申」，義較不妥。「申大命」為已得大命而申張之或重申之。

公曰：「天子，三公，我亦𨑒（上）下卑（辟）于文武之受命 / 公曰：「天子，自三公上下，辟于文武

簡本作「卑」，各家解讀不同，讀為今本之「辟」，文義最為妥適。辟，法也，謂效法文武受命之精神及作為。

宔（皇）寋（戡）方邦 / 文武之子孫，大開方封于下土

簡本「寋（戡）方邦」，今本作「開方封」，音義俱近。簡本「大開」之主語為「天子，三公，我」，係特稱；今本作「文武之子孫」，變為泛稱，較不妥。

不（丕）隹（惟）周之㫄（旁）/ 天之所錫武王時疆土，丕維周之□

簡本「㫄」讀為「旁」，廣大也。與下句「永厚」同為國祚之形容。今本殘，諸家所補均與簡本不同。今本又增「天之所錫武王時疆土」，益不通。今本上文已云「文武之子孫，大開方封于下土」，下文不應只就「武王時疆土」為說。

不（丕）隹（惟）句（后）禝（稷）之受命是羕（永）𥑵（厚）/ 丕維后稷之受命，是永宅之

簡本「𥑵」字从「句」聲，各家讀為「厚」，可從。今本不識此字，誤讀從「石」聲，因訛為「宅」。從文義言之，「丕惟后稷之受命是永宅」亦不可通，「受命」不可言「宅」。

方𦘒（建）宗子，不（丕）隹（惟）周之𥑵（厚）荓（屏）/ 旁建宗子，丕維周之始并

簡本「方」，今本作「旁」，義無不同。簡本「𥑵（厚）」作「[illegible]」，下所从「句」與「台」形近，故今本訛為从台之「始」。「始并（屏）」義不如「厚屏」。

於（嗚）虎（呼），天子，藍（監）于頣（夏）商之既敱（敗）不（丕）則亡遺遂（後）/ 嗚呼！天子，三公監于夏商之既敗，丕則無遺后難

〈祭公之顧命〉篇「不則」之「不」多見，多用為語詞，無義。若是，則簡本「監于夏商之既敗不則亡遺後」一句似可讀為「監于夏商之『既敗不則亡遺後』」，此種句法後世罕見，故今本作「丕則無遺后難」。

至于萬啻=（億）年=，參舒（敘）之／至于萬億年，守序終之

簡本原考釋謂：「參，參驗。舒，讀為『敘』，《國語·晉語三》注：『述也。』意云夏商敗亡為後世引為教訓。」今本作「守序終之」，孔晁注：「守其序而終也。」詞義晦澀。

既沁，乃又（有）額（履）宗，不（丕）隹（惟）文武之由／既畢，丕乃有利宗，丕維文王由之

簡本「既沁」讀為「既咸」。履宗，福宗也。「文王之由」即「由文王」。簡本唯「文王由之」當作「文王之由」，其餘義無不同。

不（丕）則𧷤（寅）言𢦏（哉）／我丕則寅哉！寅哉！

簡本「𧷤（寅）言」為祭公恭敬發言。今本敓「言」字，語義空泛。

女（汝）母（毋）以戾𢦏（災）辠𧊒（蠱），亡（亡）寺（時）𢾊（遠）大邦／汝無以戾□罪疾，喪時二王大功

簡本謂「汝無因流連於罪惡，而怠忽了好好治理周邦」，今本後句作「喪時二王大功」，詞異而義同。今本「戾」後缺字，學者或補「反」，今以簡本對讀，知其非是。

女（汝）母（毋）以俾（嬖）訏（御）息（疾）尔（爾）臧（莊）句（后）／汝無以嬖御固莊后

簡本「息」，各家多以為當假為「疾」。其實「息」之本義即為「疾」、「嫉」，《說文》云「息，喘也」，不可信，此當為「氣息」義借用「嫉疾」義之字形（參拙作〈從戰國楚簡談「息」字〉，中國社科院文學哲學學部、語言研究所合辦「國學研究論壇· 出土文獻與漢語史研究」研討會提交論文，2012.11.3）。後世此義不傳，故今本「息」字訛為「固」，義遂難通。

女（汝）母（毋）以俾（嬖）士息（疾）夫=（大夫）卿李（理）／汝無以嬖御士疾大夫卿士

簡本「俾（嬖）士」、「卿李（理）」，今本作「嬖御士」、「卿士」，義同。《禮記·緇衣》作「莊士大夫卿士」，衍「莊士」二字。

女（汝）毋（毋）各𡩜（家）相而（爾）室，肰（然）莫血（恤）亓（其）外／汝無以家相亂王室，而莫恤其外

先秦天子擁有天下，諸侯擁有「邦」，卿大夫擁有「家」，故簡本「家相而（爾）室」，謂公卿大夫惟照顧自己家族。秦漢以後封建解體，卿大夫之「家」與先秦不同，故今本訛作「家相亂王室」。

亓（其）皆自寺（時）中（中）叜（乂）萬邦／尚皆以時中乂萬國

簡本「亓（其）」有祈使義，今本作「尚」，亦有此義。

女（汝）毋（毋）䨼㤅=（康康？），𠩺（厚）𢉖（顏）忍恥／汝無泯泯芬芬，厚顏忍醜

簡本首句第三字不識，「䨼㤅=」斷讀亦未有定論。今本作「泯泯芬芬」，孔晁注「泯芬，亂也」。

曰：「三公，尃（敷）求先王之共（恭）明悳（德）；型（刑）四方，克中（中）尔（爾）罰／

簡本此一小節，今本無。

昔才（在）先王，我亦不以我辟竂（陷）于𦰡（難），弗𨕖（失）于政，我亦隹（惟）以沒我殜（世）／昔在先王，我亦維丕以我辟險于難，不失于正，我亦以免沒我世

簡本「不以我辟竂（陷）于𦰡（難）」，今本作「維丕以我辟險于難」，義遂不通。今本「正」為「政」之假借。簡本「我亦惟沒我世」謂以此終老；簡本訛為「我亦以免沒我世」，王念孫因謂「義不可通。『免』當為『克』，字之誤也」。

玆皆缶（保）舍（胥）一人／玆皆保之

簡本「缶（保）舍（胥）一人」，今本作「保之」，語義較含混。

康孖（慈）之，㝵（燮）伓（傅）之，肰（而）毋（毋）夕（斁）□／康子之〔攸保勖〕，教誨之，世祀無絕

康，安也。「孖」字原簡漶漫，原考釋缺釋作「□」，謂右從子；周忠兵隸作

「㺯」，讀為「慈」。對照今本，當可從。「㑄」（[illegible]）右从㕕（即古「乂」字），故可以「乂」聲讀為「嬖」，以法治之也。伓，林文華讀為「傅」可從。「嬖伓（傅）之」與「康㺯（慈）之」一嚴一寬，正好相對。「而毋斁□」，謂「而無厭倦」。

簡本「康㺯（慈）之」，今本作「康子之」，「子」、「才」、「慈」三字聲近韻同；簡本「㑄（嬖）伓（傅）之」，今本作「教誨之」，「㑄」字秦漢以後不識，故由「伓（傅）」義換讀為「教誨」。「攸保勖」三字不可解，疑衍。

「肰（而）母（毋）夕（斁）□」一句，今本作「世祀無絕」，文義銜接不順暢。

維我周又（有）祟（常）型。」王拜䭫=（稽首）舉（舉／亢抗）言，乃出／不，我周有常刑。」王拜手稽首黨（讜）言

常型，恆久之典範。今本訛為「不，我周有常刑」，孔晁注「不然則犯常刑也」，竟以「刑」為「刑罰」義，不可從。「稽首舉（舉／亢抗）言」謂稽首行禮感謝祭公亢直進言。今本因「舉」義不明顯，故改為意義近同之「黨（讜）」。

本文是在國科會補助計畫下完成的，計畫名稱：《清華大學藏戰國竹簡（壹）》研究，計畫編號：100-2410-H-033-039-MY2。2012 年 7 月 14 日發表於「慶賀姚奠中先生百歲華誕暨東亞經學高端論壇」，山西大學國學研究院、文學院主辦。

從《清華貳·繫年》談金文的「蔑廉」

提　要

「蔑曆」一詞，舊解多家，均不得確詁。《清華大學藏戰國竹簡（貳）》出版，「飛廉」作「飛曆」，可知「曆」有「廉」的音讀。本文從商晚期「小子𩰫卣」字作「曆」，其上部作「厯」，與《上博三·周易》「廉」字作「[illegible]」對比，得知二者同字，即「廉」之本字，从厂林土，表「石山邊」，引申為「邊」、「銳利」、「有能力」、「廉潔」、「考核官治」……。而通過大量銘文內容歸納，「蔑」字應釋為嘉美、嘉勉。因此「蔑曆」應讀「蔑廉」，義為「嘉勉官治美善」。

關鍵字：蔑曆、飛廉、廉

一、引　言

《清華大學藏戰國竹簡（貳）》第三章簡 13-14 云：「成王屎伐商邑，殺彔子耿，飛曆（廉）東逃于商盍（蓋）氏，成王伐商盍（蓋），殺飛曆（廉）。」原考釋者李均明先生指出：

> 飛曆，即飛廉，曆、廉同屬談部。飛廉，《史記·秦本紀》作「蜚廉」，嬴姓，乃秦人之祖，父名中潏，「在西戎，保西垂」，「蜚廉生惡來，惡來有力，飛廉善走，父子俱以材力事殷紂」。商蓋見《墨子·

耕柱》、《韓非子・說林上》，即商奄。〔註1〕

飛曆即飛廉、蜚廉，學者都沒有不同的意見。「曆」字作[illegible]、[illegible]，从麻、甘聲，上古音「甘」屬見母談部，「廉」屬來母談部，二字韻同，聲母見與來關係極為密切（學者或說為複輔音），因此讀「曆」為「廉」，完全沒有問題。

此字的出現，讓我們聯想到金文中懸而未決的「蔑曆〔註2〕」，應該可以得到比較合理的解釋。

二、蔑字釋義

金文「蔑曆」一詞，說者多家。孫稚雛先生有比較完整的整理，可以參看。〔註3〕後來雖有其他學者的文章，但對此二字的解釋大體都不出前人的說法。以「蔑」而言，較為大家接受的說法大致有二種，較大多數學者都主張讀「蔑」為「勉」，此說最早由翁祖庚、劉師培提出〔註4〕，近人于省吾先生有詳說：

> 按：蔑係勉勵之意。免盉：「免�櫗靜女王休。」靜其女之名，言免以王之所休錫者勉勵其靜女也。曆即歷，《尚書》「優賢揚歷」，歷謂經歷試驗之意。太史公謂「以言曰勞，用力曰功，明其等曰伐，積日曰閱」。蔑謂勉勵，曆謂勞績。庚嬴卣「王穠庚嬴曆」，言王勉勵庚嬴之勞績。䚄鼎「其父蔑䚄曆」、彔段「蔑彔曆」、競段「伯屖父蔑御史競曆」、免觶「王蔑免曆」、敔段「王蔑敔曆」，此例甚多，且凡言某蔑某曆，皆有所驅使、有所錫予，尤可為酬庸之證。凡自言蔑曆者，亦係勉勵勤勞之意。師艅段「艅其蔑曆」，言艅其勉勵勤勞，下接「以日錫魯休」，詞義甚顯。此銘言「多蔑曆錫休」，言多勉其勞績而錫之以休美也」。〔註5〕

〔註1〕李學勤主編《清清華大學藏戰國竹簡（貳）》（上海：中西書局，2011年12月），頁142，注八。

〔註2〕「曆」字早期應作「曆」、「曆」，後期才作「曆」，以下不是要細分辨字形時或作「曆」。

〔註3〕孫稚雛〈保卣銘文匯釋〉，《古文字研究》第五輯，頁201～210，1980年。

〔註4〕翁祖庚說見吳式芬《攗古錄金文》卷三・二，葉十六「師俞敦蓋」下引，據《金文文獻集成》第11冊；劉師培說見《左盦集》卷四〈古器銘蔑歷釋〉，葉九至十，寧武南氏校印線裝本。

〔註5〕于省吾《雙劍誃吉金文選・上二》頁14～15。

另一說釋為「茂、大」〔註6〕、「美」〔註7〕、「獎勵」〔註8〕、「伐，美也」〔註9〕、「明功善」〔註10〕、「伐旌」〔註11〕。唐蘭則對「蔑」訓為「伐、美」有詳說：

> 蔑和伐在周代古書裡常通用。《尚書・君奭》：「文王蔑德」，蔑是形容詞，鄭玄注「蔑小也」是錯的。周公要用文王之德來為教，怎麼會用小德呢？……這裡的蔑，應讀作伐。《小爾雅・廣詁》：「伐，美也。」本是很容易理解的。《逸周書・祭公解》：「追學于文武之蔑」，蔑是名詞。孔晁注把蔑解為微德，是所謂「增字解經」，……只有讀作文武之伐，才講得通。《左傳》莊公二十八年和《國語・晉語一》都說「且旌君伐」，注「功也」，也是名詞，文例正相同。……在銅器銘文裡，長由盉說「穆王蔑長由以逨即井白」，是穆王稱美長由。免盤在記王錫鹵百𨽍後，說：「免穖靜女王休。」是免向靜女夸美王的錫休。《沈子它簋》說：「乃沈子妹克蔑見猒（厭）于公休」，妹克等于丕克，是說沈子它能夸美他被滿足于公的錫休。這些蔑字都是動詞，凡是被蔑的是他人的稱美，而自蔑的就是自我的夸美。朕簋（即大豐簋）說「惟朕有蔑」，蔑舊釋慶，于省吾先生改釋蔑是可取的。蔑是名詞，應讀為伐，是滕叔繡自稱其有功。總之，金文裡單用蔑字的地方，也都應讀為伐。……蔑讀為伐，曆讀如歷，蔑曆是伐

〔註6〕吳東發：「蔑通作茂，大也。歷，行也、事功也。言大其功也。」見《商周金文拾遺・中》頁22。引自《金文文獻集成》第10冊。

〔註7〕吳式芬《攈古錄金文》卷三之一，頁六三下至六四下「趩尊」下引許瀚說：「蔑有美義。曆訓和。敔敦銘云：『王蔑敔曆事。』言王美敔和事也。諸言蔑曆者，皆言美和也。」據《金文文獻集成》第11冊。趙光賢〈釋蔑歷〉：「『蔑』字應讀為『美』之借字，……由讚美之意引申為嘉獎、勉勵之義。」《歷史研究》1956年11期。

〔註8〕于省吾謂：「蔑讀為勉，因為施受不同，所以蔑有獎勵與勉勵的兩種函義。」見〈讀趙光賢先生「釋蔑歷」〉，《歷史研究》1957年第4期第91頁。

〔註9〕陳小松〈釋古銘辭蔑曆為敍勳之專用辭〉，《中和月刊》三：十二，1942年。

〔註10〕蔣大沂〈保卣銘考釋〉：「『蔑』和『伐』為一字，有『自明功善』和『明人功善』二義。」《中華文史論叢》第5輯，頁103～112，1964年。

〔註11〕白川靜〈蔑曆解〉：「蔑是伐旌、矜伐、伐閱的『伐』之本字。……『蔑某曆』即『旌伐某的功烈』。」《甲骨學》第四、五合併號，1956。嚴一萍〈蔑曆古義上〉：「金文蔑，有加禾作穖，字所加之禾及系和門之旌，明此蔑字亦含軍門之義。……返和門而稱其所獲，蓋即穖蔑之所取誼也。經典省作「伐」，後世加門作「閥」。」《中國文字》第十期，1962年。

其經歷，蔑X曆，是伐X的經歷，用以解釋所有銅器銘文中這一慣語，文從字順。〔註12〕

二說孰是孰非，以往很難判定。張光裕先生〈新見曶簋銘文對金文研究的意義〉指出曶簋銘文中有「叔口父（？）加曶曆」句，「加曶曆」句與金文常見的「蔑某曆」同例，因而主張「加曆」與「蔑曆」同義，「加」當讀為「嘉」。〔註13〕此說得到不少學者的認同，因而「蔑」字應以第二類解釋，釋為「茂、大」、「美」、「獎勵」、「伐，美也」、「明功善」、「伐旌」等類的說法較合理。其實，我們看金文絕大部分的銘文在「蔑曆」前後大都有賞賜〔註14〕，可見得「蔑」為「嘉美」之義，當無可疑。

另外，學者或以「A蔑曆B」與「B蔑曆」不同解，如于省吾先生以為「古字每有施受之別，因而上對下言為獎勵；下對上言為勉勵。《爾雅》、《方言》訓歷為相，係輔佐之義。上對下言某蔑某曆是某勉勵佐。」〔註15〕其實古漢語施受同辭，「B蔑曆」實即「B被A蔑曆」，銅器銘文中並不少見，如4238小臣謎簋「伯懋父承王令，賜師達征自五齵貝，小臣謎蔑曆暨賜貝」，「小臣謎蔑曆暨賜貝」自然是「小臣謎被蔑曆暨賜貝」。其他如5425競卣、5405次卣、5411稆卣、5994次尊、6008㝬尊、6516趩觶、9453義盉蓋、9897師遽方彝、10166鮮簋等莫不如是。比較需要討論的是10175史牆盤，銘云：

孝友史牆，夙夜不墜，其日蔑曆，牆弗敢沮，對揚天子丕顯休令，用作寶䵼彝。〔註16〕

表面上看來，「其日蔑曆」並沒有說到被賞賜，但是文後明明說「對揚天子丕顯休令」，應該是有某種賞賜的，只是沒有寫出來（以先秦銅器製作的困難，沒有

〔註12〕唐蘭〈蔑曆新詁〉，《文物》1979年第5期，頁36～42。

〔註13〕張光裕〈新見曶簋銘文對金文研究的意義〉，《文物》2000年第6期。

〔註14〕2509-10乇鼎未見賞賜物，當係從略。如10175史墻盤云「孝友史牆，夙夜不墜，其日蔑曆，牆弗敢沮，對揚天子丕顯休令，用作寶䵼彝」，既云「對揚天子丕顯休令，用作寶䵼彝」，當然也有賞賜。187-191梁其鐘的情形應該也是這樣。（銅器銘前的編號為《殷周金文集成》及《新收殷周青銅器銘文暨器影彙編》的編號，採自中研院史語所「殷周金文暨青銅器資料庫」，網址：http://app.sinica.edu.tw/bronze/qry_bronze.php。另，釋文也大都錄自此資料庫，但有些經過我的改動。）

〔註15〕于省吾〈讀趙光賢先生「釋蔑歷」〉，《歷史研究》，1957年4期，頁92。

〔註16〕從李學勤、裘錫圭釋讀，參尹盛平主編《西周微史家族銅器群研究》，北京：文物出版社，1992年。

賞賜，很難製作銅器）。「其日蔑曆」的「日」可以訓為「往日」，《列子‧湯問》「日以俱來，吾與若俱觀之」張湛注：「日謂別日。」這一小段的意思可以語譯為：「我史牆孝順友愛，日日夜夜都不敢荒墜，天子往日曾經嘉勉賞賜我，我不敢毀敗這個榮譽。我報答天子光顯美好的賜命，因此做了這件寶貴的銅盤。」

上古音「牆」屬陽部韻，「沮」屬魚部韻，而「曆」應讀「圅」或「古三切」，屬談部韻。魚陽為陰陽對轉，魚談則為旁對轉〔註17〕，這也可以旁證「曆」字應讀圅或「古三切」。

另外，中國國家博物館2005年徵集的任鼎云：

> 唯王正月，王在氐，任蔑曆，使獻為于王。鼎盡，買。王使孟聯父蔑曆，賜脡牲、太牢，又䜌束、大弃、蒟、。敢對揚天子休，用作厥皇文考父辛寶鼐彝，其萬無疆，用各大神。〔㕡〕。〔註18〕

銘文中既有「任蔑曆」、又有「王使孟聯父蔑曆」，二「蔑曆」當為一事，因此「任蔑曆」當釋為「任被蔑曆」。

綜上所論，「蔑」字當訓為「嘉美」，但是被嘉美者多半是有功勳勞苦，足堪嘉美，因此訓為「嘉勉」，義為「嘉獎勉勵」，當然也無不可〔註19〕。但是應該不能只訓為「勉」。

三、曆字釋義

「蔑曆」的「曆」字，銅器銘文約五十見，商晚至西周早期作「曆」，从厂从埜从甘，如：（5417商晚「小子䍙卣」）、（5415周早「保卣」）、（6003周早「保尊」）；或作「曆」，从厂从林从甘，如：（2712周早「乃子克鼎」）；「甘」形或作「口」形，如：（5425周早「競卣」）；「林」旁或訛為「秝」旁，如：（4166周早「敔簋」）。周中、周晚也不出這些字形〔註20〕。

〔註17〕魚談旁轉，孟蓬生近年著力甚多，見〈談魚通轉例說〉一～八，參社科院語所所孟蓬生科研成果，網址：http://ling.cass.cn/#。

〔註18〕參王冠英〈任鼎銘文考釋〉，《中国历史文物》2004年第2期。

〔註19〕趙光賢〈釋蔑曆〉（《歷史研究》1956年11期）頁82～87便主張「蔑」字「由讚美之意引申為嘉獎、勉勵之義」。但他又說「某蔑某曆，即某人讚美或嘉獎某人勞績之意；某蔑曆，即某人以其勞績事業自勉之意；某蔑，即某人勉勵之意」，則不可信。說見後文「曆」字解釋。

〔註20〕4192-3「肄簋（封簋）」下从「田」。此器銘文書法水準不高，或係誤刻。从「田」一形甚為可疑。

有關此字的解釋，歷代學者的看法極為分歧，大別之不過兩派，一隸為「曆／歷」，一隸為「⿸厂⿱林甘／⿸厂⿱秝甘／⿸厤甘／⿸广⿱秝甘／⿸厂⿱秝甘／⿸广⿱林甘」。前者即讀「曆」，後者讀若「圅」或「古三切（甘）」。千餘年來，二說互不相讓，難有定論。自從《清華貳》出版，有「飛⿸厂⿱秝甘」讀為「飛廉」的證據，這一個問題基本上就可以得到解決了，也就是此字應該隸為「⿸厂⿱林甘／⿸厂⿱秝甘／⿸厤甘／⿸广⿱秝甘／⿸厂⿱秝甘／⿸广⿱林甘」，讀為「圅／古三切／廉」；不應該隸定為「曆／歷」。

然而「⿸厂⿱林甘／⿸厂⿱秝甘／⿸广⿱秝甘／⿸厂⿱秝甘／⿸广⿱林甘」應該怎麼解釋呢？大部分學者都依《說文》「⿸广⿱林甘」字來解釋，如清許瀚隸為「⿸厤甘」，讀若圅，訓為「和」：

> 蔑⿸厤甘，婁見古器銘。……阮元云：『古器銘每言蔑曆，案其文皆勉力之義，是蔑歷即《爾雅》所謂蠠沒。後轉為密勿，又轉為黽勉。』……瀚案：諸器銘皆作⿸厂⿱秝甘，其下體从甘，雖筆畫或小異，要非从日从止也。《說文·甘部》有「⿸广⿱林甘」字：「和也。从甘从麻。麻，調也。甘亦聲。讀若圅。」各本如是，小徐本亦同。而鍇云：「麻音曆，稀疏勻調也。」案：麻不得音歷，亦不得釋稀疏勻調。《說文》：「秝，稀疏適也。讀若歷。」是知小徐本作⿸厤甘。今本作⿸广⿱林甘，由後人誤改。諸器銘上體皆作⿸厂秝，獨敔尊作⿸厂林〔註21〕。蓋本从兩禾，省筆作兩木耳。⿸厤甘以甘為聲，讀若圅，則非歷字。又敔敦銘云：「王蔑敔⿸厤甘事。」則蔑⿸厤甘非蠠沒、密勿、黽勉之比明矣。……蔑有美義。⿸厤甘訓和。敔敦銘云：「王蔑敔⿸厤甘事。」言王美敔和事也。諸言蔑⿸厤甘者，皆言美和也。此必當時常語，後人罕用，又經宋賢誤釋，遂不可得而通矣。〔註22〕

許瀚指出此字即《說文》之「⿸厤甘」，當讀「圅」，不讀「歷」，這是很有見地的。但是許氏又以為此字上部本从二禾，後人誤改為二木，則不可信。其後學者對此字還有種種說法，但大都證據不夠。郭沫若先生隸為「⿸厤甘」，先讀為圅甲之「圅」〔註23〕，後來改讀為「厭」。釋義雖不可信，但對字形字音的分析則頗有啟發性：

〔註21〕原書誤作「⿸厂秝」，今據尊銘文改。

〔註22〕見吳式芬《攈古錄金文》卷三之一，頁六三下至六四下「趩尊」下引許印林（瀚）說。據《金文文獻集成》第11冊。

〔註23〕郭沫若《金文叢攷·小臣謎簋銘考釋》，頁三三六。據《金文文獻集成》第25冊。

蔑曆連文，金文習見，……二字多變體，以曆字為最古。曆或變埜為林或秝，或易甘為口或田，亦有省厂作者。曆字見《說文》，許慎謂曆从甘聲，讀若函，說者多以為非，謂當從厤聲。然細審此銘，其字從厂從埜（古野字），與殷器小臣[illegible]卣「貝唯蔑汝曆」同，可知殷末周初之文如是作，當是字之正體，則字並不從厤。從厤者乃後來之變體。……字既從厂從埜，甘當是聲，當是壓之古文，示懸崖壓於野上。甘或作田者，示懸崖壓于田野之上。甘或作口者乃省文，甘字本從口。觀銘文各例，此字殆假為厭。蔑曆者即不厭或無斁。蔑某曆者不某厭也。蔑曆某者不見厭於某也。〔註24〕。

不過，把「从厂从埜」理解為「壓」，謂「示懸崖壓於野上」，說服力也不夠。李平心先生把此字讀為「厭」：

我舊從王筠說，讀曆為歷，釋蔑曆為錫釐賜恩，義雖無誤，而曆字讀音不合。一九五八年讀郭沫若先生之文，始悟曆仍當讀甘聲，不當如王筠說。……今按曆即饜的初文，《沈子簋銘》作厭，皆由飲食饜足引申為厚澤好賜之義。《說文》訓曆為和，決非初旨。〔註25〕

李平心先生受郭文啟發，讀「曆」為「厭」，並引沈子簋銘為證。案：沈子簋銘「見厭于公」之「厭」字作「猒（）」，一般均釋為「厭足、滿足」，與「曆」字的字形完全無關。「飲食厭足」也很難引申出「厚澤好賜」之義。因此李文的意見也少有學者採用。

現在，由於《清華貳》出現「飛曆」讀為「飛廉」的新資料，我們有理由相信「曆」字就應該讀為「廉」，甚至於「曆」就是「廉」的早期字形。

「廉」字，大徐本《說文》卷九下作「」，釋為「仄也。从广、兼聲」〔註26〕；段注云：

此與廣爲對文，謂偪仄也。廉之言斂也。堂之邊曰廉。天子之堂九尺、諸侯七尺、大夫五尺、士三尺，堂邊皆如其高。賈子曰「廉遠地則堂高、廉近地則堂卑」是也。堂邊有隅有棱，故曰廉。廉、

〔註24〕郭沫若〈保卣考釋〉，《考古學報》1958年第1期，頁1～2。

〔註25〕李平心遺稿〈《保卣銘》新釋〉，《中華文史論叢》，1979年第1輯，頁74。

〔註26〕大徐本《說文解字》（北京：中華書局，1985年），頁309。

隅也。又曰「廉、棱也」，引伸之爲清也、儉也、嚴利也。許以仄晐之。仄者、圻㗊陵陗之謂。今之筭法謂邊曰廉，謂角曰隅。〔註 27〕

此字的古文字目前最早見《上海博物館藏戰國楚竹書（三）·周易》簡 12、13，字作「」，與前引商晚期小子𠭯卣之「」、西周早期保卣之「」上部作「壓」極為接近，二者應為一字。《上博三》此字原考釋者濮茅左先生隸作「壓」，謂「《說文》所無，讀為謙」〔註 28〕；李守奎先生《上海博物館藏戰國楚竹書（一～五）文字編》逕收在「廉」字條下〔註 29〕，極為正確。「壓」字从厂，表石山、石崖；从林从土，表示石山土邊有林木，所以整個字可以釋為「石山邊」，《儀禮·鄉飲酒禮》「設席於堂廉東上」鄭玄注：「側邊為廉」，其實應釋為「石山邊為廉」。字本作「壓」，省「土」則作「」（2748 周早「庚嬴鼎」）〔註 30〕，因為其字與「麻」容易混淆，因此加「口」或「甘」作「厤／曆」〔註 31〕。其上部又與「厤」形近〔註 32〕，因此「林」旁訛為「秝」旁；《上博三》「秝」旁又聲化作「兼」旁〔註 33〕。其後「石山邊」義罕用，「堂側邊」義常見，於是「厂」旁又訛作「广」，這就形成了我們今天見到的「廉」字形。

「壓／厤／曆／曆／壓／廉」的本義為「石山邊」，因此有銳利之義，引申為有能力、廉明（段注所謂「清、儉、嚴利」）。《周禮·天官·冢宰·小宰》：

以聽官府之六計，弊羣吏之治：一曰廉善，二曰廉能，三曰廉

〔註 27〕段玉裁《說文解字注》，臺北：藝文印書館，頁 449。

〔註 28〕馬承源主編《上海博物館藏戰國楚竹書（三）·周易》（上海：上海古籍出版社，2003 年），頁 153。

〔註 29〕李守奎、曲冰、孫偉龍《上海博物館藏戰國楚竹書（一～五）文字編》（北京：作家出版社，2007 年），頁 442

〔註 30〕當然，這個字形下部沒有「口／甘」形，也有可能是脫範。即使如此，以唐蘭「象意字聲化」理論來看，「厤／曆曆」字的早期字形應該就是「厤／壓」。

〔註 31〕《說文》以為「甘聲」，恐不可信。絕大部分下部加「口／甘」形的，表音的部分都在上部。

〔註 32〕毛公鼎有「厤自今」句，與《尚書·無逸》「繼自今」同，《書》傳釋為「繼從今已往」，雖然不是很令人滿意，但我目前沒有更好的想法，姑從此說。因此毛公鼎「厤」字也暫從舊說讀為「歷」。

〔註 33〕「」與「秝（棘）」形近難辨。大致說來，从二禾者多為「兼」，从二朿者多為「棘」。「棘」若作「速」用，多半會加「辵、止」旁。不過，也不排除有部分混同或訛寫的情況，需視上下文來判斷。

敬，四曰廉正，五曰廉灋，六曰廉辨。〔註34〕

鄭注：

聽，平治也，平治官府之計有六事；弊，斷也，既斷以六事，又以廉為本。善、善其事，有辭譽也；能、政令行也；敬、不解于位也；正、行無傾邪也；法、守法不失也；辨、辨然不疑惑也。〔註35〕

賈疏：

言『六計弊羣吏之治』者，六計，謂善、能、敬、正、法、辨，六者不同，既以廉為本，又計其功過多少而聽斷之，故云『六計弊羣吏之治』也。……云『皆以廉為本』者，此經六事皆先言廉，後言善能之等，故知將廉為本。廉者絜不濫濁也。」〔註36〕

孫詒讓《周禮正義》以為「廉」亦可訓為「察」，假為「覝」：

云「既斷以六事，又以廉為本」者：《禮運》云「大臣法，小臣廉」。此六計通大小臣，亦以廉為本也。賈疏云「此經六事皆先言廉，後言善能之等，故知將廉為本。廉者絜不濫濁也」。王安石、王昭禹、易祓、王與之、黄以周，竝訓廉為察，蓋以廉為覝之借字。《說文·見部》云「覝，察視也。讀若鎌」，於義亦通。〔註37〕

《周禮》鄭注以為「六計」皆以「廉」為本，王安石、王昭禹、易祓、王與之、黃以周等學者解為「察」，當以為「覝」之假借，孫詒讓以為兩義皆通，這是合理的。詞義本來就是流動不居，有擴大、縮小、轉移等種種變化，「厯／曆／厤／曆／壓／廉」的本義為「石山邊」，因此有銳利之義，引申義最寬可以包括「善、能、敬、正、法、辨」等六義，因此《周禮·冢宰·小宰》廉察吏治便可以包括這六個方面。當然也包括《說文》訓「曆」為「和」。至其音讀，「厯／曆／厤／曆／壓／廉」本應讀「廉」；《說文》訓「曆」為「和」，則音轉為「圅」或「古三切」。

綜上所述，「蔑曆」似應讀「蔑廉」，即「嘉勉官治廉能美善」。「A 蔑曆B」

〔註34〕見《十三經注疏·周禮》（臺北：藝文印書館，1965年），頁45。
〔註35〕見《十三經注疏·周禮》（臺北：藝文印書館，1965年），頁45。
〔註36〕見《十三經注疏·周禮》（臺北：藝文印書館，1965年），頁45。
〔註37〕孫詒讓《周禮正義》（北京：中華書局，1987年），頁178。

即A嘉勉B官治廉能美善，「B蔑曆」則為B被嘉勉官治廉能美善。

補記：陳劍先生提醒我周忠兵先生有一篇〈甲骨文中幾個從「丄（牡）」字的考辨〉（見《中國文字研究》第七輯），文中以小臣𨘢簋蓋器對銘，一作「㦗」，一作「懋」為證，主張甲骨文「𣏟」就是「楙」字。而「曆」字上部从「𣏟」，似應有所說明。案：「楙」字說文釋為「木盛也」，則「曆」字上部从「林」或从「𣏟」會意，本無不同。「𡏳／𠪚／曆／曆／𡒯」等一系列的字，由於有《繫年》及《上博．周易》的對照，它就是「廉」字應該是可以接受的。2016年10月30日補。

清華簡《繫年》與古史新探學術研討會暨「清華簡《繫年》與古史新探研究叢書」發佈會，清華大學出土文獻研究與保護中心，2015年10月30日、31日。

《清華三·周公之琴舞·周公作多士儆毖》小考

《清華三·周公之琴舞》是一篇很重要的文獻，在周代的詩禮樂的諸多記載中，從來沒有見過琴舞，也從來沒有見過這麼豐富的篇章，一次十首詩同時出現，非常值得研究，首篇是〈周公作多士儆毖〉。

〈周公作多士儆毖〉應該是在周公平定三監之亂，還政成王之後所作，而非周公率領的朝臣儆戒成王之詩。此時國家粗定，周公率領群臣悉心事奉成王，不以成王過去對他的誤會為意，諄諄戒勉多士，忠藎之心，溢於言外。本文對全篇進行了較細緻的分析，文字訓詁，句意章旨也都進行了通篇的處理。確定了「元納」與「管入」無關，「九絉」不得讀為「九佾」，並對「無㦒亯君」提出了兩種可能的解釋。

《清華叁》第二篇〈周公之琴舞〉共有 17 支簡，除第 15 簡外，其餘都是完簡，內容首列「周公作多士儆毖」，一篇四句；接著列成王自儆之毖九篇。內容龐大，文詞古奧，不易解讀。但對先秦詩樂有很高的參考價值。

本篇原考釋李守奎先生已經進行了非常艱難的考釋工作，把大部分的文義都疏理得相當清楚了。當然，學者們還是有一些不同的看法。本文想針對「周公作多士儆毖」提出一些不成熟的想法，以就教於學者專家。

〈周公之琴舞〉第一簡云：

周公复（作）多士敬（儆）怭（毖），壟（琴）舞（舞）九絉（卒）。元內（納）攺（啟）曰：「無悔（悔）亯（享）君，罔䜌（墜）亓（其）考（孝），亯（享）隹（惟）慆（慆）帀，考（孝）隹（惟）型帀。」

所謂「周公复（作）多士敬（儆）怭（毖）」，李學勤先生〈新整理清華簡六種概述〉以為是周公率領的朝臣儆戒成王：

按周初《詩》、《書》所言「多士」，是指朝臣官吏而言。「毖」的意思是戒慎，所謂「多士儆毖」，是周公率領的朝臣儆戒成王。〔註1〕

李守奎先生〈《周公之琴舞》與周頌〉則以為是周公對多士的儆戒：

周公之毖是「無悔（悔）享君，罔墜其考，享隹慆帀，考隹型帀」，當是對多士的儆戒，……語氣未完，下面的話當如《康誥》之敬天艾民之類，詩中周公之毖與《周書》中周公訓誡的口氣一致。〔註2〕

細翫本篇詩文，似以周公對多士儆戒為是。

原考釋對這一簡的注釋如下：

作，製作。多士敬怭，讀作「多士儆毖」，即對眾士的告誡之詩。多士，眾士。《書・多士》：「爾殷遺多士」《詩・周頌・清廟》：「濟濟多士，秉文之德。」敬，讀為「儆」或「警」。《大雅・常武》：「既敬既戒」，馬瑞辰《毛詩傳箋通釋》：「敬與儆古通用。」「怭」同清華簡《芮良夫毖》之「訬」，讀為「毖」，《書・酒誥》：「王曰：『封！汝典聽朕毖，勿辯乃司民湎于酒。』」

琴，樂器。《書・皋陶謨》：「戛擊鳴球，搏拊琴瑟以詠，祖考來格。」《尚書大傳》：「古者帝王升歌清廟之樂，大琴練弦達越，大瑟朱弦達越。」舞，即「舞」字。絉，字見《玉篇》：「繩也。」簡文中讀為「卒」或「遂」。《爾雅・釋詁》：「卒，終也。」「九絉」義同「九終」與「九奏」等，指行禮奏樂九曲。《逸周書・世俘》「籥人九終」，朱右曾《逸周書集訓校釋》：「九終，九成也。」

元，始。內，讀為「納」，進獻。元納，首獻之曲。啟，樂奏九

〔註1〕李學勤〈新整理清華簡六種概述〉，《文物》2012年第8期。
〔註2〕李守奎〈清華簡《周公之琴舞》與周頌〉，《文物》2012年第8期。

曲，每曲分為兩部分，開始部分稱「啟」，終結部分稱「亂」。篇中成王所作共九章，每章都有「啟」與「亂」兩部分。「元內啟」義為首章之啟。

無畧，讀為「無悔」。《大雅・抑》「庶無大悔」，鄭箋：「悔，恨也。」享，貢獻。《書・洛誥》「汝其敬識百辟享，亦識其有不享」，孔傳：「奉上謂之享。」孔穎達疏：「享訓獻也。獻是奉上之詞。」

𣪠，字見郭店簡《老子甲》，今本作「銳」，在此讀為「墜」，《廣雅・釋詁三》：「墜，失也。」考，讀為「孝」。

滔，讀為「慆」，《說文》：「說（悅）也。」《尚書大傳》「師乃慆，前歌後舞」，鄭玄注：「慆，喜也。」帀，句末虛詞，今本作「思」。《經傳釋詞》卷八：「思，語已詞也。」

型，效法，傳世典籍多作「刑」，《周頌・烈文》：「不顯維德，百辟其刑之。」

原考釋的注解相當簡要，以致於有些簡文的意思不太好懂。但是在〈清華簡《周公之琴舞》與周頌〉一文中，李守奎先生作了比較明白的語體說明：

周公之毖是「無畧（悔）享君，罔墜其考，享隹慆帀，考隹型帀」，當是對多士的儆戒，讓他們不能怠慢對君王的享獻，不要墜失先人的業績，享獻要快樂，要以其前人為榜樣。〔註3〕

這樣的語體說明，和原考釋的注解在基本認知上應該是一致的。通過這樣的語體說明，我們可以大致掌握李先生對全篇文意的理解。不過，細細體會，有些地方似乎還有討論的空間。

依原考釋的注釋，「畧」釋為「悔」，「享」釋為「奉上」，但在語體說明中卻把「無悔享君」語譯成「不能怠慢對君王的享獻」。二者之間似有不同。首先，「悔」和「怠慢」似非同義詞。「畧」讀為「悔」，楚簡多見〔註4〕，沒有問題，但是，「悔」在文獻中似乎沒有「怠慢」的意思。《故訓匯轉》「悔」字條下列了27個解釋，其中並沒有「怠慢」一義。李守奎先生在〈《周公之琴舞》

〔註3〕李守奎〈清華簡《周公之琴舞》與周頌〉，頁73。

〔註4〕參李守奎、曲冰、孫偉龍編《上海博物館藏戰國楚竹書一～五文字編》（北京：作家出版社，2007年），頁491～492。

補釋〉中引《詩・大雅・抑》「庶無大悔」箋「悔，慢也」，證明「悔」有「怠慢」之意。〔註 5〕不過，我手頭的本子，鄭箋都釋作「悔，恨也」。從詩文來看，似乎也以釋為「悔，恨也」較好。

其次，把「享」釋為「獻」，也有文獻依據，見原考釋所引的《尚書・洛誥》「汝其敬識百辟享，亦識其有不享」，孔傳：「奉上謂之享。」孔穎達疏：「享訓獻也。獻是奉上之詞。」不過，〈洛誥〉的「享」，應該是「百辟」對天子的奉獻，〈洛誥〉云：

> 公曰：「已！汝惟沖子，惟終。汝其敬識百辟享，亦識其有不享。享多儀；儀不及物，惟曰不享……。」〔註6〕

孔傳云：

> 奉上謂之享。言汝為王，其當敬識百君諸侯之奉上者，亦識其有違上者。奉上之道多威儀，威儀不及禮物，惟曰不奉上。

屈萬里先生《尚書今註今譯》承孔傳，語譯如下：

> （周公）說：「唉！你這年輕的人呀，（處事）要能夠善終。你要慎重地記著諸侯們的進獻，也要記著他們有不來進獻的。進獻有很多儀式；如果儀式不及所獻的禮物那麼隆盛，那就算是他沒來進獻。（因為）他並不用誠意來進獻。〔註 7〕

江灝、錢宗武先生《今古文尚書全譯》則釋「享」為「享禮」，指「諸侯朝見天子的禮節」，把重點放在「禮」，而非進貢，語譯本節如下：

> 周公說：「唉！你雖然是個年輕人，該考慮完成先王未竟的功業。你應該認真考察諸侯的享禮，也要考察沒有重視享禮的。享禮注重禮節，假如禮節趕不上禮物，應該叫做沒有重視享禮。因為諸侯對享禮不誠心。」〔註 8〕

〔註 5〕李守奎〈《周公之琴舞》補釋〉，中國文化遺產研究院編《出土文獻研究》第十一輯（北京：中西書局，2012 年 12 月），頁 11。

〔註 6〕孔安國傳，孔穎達等正義《十三經注疏・尚書》（臺北：藝文印書館，1973 年），頁 227。

〔註 7〕屈萬里《尚書今註今譯》（臺北：聯經出版事業公司，1983 年），頁 126。

〔註 8〕江灝、錢宗武譯注，周秉鈞審校《今古文尚書全譯》（貴陽：貴州人民出版社，1993 年），頁 320。

二書對「享」的解釋稍有不同，但都同意〈洛誥〉「百辟享王」中，被「享」的是活著的成王，進行「享」的是諸侯。〈周公作多士儆毖〉是針對「多士」而發的，原考釋釋「多士」為「眾士」，眾士應該沒有享獻的義務。從商代起，享獻基本上是諸侯的義務，其他享獻者，至少也必需有領地，楊升南先生〈甲骨文中所見商代的貢納制度〉非常詳細地分析了相關的甲骨文，指出貢享基本上是諸侯的義務，不過諸侯的重臣、近臣、婦人也可能貢享，但必需有領地。〔註 9〕周代情形也差不多，《周禮・天官・冢宰》「以九貢致邦國之用」〔註 10〕，既云「邦國」，當然是邦國的享獻。《周禮》記載其他的享獻也都是諸侯邦國的義務。「周公作多士儆毖」的「多士」有沒有可能對君王享獻呢？這必需先把「多士」的定義弄清楚。

「多士」一詞主要見於《尚書》及《詩經》。《尚書・大誥》云：

> 肆予告我友邦君，越尹氏、庶士、御事，曰：「予得吉卜，予惟以爾庶邦，于伐殷逋播臣。」爾庶邦君，越庶士、御事，……義爾邦君，越爾多士——尹氏、御事，綏予曰：「無毖于恤，不可不成乃寧考圖功！」〔註 11〕

《尚書・大誥》是「武王崩，三監及淮夷叛，周公相成王，將黜殷，作大誥」〔註 12〕，因此誥的對象是友邦諸侯，「多士」即友邦的「庶士」，不會是諸侯。

又見《尚書・多士》：

> 爾殷遺多士，弗弔旻天，大降喪于殷，我有周佑命，將天明威，致王罰。〔註 13〕

《尚書・多士》篇是周初「成周既成，遷殷頑民」，因此本篇的「多士」是指殷頑民，即被滅亡的殷商的士大夫。

又見《尚書・多方》：

〔註 9〕楊升南〈甲骨文中所見商代的貢納制度〉，《殷都學刊》1999 年第 2 期，頁 27～32。

〔註 10〕鄭玄注，賈公彥疏《周禮注疏》，《十三經注疏》（臺北：藝文印書館，1973 年），頁 32。

〔註 11〕孔安國傳，孔穎達等正義：《尚書正義》，《十三經注疏》（臺北：藝文印書館，1973 年），頁 191。斷句從屈萬里《尚書釋義》（臺北：中國文化大學出版社，1980 年），頁 109～110。

〔註 12〕孔安國傳，孔穎達等正義：《尚書正義》，《十三經注疏》，頁 189。

〔註 13〕鄭玄注，賈公彥疏《周禮注疏》，《十三經注疏》，頁 236。

惟夏之恭多士大不克明保享于民，乃胥惟虐于民，……王曰：「嗚呼！猷告爾有方多士暨殷多士，……」王曰：「嗚呼！多士，爾不克勸忱我命，爾亦則惟不克享，凡民惟曰不享。……」

《尚書・多方》是「周公以成王命誥東土諸國之辭，乃為殷遺民而作」。「恭多士」釋為「供職之多士」〔註 14〕；「有方多士」是東土諸國的官員，「殷多士」是殷國的官員。其階級當為士大夫，不會是諸侯。

又見《毛詩・大雅・文王》：

凡周之士，不顯亦世。……世之不顯，厥猶翼翼，思皇多士，生此王國。王國克生，維周之楨，濟濟多士，文王以寧。〔註 15〕

孔穎達疏指出：「此『多士』是上『世顯之人』，則諸侯及公卿大夫，此文皆兼之。」〔註 16〕又見《毛詩・周頌・清廟》：

於穆清廟，肅雝顯相。濟濟多士，秉文之德。對越在天，駿奔走在廟。不顯不承，無射於人斯。〔註 17〕

《毛詩序》：「〈清廟〉，祀文王也。周公既成洛邑，朝諸侯，率以祀文王焉。」〔註 18〕孔穎達疏以「多士」為「士」，不包含諸侯：「多士非諸侯，則顯相是諸侯可知。……〈序〉言朝諸侯率以祀文王，止率諸侯耳，多士亦助祭，〈序〉不言率之者，王朝之臣助祭為常，非所當率，故不須言也。」〔註 19〕屈萬里先生《詩經選注》注三：「多士，指參加祭祀的人說。」〔註 20〕因此，此處的「多士」應包括諸侯與王朝之臣。

《毛詩・魯頌・泮水》：

〔註 14〕屈萬里《尚書今注今譯》，頁 149。

〔註 15〕毛氏傳，鄭玄箋，孔穎達等正義：《毛詩正義》，《十三經注疏》（臺北：藝文印書館，1973 年），頁 535。

〔註 16〕毛氏傳，鄭玄箋，孔穎達等正義：《毛詩正義》，《十三經注疏》（臺北：藝文印書館，1973 年），頁 535。

〔註 17〕毛氏傳，鄭玄箋，孔穎達等正義：《毛詩正義》，《十三經注疏》（臺北：藝文印書館，1973 年），頁 707。

〔註 18〕毛氏傳，鄭玄箋，孔穎達等正義：《毛詩正義》，《十三經注疏》（臺北：藝文印書館，1973 年），頁 769。

〔註 19〕毛氏傳，鄭玄箋，孔穎達等正義：《毛詩正義》，《十三經注疏》（臺北：藝文印書館，1973 年），頁 769。

〔註 20〕俱參屈萬里《詩經選注》（臺北：正中書局，1976 年），頁 295。

濟濟多士，克廣德心。桓桓于征，狄彼東南。烝烝皇皇，不吳不揚。不告于訩，在泮獻功。〔註21〕

〈箋〉：「多士，謂虎臣及如皐陶之屬。」〔註22〕則此處的「多士」僅指國之重臣。

綜合以上的考證，「多士」的含義很廣，主要指朝中諸臣，也可以指國之重臣，甚至於包括諸侯。

《清華簡（叁）．周公之琴舞》中「周公作多士儆毖」的「多士」應該指那些人呢？前引《書》、《詩》的「多士」，性質不同，《書》的「多士」是對友邦、前朝夏殷而發，因此專指士大夫，不包括諸侯；《詩》的「多士」是對周邦而發，因此可以包括周分封的諸侯。「周公作多士儆毖」顯然比較接近《詩》，因此有可能包括周所分封的諸侯。

不過，即使「周公作多士儆毖」的「多士」有可能包括周所分封的諸侯，「享」字也不宜解為享獻，因為本篇的「多士」畢竟主要是指大夫士，大夫士是奔走任事的眾官吏，應該沒有享獻時王的義務。所以，如果把「無悬（悔）言（享）君」解釋為「不要後悔奉享君王」，似乎也不是很合理。釋成「不能怠慢對君王的享獻」，「悔」字如何可以轉成「怠慢」，也缺乏確切可信的書證。

再說，〈洛誥〉中周公對成王說的話重點在諸侯對天子效誠，而非重在貢享，〈周公作多士儆毖〉劈頭就說「無悔享君」，似乎不是儆毖的最重點。

不過，我們也看到《清華簡(叁)》還有其它地方也用到「享」字。

〈周公之琴舞．成王敬毖〉第五篇也有「曰言（享）畣（答）舍（余）一人」句，原考釋注：「享，獻。參看注4。克罍、盉（《近出殷周金文集錄》987、942）：『惟乃明乃心，享于乃辟，余大對乃享。』」案李學勤先生〈克罍克盉的幾個問題〉訓「享」為「獻」，並以為本器本句為周王對召公的講話。〔註23〕這樣的訓詁，合乎《尚書．洛誥》「享」的的舊詁。但是我們也注意到，〈成王敬毖〉第五篇成王是對「多子」講的話，「多子」未必是諸侯，因此〈周公之

〔註21〕毛氏傳，鄭玄箋，孔穎達等正義：《毛詩正義》，《十三經注疏》（臺北：藝文印書館，1973年），頁769。

〔註22〕毛氏傳，鄭玄箋，孔穎達等正義：《毛詩正義》，《十三經注疏》（臺北：藝文印書館，1973年），頁769。

〔註23〕李學勤〈克罍克盉的幾個問題〉，第二屆國際中國古文字學研討會，香港中文大學，1993年。

琴舞・成王敬毖〉第五篇也有「曰亯（享）倉（答）畬（余）一人」的「享」字不一定是獻享，很可能楚簡的「享」字就有「事奉君王」的意義。《清華簡（叁）・說命下》簡 4-5 也有「女（汝）母（毋）瘽（妄）曰：『余克亯（享）于朕辟。』」句，是殷高宗對傅說說的話，傅說當時也不是諸侯。因此，楚簡中把「享君」可能就可以理解成「事奉君王」。但是，把「無悬（悔）亯（享）君」解釋為「不要後悔事奉君王」，可能也還是有問題。周代有「策名委質」之制，《左傳・僖公二十三年》：

> 九月，晉惠公卒。懷公命無從亡人，期期而不至，無赦。狐突之子毛、及偃，從重耳在秦，弗召。冬，懷公執狐突曰：「子來則免。」對曰：「子之能仕，父教之忠，古之制也。策名委質，貳乃辟也。今臣之子，名在重耳，有年數矣。若又召之，教之貳也。父教子貳，何以事君。」〔註 24〕

策名委質，把名字寫在所臣之「策」之後，就要忠心事君，為之效死，不可有二心。《國語・晉語九》載晉卿中行穆子打敗鼓國之後，帶著鼓國君主苑支回晉，並且為鼓國另立了國君。穆子命令鼓臣留在鼓地，不得跟到晉。鼓君苑支的臣子夙沙釐要跟著舊鼓君苑支到晉，不肯留在鼓國事奉中行穆子另立的新鼓君：

> 中行伯既克鼓，以鼓子苑支來。令鼓人各復其所，非僚勿從。鼓子之臣曰夙沙釐，以其孥行，軍吏執之，辭曰：「我君是事，非事土也。名曰君臣，豈曰土臣？今君實遷，臣何賴于鼓？」穆子召之，曰：「鼓有君矣，爾心事君，吾定而祿爵。」對曰：「臣委質於狄之鼓，未委質於晉之鼓也。臣聞之：委質為臣，無有二心。委質而策死，古之法也。君有烈名，臣無叛質。敢即私利以煩司寇而亂舊法，其若不虞何！」穆子嘆而謂其左右曰：「吾何德之務而有是臣也？」乃使行。〔註 25〕

當然，「委質而策死，古之法也」，也許是西周後來慢慢形成的嚴密制度，在周公成王之初當然不太可能有這樣的制度。我們要說的是：身為人臣，如果

〔註 24〕錄自中研院史語所「漢籍電子文獻資料庫」，網址：http://hanchi.ihp.sinica.edu.tw/ihpc/hanjiquery?@28^77741835^807^^^60101014000700050046^14@@1638527420

〔註 25〕見《國語・晉語》（臺北：世界書局，1936 年），頁 169～170。

對國君不滿，他應該可能有三種選擇：一是叛變，二是離開（包括請辭），三是忍耐。不能叛變，也不能離開，選擇忍耐，就要好好事奉。不可能一邊事君，一邊心存後悔。

「享」字另一個常見義為「祭享」，不過，這個意義是針對去世的祖先來說的，以這個意義來讀〈周公之琴舞〉的「無懟享君」，並不合適。

接著談「罔䫉（墜）亓（其）考（孝）」。原考釋謂「䫉」字見郭店簡《老子甲》，今本作「銳」，在此讀為「墜」，《廣雅・釋詁三》：「墜，失也」。其說可從。「䫉」字相關的考釋，說者多家，眾義紛陳，陳劍先生〈清華簡《皇門》「䜌」字補說〉〔註 26〕有詳細的討論，可以參看。依陳文的意見，此字對應《郭店簡・老子》的「銳」是最可靠的線索，因此這個字的釋讀要以「銳」為關鍵，從與「銳」同音或音近的聲音條件去通假。〈周公之琴舞〉原考釋讀為「墜（直類切，澄紐微部）」，與「銳（以芮切，喻紐月部）」，二字聲紐相近，韻為旁對轉〔註 27〕，可以通假。

考，原考釋讀為「孝」，於楚簡有其例〔註 28〕。但原考釋把「罔䫉（墜）亓（其）考（孝）」全句解釋為「不要墜失先人的業績」，並沒有交待為什麼要把「考」字讀為「孝」，然後又把「孝」字變成「先人」（其實「考」字本身即有「父考」之意，原考釋把「考」字讀為「孝」，然後又把「孝」字釋為「考（前人）」，等於繞了一圈）。而「業績」一詞又是簡文中沒有的。不過，李守奎先生在〈《周公之琴舞》補釋〉中已經把「考」字直接依字讀，釋為「祖考」之「考」，指「先父」。〔註 29〕

「亯（享）隹（惟）滔（慆）帀」一句，原考釋讀「滔」為「慆」，釋為喜悅，因此解全句為「享獻要快樂」，看起來文從句順，沒有問題。但是，如果依所引〈洛誥〉的精神，周公對成王說的是：進獻要有「誠意」，前引屈萬里先生的語譯是「進獻有很多儀式；如果儀式不及所獻的禮物那麼隆盛，那

〔註 26〕陳劍〈清華簡《皇門》「䜌」字補說〉，復旦大學出土文獻與古文字研究中心網站論文，2011 年 2 月 4 日，網址：http://www.gwz.fudan.edu.cn/SrcShow.asp?Src_ID=1397

〔註 27〕月部與微部有通假之例，見陳師新雄《古音學發微》（臺北：文史哲出版社，1972 年），頁 1080。

〔註 28〕參李守奎、曲冰、孫偉龍編《上海博物館藏戰國楚竹書一～五文字編》（北京：作家出版社，2007 年），頁 414～415。

〔註 29〕李守奎：〈《周公之琴舞》補釋〉，中國文化遺產研究院編《出土文獻研究》第十一輯（北京：中西書局，2012 年 12 月），頁 8、10。

就算是他沒來進獻。(因為)他並不用誠意來進獻」。要求的只是外在的儀式,並不會要求到難以查證的內在情緒。後來,李守奎先生在〈《周公之琴舞》補釋〉中說:

> 享,釋為獻享與前文對應,比較穩妥,但不排除指神鬼享用祭品,意指鬼神來享愉快。〔註30〕

依我們前文的推想,似乎可以理解為「事奉國君要快樂(心悅誠服)地」。

「考隹(惟)型帀」一句,原考釋釋「型」為「效法」,有文獻依據。但是釋全句為「要以其前人為榜樣」,同樣的,逕釋「考」為「父考」即可,不必括號注明「孝」字。

除了個別字詞句的解釋可以有商榷空間外,整篇的主旨也可以討論。在周朝初年,武王崩逝,三監之亂才平定,周公與成王同時提出敬毖,應該是極為重要的文獻,觀乎「成王敬毖」九篇,篇篇都充滿了恭敬毋怠、畏天法祖的積極精神,而周公作多士儆毖卻只要求不要怠慢了君王的享獻,也似乎太弱了些。

以下,本文對〈周公作多士儆毖〉提出一些初步的想法。

周公复(作)多士敬(儆)怭(毖)

周公,指周公旦。多士,見前文詳考,應該包括任職朝廷的百官及周王室冊封的諸侯。周公作多士儆毖,不必當面宣諭,以琴舞的形式傳播到各地,自然可以讓百官及諸侯知所警惕。

敬,原考釋讀為「警」或「儆」,可從。怭,原考釋讀為「毖」,可從。「毖」,慎也、戒謹也〔註31〕。警毖義相近,本來都是動詞,但這兒似乎已轉為名詞,即「警戒之詩」的意思。

本篇說「周公复(作)多士敬(儆)怭(毖)」,與成王無涉。則本篇應該是周公警毖多士之詩。

䦼(琴)舞(舞)九絉(卒)

什麼是琴舞,很難考知。已往所知的舞有六代舞:雲門、大卷、大磬、大

〔註30〕李守奎:〈《周公之琴舞》補釋〉,中國文化遺產研究院編《出土文獻研究》第十一輯(北京:中西書局,2012年12月),頁10。

〔註31〕參宗福邦、陳世鐃、蕭海波《故訓匯纂》(北京:商務印書館,2003年),頁1209。

夏、大濩、大武〔註32〕。前四者為文舞，跳舞時手持龠與翟；後二者為武舞，跳舞時手持干與戚。文舞與武舞合舞，持干與羽，則稱「萬舞」〔註33〕。又有帗舞（舞者持帗，有柄，上綴五彩絲）、羽舞（用白羽）、皇舞、旄舞（用五彩羽）、干舞（即兵舞，持干）、人舞（徒手舞）。又有勺舞（即《周頌・酌》）、象舞（即《周頌・維清》）。另外，燕射時有弓矢舞（持弓矢）。〔註34〕宋國保留了商代的桑林舞（見《左傳・襄公十年》，應屬天子等級的舞，其詳不可知）。以樂器為名的只有「籥舞」，見《毛詩・小雅・賓之初筵》、《公羊傳・宣公八年》，「籥」的功能是舞具，因此籥舞應該是「（舞者）吹籥而舞」〔註35〕。但是「琴舞」不可能持琴而舞（琴的體積較大），應該是以琴演奏樂曲，做為舞者的伴奏音樂，至於跳何舞，如何跳，則無從考知。

《墨子・公孟篇》云：「頌詩三百、弦詩三百、歌詩三百、舞詩三百。」這四句話的解釋很多，但至少讓我們知道有「弦詩」，有「舞詩」。〈周公之琴舞〉應該是可弦可舞的詩。古琴的音量不大，但是古人認為適合修身養性，《禮記・樂記》：「絲聲哀，哀以立廉，廉以立志。君子聽琴瑟之聲則思志義之臣。」〔註36〕《說苑・脩文》：「樂之可密者，琴最宜焉，君子以其可脩德，故近之。」〔註37〕所謂儆毖之詩，重在規過勸善，應該不致太過張揚，伴以琴舞，應該是很合適的（從這點來看，以九佾舞之，可能性不大）。

原考釋讀「絉」為「卒」或「遂」。並謂「卒，終也」，因而「九絉」義同「九終」、「九奏」、「九成」等。王志平先生〈清華簡《周公之琴舞》樂制探微〉不同意原考釋的意見，以為「九絉」可讀「九佾」。其大意如下：「朮」可通「聿」，「聿」可通「肆」，「肆」可通「佾」，故「九絉」當讀為「九佾」。西周天子、諸侯等均未能拘守禮制，於樂制時有僭越。因此不必過於拘禮。天子以九為尊，「九佾」也是有可能出現的。在西周早期天子八佾亦非定制，佾數多少視情況而定。多數情況下應以八八六十四人之方陣為正，但間以九八

〔註32〕見《周禮・春官・大司樂》。

〔註33〕萬舞見《毛詩・邶風・簡兮》「簡兮簡兮，方將萬舞」，毛傳：「以干羽為萬舞，用之宗廟山川。」

〔註34〕以上諸舞見《周禮・地官・司徒・舞師》及鄭注。

〔註35〕毛氏傳、鄭玄箋、孔穎達等正義《毛詩正義》，《十三經注疏》孔疏，頁453-2。

〔註36〕鄭玄注、孔穎達等正義《禮記正義》，《十三經注疏》（臺北：藝文印書館，1973年），頁693-2。

〔註37〕向宗魯《說苑校證》（北京：中華書局，1987年），頁506。

七十二人佾舞亦可。〔註38〕

王說在「絉」與「佾」的聲音通假上還可以讓人接受，但是釋「九絉」為「九佾」，一則缺乏必要的佐證，再則也和禮制演的歷史不能脗合。從金文及考古文物來看，西周的禮制應該是逐步形成的，大約到康王、昭王才漸趨成熟，很難相信在成王即位之初，國家倥偬未定之際，以制禮作樂聞名的周公就會用盛大的九佾。而且目前所知道的佾舞，從八佾、六佾而下，都以二為差，突然跑出奇數的九佾，恐怕很難讓人接受。姑從原考釋。

至於把「九絉」釋為「九終」、「九奏」、「九成」等義，為什麼本篇〈周公作多士儆毖〉只出現4句？李學勤先生〈新整理清華簡六種概述〉以為「這種情形並不意味簡文周公所作缺失了八篇，因為仔細分析成王作下面的九篇詩句，有的是王的口氣，有的卻是朝臣的口氣」，又說：

> 冠以「四啟曰」的一篇開端說：
>
> 文文其有家，缶（保）監其有逡（後）。孺子王矣。……
>
> 「孺子王矣」這句話見于《尚書・立政》，恰好是成王嗣位時周公說。由此足知這篇詩實際原在周公所作之中。〔註39〕

不過，李守奎先生寫的原考釋並沒有接受李學勤先生的這個意見，李守奎先生在篇首〈說明〉中說：「《周公之琴舞》首列周公詩，祇有四句。是對多士的儆戒，應當是一組頌詩的開頭部分。接下來是成王所作以儆戒為主要內容的一組九篇詩作，其中第一篇即今本《周頌》的《敬之》，……周公之頌與成王所作其他八篇……」，很明白地以成王所作九篇為一組，並不以為其中有周公之作。

其後李學勤先生在〈論清華簡周公之琴舞的結構〉中主張成王作以下的元入啟、三啟、五啟、六啟、七啟是成王所作；而再啟、四啟、八啟、九啟則是周公所作。「不妨試作一大膽的推想。《周公之琴舞》原詩實有十八篇，由於長期流傳有所缺失，同時出於實際演奏吟誦的需要，經過組織編排，成了現在我

〔註38〕王志平：〈清華簡《周公之琴舞》樂制探微〉，清華大學出土文獻研究與保護中心網站發表，2013年6月5日，網址：http://www.tsinghua.edu.cn/publish/cetrp/6842/2013/20130605184355008279052/20130605184355008279052_.html。

〔註39〕李學勤：〈新整理清華簡六種概述〉，《文物》2012年第8期。

們見到的結構。」〔註 40〕此說建立在李學勤先生原來主張〈周公之毖〉是「周公率領的朝臣儆戒成王」的認知之上才比較有可能成立。李學勤先生在〈論清華簡周公之琴舞的結構〉中已改變舊說，主張〈周公之毖〉是周公儆毖多士，那麼，〈周公之毖〉和〈成王敬毖〉所毖的對象不同，很難有哪一種典禮會讓這兩種身分階級不相等的詩舞間錯編排。

元內（納）㪿（啟）曰

李學勤先生〈新整理清華簡六種概述〉云：

> 簡文在周公「多士儆毖」下面，列詩一篇，冠以「元內（入）啟曰」，似乎與「琴舞九遂」不合。大家知道，當時詩歌一個單位常稱為一終或一成，而「遂」字《國語・晉語四》注：「終也」，《禮記・月令》注：「猶成也」，「九遂」應該是和九終或九成同義。〔註 41〕

原考釋云：

> 元，始。內，讀為「納」，進獻。元納，首獻之曲。啟，樂奏九曲，每曲分為兩部分，開始部分稱「啟」，終結部分稱「亂」。篇中成王所作共九章，每章都有「啟」與「亂」兩部分。「元內啟」義為首章之啟。

王志平先生〈清華簡《周公之琴舞》樂制探微〉不同意原考釋的意見，以為「元內」可讀「管入」，其大意如下：我們懷疑「元」讀為「筦」，「內」可讀為「入」，「元內」疑讀為「筦入」，謂管樂始入。經典多有「笙入」之語。「笙奏」即「下管」，下管包笙奏，而「笙入」無管吹，下管、笙入實為一事，故「管入」猶言笙入也。天子之樂方可用管，金氏謂天子、諸侯之樂有金奏、下管而無笙入、閒歌，實不確。當從黃以周等說，下管自包笙奏。下管貴於笙奏，故文獻中多言「笙入」者，據大夫、士之樂而言也。天子、諸侯之樂有金奏、下管，簡文「管入」，當即「下管」。周公、成王自用天子之樂，故云「管入」而不云「笙入」也。笙、竽等管樂是「五聲之長」、「八音之首」，「所以導

〔註 40〕李學勤：〈論清華簡《周公之琴舞》的結構〉，《深圳大學學報》（人文社會科學版），2013 年 1 期。

〔註 41〕李學勤：〈新整理清華簡六種概述〉，《文物》2012 年第 8 期，頁 67。

眾樂者也」。故笙吹等管樂可以引導眾樂，其地位重要，故簡文特表之，兩次加以著明也。〔註 42〕

旭昇案：周代樂次相當複雜，鄭玄、孔穎達的疏理，還有很多說不清楚的地方，到了清代金鶚的《求古錄禮說・十一・古樂節次等差考》〔註 43〕才把先秦的樂次疏理清楚，其後王國維《觀堂集林・卷二・釋樂次》〔註 44〕在金鶚的基礎上，把周代的樂次分析得更清楚；拙作《詩經吉禮研究》〔註 45〕又對王文做了一些補充。根據我們現在的認識，周代用樂分禮盛者與禮輕者二種，禮盛者的樂次為金奏、升歌、管、舞、無算樂、金奏；禮輕者為金奏〔註 46〕、升歌、笙、閒歌、合樂、金奏。周公之琴舞在什麼場合演出不知道，以周公的階級身分而言，應該是屬於盛禮。周代禮樂盛禮都有「下管」一節，並不會因為某些場合比較特殊而需要特表著明。此外，經典只有「下管」，而沒有「管入」，王志平先生太相信黃以周、孫星衍，而不相信金鶚、王國維，這是相當可惜的。

無悬亯君

「無」讀為「毋」，相當於「不要」。「悬」字楚簡讀為「悔」、「侮」；「享」字讀為「享獻」、「祭享」，放在本句都不好通讀，可能我們應該要求助於別的想法。本文初稿以為「悬」字也可以讀為楚簡常見的「謀」。「享」字則不妨通假為「抗」或「迋／誑」。抗，拒也，見《荀子・臣道》「有能抗君之命」楊倞注。「無謀抗君」即：「不要圖謀違抗君王的命令」。或通假為「迋」，迋，誑也、欺也，見《毛詩・鄭風・揚之水》「人實迋女」毛傳、《左傳・定公十年》「是我迋吾兄也」杜注。「無謀抗君」即：「不要圖謀欺騙君王」。享，許兩切，曉紐陽部；抗，苦浪切，溪紐陽部；誑／迋，俱往切，見紐陽部。三字韻同聲近，可以通

〔註 42〕王志平〈清華簡《周公之琴舞》樂制探微〉，清華大學出土文獻研究與保護中心網站發表，2013 年 6 月 5 日，網址：http://www.tsinghua.edu.cn/publish/cetrp/6842/2013/20130605184355008279052/20130605184355008279052_.html。

〔註 43〕金鶚《求古錄禮說・十一・古樂節次等差考》，收入清王先謙編《清經解續編》（上海：上海書店，1988 年），第三冊，卷六七三，頁 318。

〔註 44〕王國維《觀堂集林》（石家莊：河北教育出版社，2003 年），頁 36～47。

〔註 45〕季旭昇《詩經吉禮研究》，臺灣師大國文研究所研士論文，1983 年 6 月；又收入林慶彰主編《中國學術思想研究輯刊》（臺北：花木蘭出版社，2010 年），九編第 13 冊。

〔註 46〕金鶚〈古樂節次等差考〉、王國維〈釋樂次〉、拙作《詩經吉禮研究》原來禮輕者升歌之前都沒有金奏，但合樂之後卻有金奏，送而不迎，似不合理，我現在補上升歌之前當有金奏。大夫、士金奏有鼓無鐘，但為方便稱，仍然名為金奏。

假。「抗」字或「誑／迋」字目前古文字都還沒有見到，所以用假借字應該是合理的。成王初即位，前有三監之亂，周公避居東都，權力基礎還不是很穩固。周公在此時要全力輔佐成王，儆毖多士，要求的力度應該要強一點。要求多士不可以違拒王命，不可以欺誑君王，要忠心耿耿地事奉君王，這應該是很合理的吧！

當然，把「享」字破讀為「抗」或「誑／迋」，已往未曾見到，頗嫌驚世駭俗。我們不妨退一步，還可以有另一種解釋——「享」字可釋為「事奉（君王）」，「無悔享君」意為「不要讓事奉君王成為一件後悔的事」，這是一種委婉的說法，即周公告訴多士，要盡心盡力事奉君王，不要怠忽或圖謀不軌，釀成終身之悔。

罔䥫（墜）亓（其）考

罔，做副辭用，通「無」、「毋」，意為「不要」。「䥫」釋為「墜」，義為「墜失」；「考」指祖父或男性祖先，《毛詩・周頌・雝》「假哉皇考，綏予孝子」，鄭箋：「皇考，斥文王也。」孔疏：「考者，成德之名，可以通其父祖。」〔註 47〕「罔墜其考」即毋遺忘祖先之典範。《孟子・梁惠王》「未有仁而遺其親者也，未有義而後其君者也」（沒有仁卻遺棄自己父母的，也沒有義卻輕慢自己君王的），與本篇「無謀抗君，無墜其考」取義相近。

駱珍伊以為「考」字可訓為「成」，即「成就」。旭昇案：《書・大誥》：「天棐忱辭，其考我民。」孔傳：「為天所輔，其成我民矣。」《禮記・禮運》：「禮義以為器，故事行有考也。」鄭玄注：「考，成也；器利則事成。」這些「考」字都是動詞，不過古漢語名動相因，動詞性的「考」當然也可以作名詞用，依此解，「罔」字就要解成「無」——相當於「沒有」、「不會」；「其」承上句指「君」，而不是指「父考」，本句可釋為「這就不會墜失（毀敗）了君王的成就」。

亯隹（惟）滔帀（思）

依原考釋的思路，「享」釋為「事奉君王」，「滔」讀為「滔」，樂也，意為：事奉君王是一件快樂的事。或：事奉君王要心悅誠服地。

〔註 47〕毛氏傳、鄭玄箋、孔穎達等正義《毛詩正義》，《十三經注疏》，頁 734～735。

考隹（惟）型帀（思）

考，指先祖。型，典範，先秦典籍多作「刑」，《毛詩・大雅・蕩》：「雖無老成人，尚有典刑。」「考隹型帀」可讀為「考惟型思」，意思是：「先祖是我們的典範。」如果把「考」字釋為「成就」，則本句可釋為「君王的成就是我們（學習）的典範」。

通觀全篇，〈周公作多士敬毖〉應該是在周公平定三監之亂，還政成王之後所作。此時國家粗定，周公率領群臣悉心事奉成王，不以王過去的誤會為意，諄諄戒勉多士，忠藎之心，溢於言外。

本論文是國科會研究計畫的成果之一，計畫編號：NSC102-2410-H-033-024；計畫名稱：《清華大學藏戰國竹簡》（貳，叄）冊研究。2013 年 11 月 1-3 日在香港浸會大學饒宗頤國學院、清華大學出土文獻研究與保護中心主辦孫少文伉儷人文中國研究所、香港浸會大學中國語言文學系、中國詩經學會協辦「【清華簡與《詩經》研究】國際會議」發表。2014 年 3 月 11 日修訂完畢。

《清華三·周公之琴舞·成王敬毖》第三、四篇研究

《清華三·周公之琴舞·成王敬毖》共有九篇，李學勤先生主張其中的二、四、八、九篇為周公所作，本文擬討論第四篇的作者問題。李學勤先生〈新整理清華簡六種概述〉云：「冠以『四啟曰』的一篇開端說：『文文其有家，缶（保）監其有逡（後）。孺子王矣。……』『孺子王矣』這句話見于《尚書·立政》，恰好是成王嗣位時周公說。由此足知這篇詩實際原在周公所作之中。」〔註1〕

其後在〈論清華簡周公之琴舞的結構〉中也說：

> 四啟詩中說：「文文（亹亹）其有家，保監其有後，孺子王矣。」按《尚書·立政》有：「周公若曰：拜手稽首，告嗣天子王矣。」又有：「嗚呼！孺子王矣。繼自今，文子文孫，其勿誤于庶獄庶慎，惟正是乂之。」

「嗣天子王矣」、「孺子王矣」都是周公說成王嗣位之辭。簡文「四啟」的情形完全相同，無疑是「周公作」的一篇。再看「四啟」下面講到「顯于上下」，「上下」即指天地，又說「晝之在視日，夜之在視辰，日入罪舉不寧」，也只有天子身份足以當之。〔註2〕

〔註1〕李學勤〈新整理清華簡六種概述〉，《文物》2012年第8期，頁66～80。

〔註2〕李學勤〈論清華簡周公之琴舞的結構〉，《深圳大學學報（人文社會科學版）》，第30卷第1期，2013年1月。

如果這個說法能成立，對先秦詩樂制度將是一個很重要的新觀點。前引李文主張很有說服力，但是再深一層想：「顯于上下」、「晝之在視日、夜之在視辰」數作為成王自毖固然不當，作為周公毖成王其實也不妥。成王此時才「孺子王矣」，無論如何當不起這樣的贊頌。在此，我們提出另外一個不同的想法，以就教於大家。〈成王敬毖〉第四篇應該是第三篇連讀，所以前述的那幾句話，應該看為成王贊頌先人，以為自己努力的模範。以下，本文先列出〈成王敬毖〉第三、第四篇的釋文，然後逐句疏解。

參（三）㪟（啟）曰：「悳（德）元隹（惟）可（何）？曰鼎（淵）亦印（抑），㕒（嚴）余不解（懈），業=（業業）畏【五】載（忌）。不易畏（威）義（儀），才（在）言隹（惟）克，敬之！𤔔（亂）曰：非天諡（矜）悳（德），殹（繄）莫肎（肯）曹（造）之，佰（夙）夜不解（懈），懋（懋）尃（敷）亓（其）又（有）敚（悅），𧜵（裕）亓（其）【六】文人，不𣌭（逸）藍（監）畬（余）。」

四㪟（啟）曰：文=（亹亹）亓（其）又（有）𡩜（家），缶（保）藍（監）亓（其）又（有）逡（後），需（孺）子王矣。不（丕）寍（寧）亓（其）又（有）心，𡥈=（愁愁）亓（其）才（在）立（位），㬎（顯）于【七】上下。𤔔（亂）曰：𣌭（遹）亓（其）㬎（顯）思，皇天之𡧊（功），晝之才（在）見（視）日，夜之才（在）見（視）晨（辰）。日內（入）辠（親），𦥑（舉）不（丕）寍（寧），是隹（惟）𡰥（度）。

（祖先們）勉力地興邦有家，能夠保監周邦之後，你們的孺子現在登上王位了。祖先們和安其心，憂勤地在位，功業光顯于天上人間。亂曰：祖先多麼顯赫啊，張大了上天之功，好像白天看到的太陽，晚上看到的北極星。每天接納值得親近的親人，舉用安和其心的賢人，這就是先祖治國的法度（，也是我要努力效法的）！

四㪟（啟）曰：文=（文文）亓（其）又（有）𡩜（家）

原考釋釋「文」為「美也，善也」。黃傑先生〈再讀清華簡（叁）《周公之琴舞》筆記〉讀「文文」為「旼旼」，和睦之貌。〔註3〕陳致先生〈清華簡《周公

〔註3〕黃傑：〈再讀清華簡（叁）《周公之琴舞》筆記〉，2013年1月14日武漢簡帛網首發，http://www.bsm.org.cn/show_article.php?id=1809

之琴舞》中「文文其有家」試解〉讀「文文」為「亹亹」，義為「勉也」。〔註4〕旭昇案：陳說可從。不過，「亹亹其有家」為贊美先王興家開國之勤勉，與下句「孳=（孳孳）亓（其）才（在）立（位）」同義，並非贊美成王。

缶（保）藍（監）亓（其）又（有）逡（後）

原考釋讀「缶藍」為「保監」，義為「保佑和監督」，「有後」指後嗣。可從。「易泉」（何有祖先生）在簡帛論壇主張原考釋所隸「後」字應改隸為「率」。〔註5〕旭昇案：「後」、「率」二形於楚簡確有訛混可能，但此處釋「率」文義難通，釋「後」承上句「文文其有家」，頗為合理。但是，這一句話，無論釋為周公毖成王，或成王自毖，都極不合適。因為「保監其有後」是一個已然事實的陳述，而不是對未來的期望。成王此時初為王，還沒有保監有後的功業出來，不宜用這樣的句子來贊美他。我們以為本篇一、二句其實應該承第三篇末兩句「欲其文人，不逸監余（希望前代的祖先們，不休止地監督我）」的「文人」——也就是先祖。因此第四篇開頭說「文文其有家，保監其有後」，其實是贊頌先祖已經很勤勉地建立了家業，而能保護、監督後人——我成王正是先祖的後人。

需（孺）子王矣

原考釋謂：「『孺子王矣』，《書．立政》三見，屈萬里《尚書集釋》：『此乃成王親政之初，周公警之之辭也。』」據其意，似乎同意「孺子王矣」是「成王親政，周公警之之辭」，那麼李學勤先生據此以為本篇為周公所作，似乎也可以成立了。因此，我們對「孺子王矣」這一句，要做多一點的探究。

「孺子王矣」於《尚書．立政》三見，確為周公呼告，但是，是否「孺子王矣」只能是「周公警成王」之辭呢？這牽涉到「孺子」的解釋。清人錢大昕在《十駕齋養新錄》卷二「孺子」條下指出「孺子」有「天子以下嫡長為後者」、「童稚之稱」、「婦人之稱」三種意義：

〔註4〕陳致：〈清華簡《周公之琴舞》中「文文其有家」試解〉，《出土文獻》第3輯（上海：中西書局，2013年3月）

〔註5〕武漢網帳號「易泉」（何有祖）說法見：武漢網帳號「易泉」（何有祖）：〈清華簡《周公之琴舞》初讀〉，武漢大學簡帛研究中心「簡帛」網站．簡帛論壇．簡帛研讀（http://www.bsm.org.cn/bbs/read.php?tid=3021）。

今人以「孺子」為童稺之稱，蓋本於《孟子》。考諸經傳，則天子以下嫡長為後者乃得稱「孺子」。〈金縢〉、〈洛誥〉、〈立政〉之「孺子」，謂周成王也。《晉語》里克、先友、杜原款稱申生為「孺子」，里克又稱奚齊為「孺子」。晉獻公之喪，秦穆公使人弔公子重耳，稱為「孺子」，而舅犯亦稱之，是時秦欲納之為君也。孺子𩏂之喪，哀公欲設撥，亦以世子待之也。齊侯荼已立為君，而陳乞鮑牧稱為「孺子」，其死也，謚之曰「安孺子」，則「孺子」非卑幼之稱矣。欒盈為晉卿，而胥午稱為「欒孺子」。《左傳》稱孟莊子曰「孺子速」、武伯曰「孺子泄」。莊子之子，秩雖不得立，猶稱「孺子」。是孺子貴於庶子也。齊子尾之臣子良曰：「孺子長矣。」韓宣子稱鄭子齹曰：「孺子善哉。」皆世卿而嗣立者也。〈內則〉：「異為孺子室於宮中，毋某敢用時日祇見。」孺子亦貴者之稱。唯〈檀弓〉載「有子與子游立，見孺子慕者」，「弁人有其母死而孺子泣者」，此為童子之通稱，與《孟子》同。又《左傳》季桓子之妻曰南孺子，又則以為婦人之稱。〔註6〕

《清華一・楚居》11「嗣子王」，趙平安先生改隸為「乳（孺）子王」，以為是因為郟敖與上一輩同時被敘述，因此被稱為「孺子王」：

清華簡《楚居》11「至龏（共）王、康王、乳子王皆居為郢。」乳子王即孺子王，整理者誤釋為嗣子王，但以為即康王之子郟敖，則是正確的。據《史記・楚世家》，「三十一年，共王卒，子康王招立。康王立十五年卒，子員立，是為郟敖」。康王寵弟有公子圍、子比、子晳、棄疾，除子晳外，其他三位都曾為王。郟敖立四年，公子圍絞殺郟敖，處死他的兩個兒子莫及平夏，自立為王，史稱靈王。靈王末年，子比為王十餘日，史稱初王。初王、子晳自殺後，棄疾即位為王，史稱平王。在楚王的序列裡，郟敖處於父王和幾位叔王之間，是諸王的子侄輩，這大概是他被稱做孺子王的原因。〔註7〕

〔註 6〕錢大昕《十駕齋養新錄》（上海：上海書店根據商務印書館 1937 年版複印，1983 年），頁 27。

〔註 7〕趙平安〈釋戰國文字中的「乳」字〉，中國文字學會第六屆學術年會論文集（張家口：河北北方學院，2011 年 7 月 3 日～8 月 1 日），頁 63～66。後收入《金文釋讀

郟敖立四年被殺時，已有兩個兒子莫及平夏，因此他不可能是稚子。但是也不太可能是因為「嫡長為後者」之稱，因為其他「嫡長為後者」並沒有都稱為「乳（孺）子」，因此「乳（孺）子」之稱，也許還要加上一種可能，輩分長的稱輩分低的為「孺子」。或者晚輩對先祖自稱。

孺子做為一種身分，甚至於做為名字，這在傳世文獻和出土材料中都可以見到，郭永秉先生在〈從戰國楚系「乳」字的辨釋談到戰國銘刻中的「乳（孺）子」〉〔註8〕中列舉了不少例子，可以參看。本篇本句承前二句贊美前文人「文文其有家，保監其有後」，因此接著說我這個年輕的繼承人現在繼位為王了。《清華一・金縢》簡6～7「武王力（陟），成王猶幼，在位」，是楚地文獻以為武王去世、成王即位時年紀「猶幼」，〈周公之琴舞〉成王對先祖自稱「孺子」，應屬合理。

不（丕）寍（寧）亓（其）又（有）心

原考釋：「不寧，讀為『丕寧』。《大雅・生民》『上帝不寧』，毛傳：『不寧，寧也。』」旭昇案：寧，指德之和安，《大雅・板》「懷德維寧」孔疏：「和安汝德，以施於民」。全句謂「先祖之心有和安之德」。

䍜=（慭慭）亓（其）才（在）立（位），㬎（顯）于上下

原考釋謂「䍜」疑讀為「慭」，憂也。才立，讀為「在位」。上下，指天神和人間。旭昇案：讀「䍜=」為「慭慭」，釋為「憂」，可從。但「顯于上下」的主語是誰？沒有白指出。因為此處無論是周公毖成王或成王自毖，主語如果是成王，都是很奇怪的事。成王剛為王，還不可能「顯不上下」，因此這兒的主語只能是前篇的「文人」，即文王、武王。

𤔔（亂）曰：𣄣（遹）亓（其）㬎（顯）思，皇天之社（功）

原考釋謂：「𣄣，讀為『遹』或『聿』。句首語氣詞。顯，光明。思，語氣詞，用於句末……。皇天，《書・梓材》：『皇天既付中國民越厥疆土于先王。』

與文明探索》（上海：上海古籍出版社，2011年10月），頁112～117。又收錄中國文字學會《中國文字學報》編輯部編：《中國文字學報》第4期（北京，商務印書館，2012年8月），頁51～55。

〔註8〕郭永秉〈【簡帛・經典・古史研究】國際論壇（香港浸會大學，2011年11月29～12月3日）論文。

社，讀為『功』。」旭昇案：本句的「顯」仍然是指先祖文人。「皇天之功」可有二解，一謂先祖文人所以能成此顯赫事業，實乃皇天之功；二謂先祖成此顯赫事業，以張皇天功，「皇」可釋為「張大」，見《尚書・康王之誥》「張皇六師」孔疏。

晝之才（在）見（視）日，夜之才（在）見（視）晨（辰）

原考釋謂：「清華簡《說命下》作『晝女（如）見（視）日，夜女（如）見（視）晨（辰），寺（時）罔非乃載』。才，讀為『載』，義為事；或讀為『在』，察知、審察。《書・舜典》『在璿璣玉衡，以齊七政』，孔傳：『在，察也。』晨，星辰之辰的專字。」旭昇案：本句謂先祖之功顯赫，如日之見日，夜之見辰〔註9〕。「晨」讀為「辰」，古籍「辰」字涵義極為複雜，《清華一・說命》注二三以為指「二十八宿」，本篇謂「星辰」專字，都有根據。《廣雅・釋天》「北辰謂之曜魄」，王念孫《廣雅疏正》：「凡言辰者，皆在天成象而可以正時者也。」但在本篇，本句的「辰」應指「北辰」，即北極星，更為合理。《論語・為政》：「為政以德，譬如北辰，居其所而眾星拱之。」星辰因歲差，每 77 年西移一度，先秦以前，北辰在天空極北，北半球一年到頭終夜可見。

日內（入）臯[illegible]（舉）不（丕）寍（寧），是隹（惟）尾（宅）

原考釋謂：「入，《廣雅・釋詁三》：『得也。』[illegible]讀為『舉』。《呂氏春秋・自知》『所以舉過也』，高誘注：『舉猶正也。』寧，《爾雅・釋詁》：『安也。』尾，從尸，乇ㄊㄨㄛ聲，疑即『仛』字，讀為『宅』，《禮記・郊特牲》疏：『安也』或讀為『度』，法度。或疑字當釋『引』義為延續長久。」旭昇案：「日入臯」以為度，不太合理。疑此「臯」字應隸為「親」〔註10〕，陳偉〈上博六條記〉釋簡 7「[illegible]」字為「親」，本簡此字作「[illegible]」應亦隸為「親」。周代親親，分封同姓，以屏蕃周，即「日入親」。舉丕寧，謂舉用其心丕寧者，前句贊美先王「丕寧其有心」，二「寧」字義同。「[illegible]」隸為「仛」讀為「度」，可從。

〈《清華三・周公之琴舞》成王敬毖第三篇研究〉，《東海中文學報》第 29

〔註 9〕此讀書會博士生王瑜楨之說，可從。

〔註 10〕陳偉〈上博六條記〉（2007 年 7 月 9 日武大網，http://www.bsm.org.cn/show_article.php?id=604）釋簡 7「臯」字為「親」。

期，2015 年 6 月。

〈《清華三・周公之琴舞》成王敬毖第四篇研究〉,「紀念容庚教授誕辰一百二十周年學術研討會暨中國古文字研究會第二十屆年會」, 東莞：中山大學中文系，2014 年 10 月 10～12 日；北京：中華書局《古文字研究》第 30 輯，2014 年 9 月，頁 392～395。

《清華三·周公之琴舞·成王敬毖》第五篇研究

《清華大學藏戰國竹簡（叁）》〔註1〕發表了〈說命〉（上、中、下）、〈周公之琴舞〉、〈芮良夫毖〉、〈良臣〉、〈祝辭〉、〈赤鵠之集湯之屋〉等六篇。其中古文尚書〈說命〉可以證明傳世本的古文尚書〈說命〉確實是假的，《清華三·說命》的發布，在學術史上極有價值。〈芮良夫毖〉記載了周厲王時芮良夫對厲王所進呈的戒辭，與《詩經》、《國語》關係密切。〈良臣〉記載了從黃帝到春秋時代著名君主的良臣、〈祝辭〉是巫術類的記錄、〈赤鵠之集湯之屋〉則是一篇記敘商湯時期的神話，都是很有價值的出土文獻。〈周公之琴舞〉記錄了周成王時，周公警惕多士的詩歌九篇（實際上只記錄了第一篇的前半，其餘不知為何沒有記錄），以及成王自警的詩歌九篇。其中成王自警的第一篇，與《毛詩·周頌·敬之》大體相同，而又有一些差異，這些差異可以看出今本《毛詩》在流傳中所造成的訛誤。

李學勤先生在〈新整理清華簡六種概述〉以為成王敬毖九篇之中有些是朝臣的語氣，應該是周公所作。〔註2〕其後在〈論清華簡周公之琴舞的結構〉中

〔註1〕清華大學出土文獻研究與保護中心編，李學勤主編，《清華大學藏戰國竹簡（叁）》，上海：中西書局，2012年12月。〈周公之琴舞〉在本書第132～143頁。以下引原考釋有關本篇的釋文及注釋都見於此，不再標注出處。

〔註2〕李學勤〈新整理清華簡六種概述〉，《文物》2012年第8期。

則明白主張成王作以下的元入啟、三啟、五啟、六啟、七啟是成王所作；而再啟、四啟、八啟、九啟則是周公所作。「不妨試作一大膽的推想。《周公之琴舞》原詩實有十八篇，由於長期流傳有所缺失，同時出於實際演奏吟誦的需要，經過組織編排，成了現在我們見到的結構。」〔註3〕由這些論述可以想見〈周公之琴舞〉在先秦學術研究上有非常重要的價值。

不過，我們不贊成李學勤先生對〈周公之琴舞〉君臣所作交互出現的看法。究竟那一種看法比較正確，必需建立在對〈周公之琴舞〉文句的正確解讀。為此，我們把〈周公之琴舞〉進行全面的考察，本文是對〈成王敬毖〉第五篇的疏解。

〈周公之琴舞〉原由李守奎先生考釋。其後李守奎先生又發表了〈《周公之琴舞》補釋〉，於文中「文義串講」指出「第五章的主旨是訓誡多子輔臣修德順天，輔助自己濟時艱，治萬民」，這應該是正確的理解。但是在文義疏解中還有一些部分可以討論。以下本文先列原考釋者的原文，然後列出本文的釋文，接著徵引學者的討論，進行疏解，最後作白話語譯。

原釋文作：

五茷（啟）曰：於（嗚）【八】虖（呼）！天多隆（降）悳（德），汸＝（滂滂）才（在）下，流（攸）自求敚（悅）。者（諸）尔多子，逑（逐）思湝（忱）之。亂（亂）曰：恒（桓）爯（稱）亓（其）又（有）若（若），曰亯（享）畣（答）畬（余）一人，【九】思輔畬（余）于勤（艱），廼是（禔）隹（惟）民，亦思不忘。

我們的新釋文如下：

五茷（啟）曰：於（嗚）【八】虖（呼）！天多隆（降）悳（德），汸＝（滂滂）才（在）下，流自求敚（脫、悅）。者（諸）尔（爾）多子，逑（逐／篤）思（斯）湝（忱）之。亂（亂）曰：恒（桓）爯（稱）亓（其）又（有）若（若），曰亯（享）畣（會／答）畬（余）一人，【九】思（使）輔畬（余）于勤（艱），廼是（寔／實）隹（惟）民，亦思（使）不忘（㠩）。

〔註3〕李學勤〈論清華簡《周公之琴舞》的結構〉，《深圳大學學報》（人文社會科學版），2013年1期。

天多⿰阝⿱夅土（降）悳（德），汸=（滂滂）才（在）下，流自求敚（脫／悅）

原考釋云：

> 天多降德，𤔲盤（《集成》一〇一七五）：「上帝降懿德。」汸汸，讀為「滂滂」，《廣雅・釋訓》：「滂滂，流也。」引申為廣大。漢焦贛《易林・同人之蠱》：「流潦滂滂」此以水流喻降德之廣被。流，疑讀為「攸」，訓為所以，見裴學海《古書虛字集釋》第六七頁。敚，讀為「悅」，《爾雅・釋詁》：「樂也。」句意言人各自求德而樂之。

暮四郎（黃傑）疑「流」字當上讀：

> 原斷讀為「天多降德，滂滂在下，攸自求悅」，注釋：流，疑讀為「攸」，訓為所以。今按：「流」讀為「攸」不符合楚簡的用字習慣，而且古漢語中罕見「攸」在一個複句中的某個分句句首作連詞的用法。以上簡文疑當斷讀為：「天多降德，滂滂在下流，自求悅。」原注已指出，「滂滂」指降德之廣大。「下流」，即在下之地，司馬遷《報任少卿書》：「且負下未易居，下流多謗議。」另外，「德」屬職部，「流」屬幽部，「悅」屬月部，此數句無韻。〔註 4〕

李守奎先生〈《周公之琴舞》補釋〉（以下簡稱〈補釋〉）補注云：

> 流讀為攸，原整理報告訓為語助詞。……「流」，不改讀似也能通。《說文》：「流，水行也。」「流」承上「滂滂」，皆隱喻天降大德，如大水在下之奔流。又如訓為「求」，《關雎》「左右流之」，毛傳：「流，求也。」天降德廣在下土，求而得之以求取悅天心。敚讀為悅，很可能與第三章「懋敷其有悅」之悅都是指上天神靈的喜悅。〔註 5〕

旭昇案：楚簡流字多作「□」（《郭店・唐虞之道》17），此作「□」，右旁二「虫」形中少一「〇」形，但楚簡「流」字確有作此形者。原考釋讀為「攸（喻紐幽部）」，與「流（來紐幽部）」聲近韻同，在聲音條件上並無不可。

〔註 4〕武漢網帳號「暮四郎」（黃傑）說法見：武漢網帳號「易泉」（何有祖）：〈清華簡《周公之琴舞》初讀〉，武漢大學簡帛研究中心「簡帛」網站・簡帛論壇・簡帛研讀（http://www.bsm.org.cn/bbs/read.php?tid=3021），19 樓發言，2013 年 3 月 17 日。

〔註 5〕李守奎〈《周公之琴舞》補釋〉，《出土文獻研究》（上海：中西書局，2012 年 12 月），第十一輯，頁 17。

但是，在本句中讀「流」為「攸」的缺點，黃文已經說得很清楚了，只是黃文把「流」字屬上讀，「滂滂在下流」的句法也有點怪。

李守奎先生〈補釋〉提出二解，其一以為「流」字不改讀也能通。但不改讀時，「流自求敚」之「流」為上天的動作，「自求敚」為人的動作，二者不好銜接。其二以為「流」字可訓為「求」。此解較第一說為佳，但依此解，「求自求敚」，第一「求」字是「求」什麼，意義不夠顯豁。且同句已有「求」字，則「流」字再破讀為「求」字，一句之中「同詞異字」，也有點奇怪。竊以為「流」字本有從、隨、順之意，見《楚辭．九章．悲回風》「凌大波而流風兮」蔣驥注、朱熹集注；《太玄．玄棿》「知陽者流」范望注（參 2003 年版《故訓匯纂》頁 264 第 44～46 條）。天多降德，滂滂在下，「滂滂」本來就是形容水勢盛大的樣子，句謂天所降的「德」，像盛大的河流，只要「順」著這條多德的大河，自然可以求得「解脫快樂」，「敚」字有解脫、解悅之意。

者（諸）尔（爾）多子，逑（逐／篤）思（斯）湝（忱）之

原考釋云：

> 者，讀為「諸」。吳昌瑩《經詞衍釋》：「猶凡也。」多子《書．洛誥》「予旦以多子越御事，篤前人成烈，荅其師，作周孚先」，孔穎達疏：「子者，有德之稱。大夫皆稱子，故以多子為眾卿大夫。」逑，「逐」字異體，讀為「篤」，《爾雅．釋詁》：「厚也。」思，句中語氣詞。湝，讀為「忱」，《說文》：「誠也。」《大雅．大明》「天難忱斯，不易維王」，毛傳：「忱，信也。」

旭昇案：「逑」即「逐」字異體，見吳振武先生〈陳曼瑚「逐」字新證〉（《吉林大學古籍所建所十五周年紀念文集》46～47 頁），又見《上博五．競建內之》簡 10。「逑思忱之」之「逑」原考釋讀為「篤」，可從。「思」，同「斯」，猶「而」也（參《古書虛字集釋》頁 703,708）。篤思忱之，謂誠篤而信服之（上天所降多德）。

䜌（亂）曰：恒（柦）爯（稱）亓（其）又（有）若（若），曰亯（享）侖（答）舍（余）一人

原考釋云：

亙，讀為「桓」：《商頌．長發》「玄王桓發，受小國是達」，毛傳：「桓，大。」爯，讀為「稱」，舉用。《左傳》宣公十六年「禹稱善人，不善人遠」，杜預注：「稱，舉也。」若，訓順，善。享，獻。參看注4。克罍、盉（《近出殷周金文集錄》九八七、九四二）：「惟乃明乃心，享于乃辟，余大對乃享。」畣，即「應答」之「答」。享答亦即饗答。《漢書．郊祀志下》「不答不饗，何以甚此」，顏師古注：「不答，不當天意。」余一人，君王自稱。

易泉（何有祖）以為「答」字當是「會」字：

會，原釋文作「答」，字也見于郭店六德21號簡等，當是「會」字。「享會」用例見於《周書．王羆傳》：「每至享會，親自秤量酒肉，分給將士。」《資治通鑒．唐高祖武德元年》：「陛下聞驍果欲叛，多醞毒酒，欲因享會，盡鴆殺之。」〔註6〕

暮四郎（黃傑）跟帖以為仍是「答」字：

「答」，原作「」（以下以B代替），原釋為「畣」，認為即應答之答。樓主釋為「會」。今按：當以原釋為是。從文意看，「享B余一人」的主語是臣子，「余一人」指王。享，原注引克罍、盉「享于乃辟」，並引故訓「奉上謂之享」。B應該是類似的意思。從這一點看，此字應讀為「答」，金文中「昭合（答）皇天」（《殷周金文集成》262、264等）的說法，「答」字用於下對上，與此處類似。從字形看，郭店《老子》甲簡19「合」作，與B很接近，二字中的中部一從「田」形，一從「日」形，這可以聯繫楚簡中多見的「田」、「日」偏旁混用的現象。〔註7〕

李守奎先生〈補釋〉云：

稱，舉用。……有若，疑指善人。……又，「桓稱其有若」與第

〔註6〕武漢網帳號「易泉」（何有祖）說法見：武漢網帳號「易泉」（何有祖）：〈清華簡《周公之琴舞》初讀〉，武漢大學簡帛研究中心「簡帛」網站．簡帛論壇．簡帛研讀（http://www.bsm.org.cn/bbs/read.php?tid=3021），0樓發言，2013年1月5日。

〔註7〕武漢網帳號「暮四郎」（黃杰）說法見：武漢網帳號「易泉」（何有祖）：〈清華簡《周公之琴舞》初讀〉，武漢大學簡帛研究中心「簡帛」網站．簡帛論壇．簡帛研讀（http://www.bsm.org.cn/bbs/read.php?tid=3021），24樓發言，2013年3月17日。

三章「懋敷其有悅」句式相同，或可作他解。〔註8〕

旭昇案：原考釋讀「亘」為「桓」，釋為「大」；訓「若」為順、善，均可從。但「稱」似當釋為「舉行」，見《逸周書·祭公》「公稱丕顯之德」孔晁注。「有若」之「有」字為前綴助詞（見〈成王敬毖〉第二篇、第三篇），「有若」指善德。全句謂：你們（多子）要大大地稱行善德。本句之前為對「諸爾多子」說話，要多子「流自求敚」、「逐思沈之」，即本句「稱其有若」。成王勉多子力行善德，以奉事成王。原考釋及〈補釋〉以「有若」指善人，與前後文的關係的銜接似乎不夠緊密。

「曰（云紐月部）」與「聿（以紐沒部）」通用，「聿」猶「以」也（參《古書虛字集釋》頁138～140）。

「」究竟是「會」字或「答」字，各家看法不同，考楚文字「會、合、答」三字已有明顯區別，如：

會	郭.六 21	郭.語一 40	清二.繫 39	上.四.曹 23
合	郭.老甲 19	郭.老甲 26	郭.老甲 34	上.四.曹 43
答	上.五.競 2	上.二.魯 3		

綜觀上表，「會」字的特點是中間作「田」形，「合」與「答」中間作「口」形，根據此一區別，本簡此字實是「會」字，但「享會余一人」文義費解。原考釋釋為「答」於義較長，但逕隸為「答」則不妥。「會（古外切，見紐月部；又黃外切，匣紐月部）」、「合（古沓切，見紐緝部；又侯閤切，匣紐緝部）」，各有二音讀，聲同，韻近，依陳新雄師《古音學發微》頁1058月緝二部得旁轉。二字義亦相近，故本簡此字可視為形音義俱近之書手誤寫。字實為「合」，讀為「答」。

〔註8〕李守奎〈《周公之琴舞》補釋〉，《出土文獻研究》（上海：中西書局，2012年12月），第十一輯，頁17。

「享答」即臣子對君上之奉侍報答。「曰享答余一人」即「以奉侍報答我」。「享」字釋為臣子對君上的奉侍，見〈周公之琴舞〉簡 1「無恳享君」、〈說命下〉簡 4-5「余克享于朕辟」。《清華叁》頁 135 注 4 引舊注釋為「貢獻」，不是很貼切。

思（使）輔舍（余）于勤（艱），廼是（寔 / 實）隹（惟）民，亦思（使）不忘（巟）

原考釋讀為「思（使）輔舍（余）于勤（艱），廼是（禔）隹（惟）民，亦思（使）不忘（巟）」：

> 思，句首語氣詞。勤，讀為「艱」。叔夷鐘、鎛（《集成》二七二、二八五）：「汝輔余於艱恤。」是，讀為「禔」，《說文》：「安福也。」思，助詞。忘，讀為「荒」。《大雅・桑柔》「哀恫中國，具贅卒荒」，鄭玄箋：「皆見係屬於兵疫，家家空虛。」

黃傑先生云：

> 「是」原讀為「禔」，解為安福，似不確。「是」當讀為「寔」，語助詞，《國語・晉語》：「公曰：『子寔圖之』。」這裡不排除為了湊足音節而加的可能。「思」，原解為助詞，似當讀為「使」。「忘」原讀為「巟」，似可讀如本字，「不忘」承前「惟（思量）民」而言。〔註 9〕

李守奎先生〈補釋〉云：

> 是，……疑或可讀為視，照料，治理。《左傳》襄公二十五年：「饗諸北郭，崔子稱疾，不視事。」《國語・晉語八》：「（叔魚母）曰：『是虎目而豕喙，鳶肩而牛腹，谿壑可盈，是不可饜也，必以賄死。』遂不視。」韋昭注：「不自養視。」〔註 10〕

旭昇案：「是」讀「寔」，「隹」讀為「惟」，均可從。但「寔」當訓同「實」，意為真實地，真誠地；「惟」，念也、謀也（參《故訓匯纂》頁 803）「忘」，黃

〔註 9〕黃傑：〈再讀清華簡（叁）《周公之琴舞》筆記〉，2013 年 1 月 14 日武漢簡帛網首發，http://www.bsm.org.cn/show_article.php?id=1809。

〔註 10〕李守奎〈《周公之琴舞》補釋〉，《出土文獻研究》（上海：中西書局，2012 年 12 月），第十一輯，頁 18。

傑先生依本字讀，固然可通。但上句已叮嚀臣子要「惟（思量）民」，下句又說「亦使不忘」，稍嫌冗贅。原考釋讀為「巟」，可從。

最後，我們把全篇語譯如下：

五啟曰：啊！上天多降德，盛大地施布於下界，我們要好好地追求它以求得解脫快樂，你們諸子要篤實地相信天道。亂曰：你們要大大地稱行善德，好好地奉侍我，輔佐我的艱難，造福人民，不要荒怠！

本文為國科會專題研究計畫研究成果之一，計畫名稱為：「《清華大學藏戰國竹簡》（貳，叁）冊研究」，計畫編號為：102-2410-H-034-064-。執行期間：2013/08/01～2014/07/31。原文於 2014 年 5 月 18 日在玄奘大學中文系「第五屆東方人文思想兩岸學術研討會」發表。2014 年 6 月 15 日修訂。

《清華三・周公之琴舞・成王敬毖》第六篇研究

《清華大學藏戰國楚簡（叁）〔註1〕・周公之琴舞》（以下簡稱〈周公之琴舞〉）是一篇很重要的出土文獻，但是學者研究至今，仍然有很多我們仍無法完全瞭解的部分。

〈周公之琴舞〉一開始說「周公復（作）多士敬（儆）怭（毖），琴（琴）舞（舞）九絉（卒）」，既然稱之為「怭（毖）」，則當與《詩・周頌・小毖》、《大雅・桑柔》同類，屬於自警或警人之詩。〔註2〕但是簡文又說是「琴舞九絉」，琴舞與詩文的關係如何，至今沒有任何材料可以幫助我們瞭解。

其次，簡文說周公作「琴舞九絉」，可是簡文全篇只錄了「元內啟（應該就是「九絉」中的第一篇）」四句，其餘的「八絉」完全看不到蹤影。周公作

〔註1〕清華大學出土文獻研究與保護中心編，李學勤主編，《清華大學藏戰國楚簡（叁）》，上海：中西書局，2012年12月。以下或簡稱《清華三》。〈周公之琴舞〉由李守奎原考釋，其說明、釋文及注釋見於本書的第132～143頁。下文凡引錄本篇原考釋說明、釋文及注釋的原文，都不另加注。

〔註2〕《毛詩・周頌・小毖・序》：「〈小毖〉，嗣王求助也。」鄭箋：「毖，慎也。天下之事當慎其小，小時而不慎，後為禍大。故成王求忠臣，早輔助己為政，以救患難。」孔疏：「〈小毖〉詩者，嗣王求助之樂歌也。謂周公歸政之後，成王初始嗣位，因祭在廟，而求羣臣助已（旭昇案：承審查人指出，「已」當作「己」）。詩人述其事而作此歌焉。」旭昇案：從內容來看，應該是成王初始嗣位，自我警惕之詩。《大雅・桑柔・序》：「〈桑柔〉，芮伯刺厲王也。」鄭箋：「芮伯，畿內諸侯，王卿士也，字良夫。」旭昇案：即芮良夫警惕周厲王之詩，與《清華三・芮良夫毖》類似。

多士儆毖的「元內啟」之後，接下去就是「㙏（成）【一】王复（作）敬（儆）恷（毖），琴（琴）舞（舞）九絉（卒）」，所錄內容則有完整的九篇。只是這九篇的字詞章句不是很容易理解，所以李學勤或以為「成王九絉」中的再啟、四啟、八啟、九啟四篇是周公所作。〔註3〕這個說法乍看頗有道理，但是衍生出的問題一樣很難說明白。依〈周公之琴舞〉的內容，周公的「琴舞九絉」固然丟失了八篇，但依李學勤君臣間毖之說，則君臣各丟了四篇，本文仍不是完本。況且君臣相間作毖，在禮制上也很難說得清楚。

為了探討這些問題，只有一篇一篇的去深入研究，希望能夠理出一些頭緒。本文要探討的是「成王儆毖」的第六篇。這一篇大家都同意是成王所作。以下先錄我們校改後的原文，然後順著原文進行字詞句的訓詁（「【 】」中標明簡序）：

六𢼂（啟）曰：「亓（其）舍（余）湝（沈／沖）人，備（服）才（在）清富（廟），隹（惟）克少（小）心，命不㠯（夷）筈（緩），𡨦（對）【一〇】天之不易。𤔔（亂）曰：弻（弜）敢巟（荒）才立（位），龏（恭）畏才（在）上，敬（警）㬎（顯）才（在）下。於（嗚）虐（呼）！弋（式）克亓（其）又（有）辟，甬（用）頌（容）咠（輯）舍（余），甬（用）少（小）心【十一】，寺（是）隹（惟）文人之若（若）。」

六𢼂（啟）曰：「亓（其）舍（余）湝（沈／沖）人，備（服）才（在）清富（廟）

原考釋：

> 其，句首語氣詞。舍湝人，即《書》「予沖人」，見《盤庚》、《金滕》、《大誥》等。《盤庚下》孔傳：「沖，童。」孔穎達疏：「沖、童聲相近，皆是幼小之名。自稱童人，言己幼小無知，故為謙也。備，讀為「服」，訓「事」。清廟，《周頌・清廟》小序鄭箋：「清廟者，祭有清明之德者之宮也，謂祭文王也。」

李學勤〈論清華簡《周公之琴舞》「𡨦天之不易」〉云：

〔註3〕參李學勤〈新整理清華簡六種概述〉，《文物》2012年第8期。又，李學勤〈論清華簡《周公之琴舞》的結構〉，《深圳大學學報》（人文社會科學版），2013年1期。

「服在清廟」意思是在清廟主祀。……主持祭祀文王，正是成王的身份。〔註4〕

旭昇案：「六㪅」的「㪅」，原考釋在本書頁一三五注（三）注解「元納啟」時已說得很清楚了：「每曲分為兩部分，開始部分稱『啟』，終結部分稱『亂』。」

原考釋讀「亓」為「其」，謂「句首語氣詞」，沒有說明它有什麼作用。據楊樹達《詞詮》，「其」除了作代名詞之外，也可以當副詞用，義為「殆」、「將」、「豈」、「當」、「若」等。又可以當句中助詞，無義；當句末助詞，表疑問。〔註5〕高本漢以為：

在中國語最古的時期，像在《書經》裡所表現的，「其」字很常出現於兩種完全不同的意義，聞名於全部經典語言的：A·一個語氣詞，表示一種主觀的意見，一種希望或是一種勸勉，例如：〈益稷〉「天其申命用休」；〈召誥〉「王其疾敬德」。〔註6〕

周法高《中國古代語法·稱代篇》說：

「其」在甲骨文中多用作語氣詞，如「其雨」「不其雨」等（「其雨」解作「大要下雨吧！」或「大概要下雨嗎？」「不其雨」準此），這種用法在後代也相當普遍。〔註7〕

大部分典籍所見表期勉的「其」字結構，與「其」字相關的被期勉者都放在「其」字的前面，如前面高本漢所引《尚書》的「天其申命用休」、「王其疾敬德」，未見被期勉者放在「其」字的後面。《尚書·酒誥》有「庶士、有正越庶伯、君子，其爾典聽朕教」句，「爾」字出現在「其」字的後面，屈萬里《尚書集釋》：「其爾，《尚書故》云：『猶爾其，倒文也。』」〔註8〕以「其爾」為倒文，看起來比較符合典籍所見這類「其」字的句式。不過，《尚書》中被期勉者放在「其」的後面的例子雖然不多，其實還是有的，《尚書·君奭》「其汝克

〔註4〕李學勤〈論清華簡《周公之琴舞》「寷天之不易」〉，《出土文獻研究》第十一輯，頁1～4，2012年12月。

〔註5〕參楊樹達《詞詮》（上海書店《民國叢書》第五編47據上海商務印書館1931年版影印），卷四，頁38～45。

〔註6〕據周法高《中國古代語法·稱代編》（臺北：臺聯國風出版社，1972年），頁12轉引。

〔註7〕周法高《中國古代語法·稱代編》（臺北：臺聯國風出版社，1972年），頁12。

〔註8〕屈萬里《尚書集釋》（臺北：聯經出版事業公司，1983），頁161

敬以予監于殷喪大否……其汝克敬德」，屈萬里《尚書今注今譯》語譯為「你要能夠謹慎地和我以殷人的滅亡這種大不好的事作為鑒戒……你可要謹慎於你的德行」〔註9〕，顯然同意被期勉者放在「其」的後面。

我們也應該注意到銅器銘文中這類的「其」字句，被期勉者放在「其」字的前面或後面都有，承前省略的則佔大多數，如：

中義作龢鐘，其萬年永寶。（中義鐘，《殷周金文集成》26）

如果補上省略的被期勉者，應為「中義其萬年永寶」，意為：「期望中義能萬年永遠珍寶它。」

被期勉者放在「其」字前面的如：

師臾其萬年永寶用享。（師臾鐘，《殷周金文集成》141。意為：「期望師臾能萬年永遠珍寶享用它。」）

被期勉者放在「其」字後面的如：

呂雔姬作齍鬲，其子子孫孫寶用。（呂雔姬鬲，《殷周金文集成》636。意為：「希望子子孫孫能夠珍寶使用。」）

由此看來，〈酒誥〉「其爾典聽朕教」句，直接依原文讀即可，意為：「希望你們常常聽我的教誨。」不必以「其爾」為「爾其」的倒文。周秉鈞《尚書注釋》：「其：希望。表祈使語氣。」〔註10〕正是這麼處理。

「湝」，即「沈」字。金文「沈」字作「」〔註11〕，本簡作「」，右上「人形」繁化為「」〔註12〕，人形中間「」旁繁化為接近「用」形。右下从「臼」，應該是右旁與「臽」趨同化的結果。「沈人」讀為「沖人」，已見《清華一·皇門》簡1。〔註13〕「余沖人」即「我這個年輕人」，成王的謙稱。

〔註9〕原文及譯文均見屈萬里《尚書今注今譯》（臺北：臺灣商務印書館，1977年），頁147～148。

〔註10〕周秉鈞《尚書注釋》（長沙：岳麓書社，2001年），頁154。

〔註11〕參四訂《金文編》（北京：中華書局，1985年7月），卷十一，頁737，1824號。

〔註12〕蘇建洲〈初讀清華三《周公之琴舞》、《良臣》札記〉（2013年1月18日武大簡帛網首發）提出「湝」字上部作「」與「臽」作「」（《璽彙》2970》）上部同，「因『臽』聲化為『冘』的現象，致使『臽』、『沈』（季案：「沈」當作「冘」）二字形體完全相同」。又指出《卜書》02「臽」作、03「陷」作，陳劍以為是「改『臽』上『人』為形近之『冘』以標音」（陳說據程少軒提供）。其說均是。

〔註13〕原考釋李均明、李學勤〈清華簡九篇綜述〉（《文物》2010年第5期）均讀「沈」為「沖」。董珊〈釋西周金文的「沈子」和《逸周書·皇門》的「沈人」〉（復旦網2010

「服在清廟」，原考釋及李學勤所釋可從，即「在清廟主祀」，當即周公還政成王，成王已踐阼為天子。但不稱為天子，而稱「服在清廟」，一則表示謙意，一則在清廟面對文王，希望能小心翼翼、效法文王。

綜上所論，我們以為本簡「其余沖人，服在清廟，惟克小心，命不夷緩，𡨦天之不易」的「其」字有期勉義。「其」字所期勉的內容為「惟克小心」，意為「希望我（這個年輕人在宗廟祭祀先祖，）能夠小心翼翼」。「小心」的原因或內容是「命不尸箸，𡨦天之不易」，因此「其」字的期勉範圍也可以視為包括「惟克小心，命不尸箸，𡨦天之不易」。類似情況，可以舉金文中一個祈使的「其」字涵蓋範圍較廣的例子，如：

……其眉壽無期、子孫孫永保鼓之。（子璋鐘，《殷周金文集成》113）

……其用追孝於皇考己伯、侃喜前文人、子孫孫永寶用享。（兮仲鐘，《殷周金文集成》65）

〈子璋鐘〉的「其」字應該涵蓋「眉壽無期、子孫孫永保鼓之」兩件事；〈兮仲鐘〉的「其」字則應該涵蓋「用追孝於皇考己伯、侃喜前文人、子孫孫永寶用享」三件事。本篇的「其余沖人，服在清廟，惟克小心，命不尸箸，𡨦天之不易」應該與之類似。

隹（惟）克少（小）心，命不尸（夷）箸（緩），𡨦（對）天之不易

原考釋讀為「隹（惟）克少（小）心，命不尸（夷）箸（歇），𡨦（對）天之不易」：

命，指天命。尸，讀為「夷」，《大雅・瞻卬》「靡有夷屆」、「靡有夷瘳」等句中的「夷」，楊樹達釋為句中助詞（《詞詮》第三四八頁）。箸，疑讀為「歇」，《左傳》宣公十二年杜注訓「盡」。𡨦，讀為「對」，參看《金文編》第二七二頁。㝬簋（《集成》四三一七）「畯在位，作𡨦在下」，秦公簋（《集成》四三一五）「畯𡨦在天」等，均讀為「對」。《大雅・皇矣》「帝作邦作對」，毛傳：「對，配也。」

年6月7日首發）指出「沈」、「沖」音近可通。蔣玉斌、周忠兵〈據清華簡釋讀西周金文一例——說「沈子」、「沈孫」〉（復旦網2010年6月7日首發）亦指出金文「沈子」、「沈孫」之「沈」亦為此義。其說均是。

李守奎在〈《周公之琴舞》補釋〉中又補充一些其他的想法：

> 㞷，讀為夷，或可訓為滅絕。《後漢書．班固傳》：「草木無餘，禽獸殄夷。箸，原考釋讀為「歇」；疑或可讀「割」。「夷割」意思大約相當後世文獻中的「夷絕」，即滅絕。大意是周所受天命得以延續，不滅絕。〔註14〕

在同篇的「文義串講」中對這三句的串講為「祇有小心恭敬，纔能使周所受天命不絕。對答天之不改易其命」。

李學勤〈論清華簡《周公之琴舞》「㝷天之不易」〉特別把「㝷」讀為「對」的相關證據剖析得非常明白：

> （㝷）這個字常見於西周及春秋金文，我認為四版《金文編》關於它已經有恰當的意見。該書引楚簋「㝷」字，讀為「對」。按楚簋1978年出於陝西武功任北村，銘文見於《殷周金文集成》4247、4248，其後半云：「……楚敢拜手稽首，㝷揚天子丕顯休，用作隣簋，其子子孫孫萬年永寶用。」顯然「㝷揚」應該讀為「對揚」。這是因為「㝷」是端母質部字，「對」是端母物部，聲同韻亦相近，故可通假。……《詩．皇矣》云：「帝作邦作對，自大伯王季。」「對」字毛傳訓為「配也」，鄭箋：「作，為也。天為邦，謂與周國也。作配，謂為生明君也。」……王朝的成立由於天命，這是「作邦」；這樣的天命須有君王當之，這是「作對」，亦即作配。《周公之琴舞》……所謂「天之不易」，對照《尚書．大誥》「爾亦不知天命不易」和《君奭》「不知天命不易」，正是與上句的「命」即「天命」相應，所「㝷」即「對」的就是天命，同《皇矣》的思想是相一致的。〔註15〕

黃傑以為「㞷」字當釋為「㞡」，「㝷」當讀為「恤」：

> △原釋為「㞷」，讀為「夷」，書末字形表收作[字形]，不確。此字㞷下部明顯還有「𢆶」形和「又」形的筆劃，當釋寫為㞡，釋讀待考。「㝷」原讀為「對」，解為配，似難通。今按：「㝷」似當讀為「恤」。

〔註14〕李守奎〈《周公之琴舞》補釋〉，《出土文獻研究》第十一輯，頁5～23，2012年12月。

〔註15〕李學勤〈論清華簡《周公之琴舞》「㝷天之不易」〉，《出土文獻研究》第十一輯，頁1～4，2012年12月。

上博三《周易》簡4「懥」，帛書本對應之字作「洫」。「𢡱」、「恤」都是質部字，音近可通。「恤」意為憂慮。「天之不易」，原注引《書．大誥》「爾亦不知天命不易」，《君奭》「不知天命不易」，已經解釋明白。〔註16〕

theta922 主張「易」當釋為「慢易」：

簡10-11「𢡱（對）天之不易」與簡14「有心不易」，「不易」之「易」，也許可讀為慢易之易。《書．君奭》「在我後嗣子孫，大弗克恭上下，遏佚前人光，在家不知天命不易。天難諶，乃其墜命」。朱駿聲《尚書古註便讀》：易，皺也，猶輕慢也。〔註17〕

旭昇案：原考釋釋「命」為「天命」，這是對的。「命」、「令」本同一字分化，其本義即「命令」，所以能釋為「天命」，是由「天所命令」這一點引申而來。

原考釋所隸「巳」字，黃傑以為下部還有筆畫，應隸為「㞼」（案：當隸作「㞼」）。細看圖版，「  」字在「巳」旁下確實有「丝」及「又」旁的痕迹，但顏色很淡，有點像是污痕湊巧像字，或其它原因造成的字痕。退一步說，即使它應隸作「㞼」，也可以理解成從「巳」聲，我們不妨從「巳」聲去解讀。如果同意這一點，那麼原考釋讀為「夷」，用為語助（或「滅絕」），也還是合理的。「箸」，原考釋讀「歇」（或「割」）在聲韻通讀上都沒有問題。「命不夷歇」全句的意思原考釋沒說，推其意大概是「周所受天命不會滅盡」（在〈《周公之琴舞》補釋〉中則明確地釋為「周所受天命得以延續，不滅絕」。「𢡱（對）天之不易」的意思是「對答天之不改易其命」〔註18〕其說於初讀似可通解。但是先秦典籍「不易」一詞應該釋為「不容易」〔註19〕，因此，這樣的解釋可能還有商榷的餘地。

〔註16〕黃傑：〈再讀清華簡（叁）《周公之琴舞》筆記〉，2013年1月14日武漢簡帛網首發，http://www.bsm.org.cn/show_article.php?id=1809。

〔註17〕武漢網帳號「theta922」說法見：武漢網帳號「易泉」（何有祖）：〈清華簡《周公之琴舞》初讀〉，武漢大學簡帛研究中心「簡帛」網站．簡帛論壇．簡帛研讀（http://www.bsm.org.cn/bbs/read.php?tid=3021），26樓發言，2013年3月30日。

〔註18〕本句的解讀見〈《周公之琴舞》補釋〉的文義串講。

〔註19〕參季旭昇〈《毛詩．周頌．敬之》與《清華三．周公之琴舞．成王作敬毖》首篇對比研究〉，「第四屆古文字與古代史國際學術研討會——紀念董作賓逝世五十周年國際學術研討會」，中央研究院歷史語言研究所，2013年11月22日。

黃傑以為原考釋讀「𡨦」為「對」，解為配，「似難通」，因而主張讀「𡨦」為「洫」，並舉了《上博三・周易》簡 4 與帛書本對應的例子，讀「𡨦」為「洫」，放在文本中也文從句順，頗有說服力。不過，他接受李學勤把「天」釋為「天命（上天賜予周邦的「天命」）」，恐怕是有問題的。先秦文獻似未見把「天」釋為「天命」的明確例證。李學勤前引文所舉《尚書・大誥》「爾亦不知天命不易」和《君奭》「不知天命不易」，原文都是「天命」，似不能直接等同「天」。再說，讀「𡨦」為「洫（同「恤」）」，固然沒有問題，但「洫（「恤」）」字多半是上對下的用語，用來「洫（同「恤」）天之不易」，似不合「洫（「恤」）的語感〔註 20〕。因此，我們似乎要重新思考這幾句話的訓釋。

原考釋把「命不㞑箸」釋為「隹（惟）克少（小）心」的結果，其實應該看成「隹（惟）克少（小）心」的內容，與「𡨦天之不易」一樣，都是成王自我警勉要小心的內容。因此，我們主張「命不㞑箸」可以讀為「命不夷緩」。據《說文》，「夷」的本義是「平也」，先秦典籍「夷」字訓為「平」的例子很多（常義，不舉例），本篇此字似也應釋為「平」，意思是「平易」、「平坦」。「箸」則可考慮讀為「緩」（「害」聲與「爰」聲相通，參張儒、劉毓慶《漢字通用聲素》頁 650）。「命不夷箸」即「周邦的命運不會平坦寬緩的（目前看來是多災多難）」。《詩・大雅・文王》「周雖舊邦，其命維新」、「天命靡常」、「駿命不易」、「命之不易」，《周頌・敬之》「命不易哉」，還有前面李學勤引述的《尚書・大誥》「爾亦不知天命不易」和《君奭》「不知天命不易」，這些句子顯示了周初念茲在茲、戒慎恐懼的敬畏天命的思想，「隹（惟）克少（小）心，命不㞑（夷）箸（緩）」表現的就是這種思想。

「𡨦天之不易」，李學勤讀「𡨦」為「對」是很好的意見。李文承襲容庚《金文編》對楚簋「𡨦」的解釋，並全面檢討了金文中的「𡨦」，以為許多金文中的「𡨦」字都應讀作「對」。這是對的。但是在實際解讀本篇時，他似乎把「𡨦天之不易」斷讀成「𡨦（對）『天之不易』」，把「天」理解為「天命」，「所『𡨦』即『對』的就是天命」，這就可以再商榷了。

〔註 20〕「恤」字少數看起來好像用於下對上，如《晏子春秋・內篇問下》「共恤上令，弟友鄉里」（吳則虞《晏子春秋集釋》，北京：中華書局，1962 年，頁 278）。其實這個「恤」字應該看成是「慎」的假借，見于省吾《雙劍誃諸子新證・晏子二》（上海：上海書店出版社，1999 年），256 頁：「恤，慎也。」

如前所述，先秦文獻中單獨的「天」字沒有解為「天命（上天賜給周邦的『天命』）」的。其實，李文中所舉的「𡨦」字釋為「對」的諸例，進一步解釋，除了楚簋外，都可以用《詩・皇矣》毛傳「配也」來解釋。「配天」，就是「其德配天」，〈皇矣〉的「作對」就是上天產生「配天的天子」。〈五祀㝬鐘〉、〈㝬簋〉的「作𡨦在下」就是「成為『配天』的天子於下土」；〈秦公簋〉的「駿𡨦在天」就是「長久地『德配』於天」（「德配於天」就是「當天子」的意思）（秦公鐘、鎛作「駿𡨦在立（位）」，李文在注7中說「或以『天』為『立』字之誤」。其實，「𡨦」字的「配」義用久了成為熟詞後，單用一個「𡨦」字就可以包含「配天」的意思，也就是「當天子」的意思。因此「駿𡨦在位」就是「長久地在位當天子」）。準此，本篇的「𡨦天之不易」應讀為「『𡨦天』之不易」，意思是「當天子的不容易」。本句與「命不夷箬」並列，都是「隹（惟）克少（小）心」所指涉的內容，全句是說：希望我能小心——周邦的命運並不平坦寬緩、當天子並不容易。

𤔔（亂）曰：弼（弜）敢巟（荒）才立（位），龏（寵）畏才（在）上，敬（警）㬎（顯）才（在）下

「亂曰」，原考釋在《清華三・周公之琴舞》注14已有明白的注解：「亂，音樂之卒，與啟相對」，可從。「弼（弜）敢」以下的句子，原考釋云：

> 弼，讀為「弗」；弼敢，不敢。荒，《國語・吳語》「荒成不盟」，韋昭注：「荒，空也。」龏，讀為「寵」。《易》師卦《象傳》：「在師中吉，承天寵也。」畏，讀為「威」。此指天之寵威。敬㬎，讀為「警顯」，警告顯示。《大雅・文王》：「明明在下，赫赫在上。」虢叔旅鐘（《集成》二三八）：「皇考嚴在上，異（翼）在下。」

李學勤〈論清華簡《周公之琴舞》「𡨦天之不易」〉：

> 「弗敢荒在位，恭畏在上，敬顯在下」，講的是在位的君王必須「恭畏」在上的天帝之命，而在下加以「敬顯」。

李守奎〈《周公之琴舞》補釋・文義串講〉的說解是：「你們不敢荒怠在位，敬畏在天上的祖考神靈，敬顯你們在天下的君王。」〔註21〕

〔註21〕李守奎〈《周公之琴舞》補釋〉，《出土文獻研究》第十一輯，頁5～23，2012年12月。

胡敕瑞以為「龏畏」猶「恭畏」。「『龏畏才（在）上』即敬畏上天」。〔註22〕黃傑以為「龏畏」「敬顯」應該都是動詞：

原將「龏畏」讀為「寵威」，認為「寵威」指天之寵威；「敬顯」讀為「警顯」，解為警告顯示，並引到《大雅·文王》「明明在下，赫赫在上」。這似是將「寵威」看作名詞，「敬顯」看作動詞，而所引的「明明」、「赫赫」又是形容詞，不甚清晰。「龏畏」、「敬顯」的詞性顯然是一致的。這兩個詞似乎不宜像《大雅·文王》的「明明」、「赫赫」那樣看作形容詞，因為那樣的話，「龏畏在上，敬顯在下」就與《大雅·文王》「明明在下，赫赫在上」相近，成了對在上者和在下者的描摹，與「弗敢荒在位」的意義沒有什麼關聯了。我們認為這兩個詞應當看作動詞，「龏畏」讀為「恭畏」，「恭畏在上」意為恭敬畏懼在上者；「敬顯」可讀為「儆顯」，「儆」意為戒，「顯」意為使之顯明，大概是針對在下者之中的賢能而言，「儆顯在下」意為儆戒在下者，使之顯明。這樣解釋，與前「弗敢荒在位」意思一致。〔註23〕

吳雪飛以為「龏威」相當於「嚴」，而「敬顯」相當於「翼」：

這句話的「龏威在上，敬顯在下」顯然和金文中常見的「嚴在上，翼在下」有一定關係。……對於「嚴在上，翼在下」，有多種解釋。張德良經過細致論證，認為「『嚴在上，翼在下』中的『嚴』『翼』同訓為敬，表示祖先神的恭恭敬敬。」……這其實是沿用《爾雅》的訓詁，筆者認為可從。《爾雅·釋詁》：「儼、翼、恭，敬也。」郝義行《義疏》謂儼「通作嚴」，並謂「儼、嚴聲義同。」又《詩經·小雅·六月》：「有嚴有翼，共武之服。」毛傳：「嚴，威嚴也。翼，敬也。」……由此看出，「嚴在上，翼在下」與「龏威在上，敬顯在下」意思一致。根據毛傳和朱熹的訓釋，顯然「龏威」相當於「嚴」，而「敬顯」相當於「翼」。……「龏威在上，敬顯在下」，

〔註22〕胡敕瑞：〈讀《清華大學藏戰國竹簡（叁）》劄記之三〉，「清華大學出土文獻研究與保護中心」網站（http://www.tsinghua.edu.cn/publish/cetrp/6831/2013/20130107081910264497379/20130107081910264497379_.html），2013年1月7日。

〔註23〕黃傑：〈再讀清華簡（叁）《周公之琴舞》筆記〉，2013年1月14日武漢簡帛網首發，http://www.bsm.org.cn/show_article.php?id=1809。

> 這裏的龏、敬均讀如本字，不必假借為他字。龏，黃傑認為讀為恭。而《說文》：「龏，慤也。」段注：「此與心部恭音義同。」所以筆者認為龏不必再讀作恭。敬，也不必再讀作警或儆。〔註24〕

旭昇案：「弼（弜）敢巟（荒）才立（位）」，李守奎〈《周公之琴舞》補釋·文義串講〉說解為「你們不敢荒怠在位」，「不敢荒怠在位」可從，「你們」則可商。本篇是成王自毖之詞，本句的主語應該是成王，全句應釋作「我不敢荒怠在位」。

「龏畏才上，敬㬎才下」，各家意見不同，原考釋意謂「天之威寵在上，天之警告顯示在下」，但在〈《周公之琴舞》補釋·文義串講〉的說解中已經把「龏畏才上」的對象改成「天上的祖靈神考」。李學勤則把這兩句說成是「在位的君王」對「在上的天帝」的動作；胡敕瑞謂上句為「敬畏上天」；黃傑釋為「恭敬畏懼在上者，儆戒在下者，使之顯明」（吳雪飛沒有明說，不好臆測）。諸家異說紛紛，沒有一致的看法。

仔細查核先秦此類句法中的「在上」、「在下」多指處所，罕借代為人。《詩·大雅·大明》「明明在下，赫赫在上」，毛傳：「明明，察也。文王之德明明於下，故赫赫然著見於天。」箋云：「明明者文王、武王施明德于天下，其徵應炤晢見於天。」〔註25〕其主語為文王（箋以為含武王）。金文井人妄鐘（《集成》110）「前文人其嚴在上」、虢叔旅鐘（《集成》238.2）「皇考嚴才（在）上、異才（在）下」，類似句法的主語都是先王。比照這種句法，本簡此處似應釋為祖先的恭敬畏懼在天上、其敬謹顯明於人間。當然，純就本兩句來看，「龏畏才上，敬㬎才下」也有可能釋為「（天之）龏畏才上，敬㬎才下」，但是配合本篇下句說「式克其有辟」，「有辟」指的是「可以供人學習的典範」。成王不可能學天，只能學習文王、武王，因此本句只能理解為「（先王之）龏畏才上，敬㬎才下」。這裡省略的「先王」，見文末，簡文稱之為「文人」。

〔註24〕吳雪飛：〈清華簡（三）《周公之琴舞》補釋〉，2013年1月17日武漢簡帛網首發，http://www.bsm.org.cn/show_article.php?id=1820。

〔註25〕見中研院「漢籍電子資料庫」《經／十三經／重刊宋本十三經注疏附校勘記／重栞宋本毛詩注疏附挍勘記／大雅／文王之什詁訓傳第二十三／附釋音毛詩注卷第十六／大明，頁540，網址：http://hanchi.ihp.sinica.edu.tw/ihpc/hanjiquery?@12^264326154^807^^^801010010003000600010003000l^1@@949088254#。

於（嗚）虗（呼）！弋（式）克亓（其）又（有）辟

原考釋：

> 式，句首語助詞。克，肩任。有辟，國君。

胡敕瑞以為「式」解為「用」更好：

> 「式」用作句首語助詞，古籍中不乏用例。不過，「弋（式）克亓（其）又（有）辟」一句中的「式」，解釋為「用」字似乎更好。《爾雅・釋言》：「試、式，用也。」「式」作「用」解，古書中也多見，例如：《詩經・小雅・節南山》：「不弔昊天，亂靡有定。式月斯生，俾民不寧。」鄭箋：「式，用也。不善乎昊天，天下之亂無有止之者。用月此生，言月月益甚也。」……簡 4 另見「甬（用）戴（仇）亓（其）又（有）辟」一句，句式與文意與簡 11 的「弋（式）克亓（其）又（有）辟」相似。在「式」的位置上出現的正是「用」，這可算是「式」義同「用」的一個異文證據。〔註 26〕

暮四郎（黃傑）訓「克」為「能夠」，以為「克」下當有脫字：

> 「克」，原解為肩任。這個解釋來源於《說文》「克，肩也」，……按這種解釋，「克其有辟」意為勝任其君主，似難以講通。金文中有如下辭例：克夾紹先王（《集成》2833、2834）、克恭保厥辟恭王（《集成》2836）……本篇簡 4 云「用仇其有辟」。我們懷疑，此處「克其有辟」很可能與上舉金文辭例是類似的意思，「克」下可能脫去了「逑（仇）」或「夾紹」等字。「克」是「能夠」之意。〔註 27〕

旭昇案：本篇「亂曰」以下「弜敢荒才位」、「恭畏在上」、「警顯在下」、「式克其有辟」等句子的主語是誰，都不好判定，但全篇的語意還是應該會前後一致。「弜敢荒才位」的主角當然應該是成王，「恭畏在上」、「警顯在下」本文主張其主語都是「先王」，因此「式克其有辟」的主語也應該是「先王」。

〔註 26〕胡敕瑞：〈讀《清華大學藏戰國竹簡（叁）》箚記之三〉，「清華大學出土文獻研究與保護中心」網站（http://www.tsinghua.edu.cn/publish/cetrp/6831/2013/20130107081910264497379/20130107081910264497379_.html），2013 年 1 月 7 日。

〔註 27〕武漢網帳號「暮四郎」（黃杰）說法見：武漢網帳號「易泉」（何有祖）：〈清華簡《周公之琴舞》初讀〉，武漢大學簡帛研究中心「簡帛」網站・簡帛論壇・簡帛研讀（http://www.bsm.org.cn/bbs/read.php?tid=3021），19 樓發言，2013 年 3 月 17 日。

裘錫圭在〈卜辭「異」字和詩書裡的「式」字〉一文中詳細分析了甲骨金文及先秦文獻中的「式」字，以為有表示「可能」、「意願」、「勸令」、「乃」，及虛詞等用法。〔註28〕在本句中，大約只能採用「虛詞」義。原考釋謂「式，句首語助詞」，可從，其義本來就相當於「用」、「因此」。克，當釋為「能」。暮四郎以為此處脫去了「逑（仇）」或「夾紹」等字，補足後這個句子就變成「式克逑其有辟」、「式克夾紹其有辟」，全句就變為成王對臣子的要求了。這樣理解，與本篇前面的成王自我警勉的篇旨相去較遠。本篇從一開始就是成王自我警勉國命不夷、配天不易，因而要效法先祖保持戒慎恐懼之心。篇末突然轉而要求臣下，有點奇怪。

「辟」，本義為「法」、「效法」，見《逸周書．祭公》「天子自三公上下辟于文武」孔注。在本句可釋為「可效法的典範」。「式克其有辟」，意思是：「因此能夠有我可效法的典範」。

甬（用）頌（容）咠（輯）畬（余），甬（用）少（小）心，寺（是）隹（惟）文人之若（若）

原考釋：

> 甬，讀為用「用」。頌，讀為「容」。咠，讀為「輯」。《爾雅．釋詁》：「和也。」寺，讀為「持」，保持。若，訓「順」。

李守奎〈《周公之琴舞》補釋〉：

> 頌，容貌之容本字，儀容。《詩．周頌．振鷺》：「我客戾止，亦有斯容。」……輯，和悅。《詩．大雅．板》：「辭之輯矣，民之洽矣。」鄭玄箋：「辭，辭氣，謂政教也。王者政教和悅，順於民，則民心合定。〔註29〕

在同一文章的「文義串講」中則提出兩種說法，第一種是成王勸誡臣輔之語：「你們要輔佐你們的國君，以使我儀容和輯，你們要小心扶持（我），順從祖

〔註28〕裘錫圭〈卜辭「異」字和詩書裡的「式」字〉，《中國語文學報》第1輯，1983年。收入《古文字論集》（北京：中華書局，1992年8月），頁122～140。又收入《裘錫圭學術文集1．甲骨文卷》（上海：復旦大學出版社，2012年6月），頁212～229。

〔註29〕李守奎〈《周公之琴舞》補釋〉，《出土文獻研究》第十一輯，頁5-23，2012年12月。

考的心意。」第二種是成王自儆：「勝任國君之位，儀容和輯，我小心奉侍（祖考），順從祖考的心意。」

旭昇案：第六啟全篇寫成王自警，篇末卻以「儀容和輯」作結，格局稍小。而且「儀容」和「和輯」似乎也很難放在一起。我認為「容」，當釋為「寬裕」，《荀子・不苟》：「恭敬謹慎而容。」王念孫《讀書雜志・荀子一》：「容之言裕也。言君子敬慎而不局促，綽綽有裕也。」〈非十二子篇〉「脩告導寬容之義」，《韓詩外傳》作「寬裕」。「咠」，原考釋讀為「輯」，釋為「和」，可從。「用容輯余」，意思是：「（效法先王的典範）使我寬裕溫和」。

原考釋讀「寺」為「持」，全句變成「持惟文人文若」，句法有點怪。疑「寺」讀為「是」，「寺」從「之」聲，「之」聲與「是」聲通用〔註30〕，「是惟文人之若」即「惟若文人」，意思是：一切順著先祖（的典範去做）。

《詩經》「頌」體因為時代較早，押韻還不是很固定，也有不押韻的，〈周公之琴舞・六啟〉的情況正是如此。以下我們把本篇的押韻標出來（括號中是我們認為是韻腳的字所屬的古韻部）：

> 六𢦔（啟）曰：其余沖人（真），服在清廟，惟克小心（侵），命不夷䇃（月），㚒天之不易（錫）。
>
> 𤔲（亂）曰：弻（弜）敢巟（荒）才立（位），龏（寵／恭）畏才（在）上（陽），敬（警）𣌭（顯／忻）才（在）下（魚）。嗚呼！式克其有辟，用容輯余（魚），用小心，是惟文人之若（魚）。

首行一、三句的「人」、「心」叶韻，屬真侵旁轉〔註31〕，第二句不入韻。次行「䇃」、「易」押韻，屬月錫旁轉〔註32〕。第三行二、三句的「上」、「下」押韻，屬魚陽對轉，第一句不押韻。第四行「余」、「若」押韻，同屬魚部。

最後，我試著把本篇語譯如下，希望能讓本篇的解讀更清楚些：

> 六啟曰：希望我這個在清廟主持祭祀的年輕人，能夠小心翼翼，因為我周邦的國命不是那麼平安和緩，希望我能體認配天當天子的

〔註30〕參張儒、劉毓慶《漢字通用聲素》（太原：山西太原古籍出版社，2002年4月），頁507。

〔註31〕參陳師新雄《古音學發微》（臺北：嘉新水泥公司，1972年），頁1071。

〔註32〕參陳師新雄《古音學發微》（臺北：嘉新水泥公司，1972年），頁1057。

不容易。亂曰：我不敢荒怠在位，(因為)祖先的恭敬畏懼在天上、其敬謹顯明於人間。啊！因此(祖先)能有我效法的典範，(這些典範)使我寬裕溫和，我要小心翼翼，一切順著先祖(的典範去做)。

「語言與文字：第十屆通俗文學與雅正文學國際學術研討會」，臺中：中興大學中文系，2014 年 10 月 24 日。

《清華三・周公之琴舞・成王敬毖》第七篇研究

提　要

《清華三・周公之琴舞・成王敬毖》是周公還政成王後，成王自勉的一組詩。整組共有九篇，本篇表達了成王對先祖的尊崇景仰，自我要求要孝敬先祖，並要眾卿大夫們輔導督正成王確實做到。本文針對第七篇逐字逐句進行研究，提出了一些和學者們不同的意見，最後附以語譯，讓讀者充分瞭解本文的看法。

關鍵詞：右帝才茖，多子，諫詔

《清華大學藏戰國竹簡（叄）・周公之琴舞》是《詩經》學及禮學方面一篇很重要的出土材料。全篇包含兩部分：〈周公作多士儆毖〉與〈成王儆毖〉。首簡背面題為〈周公之琴舞〉，但是本篇前半所錄「周公作多士儆毖琴舞九絉」卻只有半篇〔註1〕，其餘八篇半不見縱影。因此有學者以為本篇後半的〈成王

〔註 1〕原句為『元內（納）戌（啟）曰 03：「無思（悔）亯（享）君 04，罔𩏩（墜）亓（其）考（孝）05，亯（享）隹（惟/抗）滔（慆）帀 06，考（孝）隹（惟）型帀。」』依照後文〈成王儆毖〉九篇都是由「啟亂」組成，而〈周公之琴舞〉的「元納啟」有「啟」無「亂」，應該只能算半篇。

儆毖〉九篇中有四篇是周公所作〔註2〕；也有學者以為「西周歷史上確有周公和成王各自所作的兩部琴舞，而成王所作琴舞的篇名，若以《周公之琴舞》例之，似可稱之為『《成王之琴舞》』」〔註3〕。此外，「琴舞」之稱為文獻首見，在禮樂的制度及實際表現為何？「九絉」、「啟」、「亂」的實際意義為何？我們都不是很了解。為此，我們希望把〈周公之琴舞〉一篇一篇的仔細探討，期能有更多的發現。以下是〈成王儆毖〉第七篇的探討。

首先列出我們校正過的釋文：

七𢼄（啟）曰：思又（有）息，思憙（憙）才（在）上，不（丕）㬎（顯）亓（其）又（有）立（位），右帝才（在）茖（路），不逹（失），隹（惟）同。𤔔（亂）曰：仡（汔）舍（余）龏（恭）【一二】害怠（以）？孜（孝）敬肥（靡）紑（怠）巟（荒）。秝（咨）尔（爾）多子，笁（篤）亓（其）綅（諫）卲（詔）。舍（余）彖思念，畏天之載，勿請福之侃（愆）。

以下是字句考釋：

七𢼄（啟）曰：思又（有）息，思憙（憙）才（在）上

原考釋：

息，《廣雅・釋詁一》：「安也。」憙，喜樂。思憙在上，意與「喜侃前文人」類同。〔註4〕

〔註2〕李學勤〈新整理清華簡六種概述〉，《文物》2012年第8期。又，李學勤〈論清華簡《周公之琴舞》的結構〉，《深圳大學學報》（人文社會科學版），2013年1期。子居基本同意李說，以為「文中記為周公所作與記為成王所作的詩句當理解為唱和相應的狀態，即：元入（公），元入（王），再（公），三（王），四（公），五（王），六（公），七（王），八（公），九（王）。這樣，周公的元入啟部分，似當理解為與成王的元入啟部分相關的一個引子，而不是獨立的詩篇，故《周公之琴舞》全文有啟有亂的完整詩篇只有九篇，因此上稱『琴舞九絉』。」見子居〈清華簡《周公之琴舞》解析〉，見《學燈》第二十九期，又見「孔子2000」網，2014年1月4日，網址：http://www.confucius2000.com/admin/list.asp?id=5882。王長華〈關於新出文獻進入文學史敘述的思考——以清華簡《周公之琴舞》為例〉以為「李學勤先生的這個看法是很有見地的」，見《河北師範大學學報／哲學社會科學版》第37卷第2期，2014年3月。

〔註3〕方建軍〈論清華簡「琴舞九絉」及「啟、亂」〉，2014年8月27日「復旦大學出土文獻與古文字研究中心網」首發，網址：http://www.gwz.fudan.edu.cn/SrcShow.asp?Src_ID=2319。

〔註4〕本篇由李守奎原考釋。本文依楚簡慣例逕稱「原考釋」。原考釋之內容俱見《清華大學藏戰國楚簡（叄）・周公之琴舞》，本文不另加注。

李守奎〈《周公之琴舞》補釋〉(以下簡稱〈琴舞補釋〉):

> 補注〔一〕又,讀為有,動詞或形容詞詞頭。息,寧靜,使寧靜。《左傳》昭公八年:「若知君之及此,臣必致死禮以息楚。」杜注:「息,寧靜也。」周初未定,故成王期使國家安定。〔二〕「思喜才上」或即周公所說的「享唯慆兮」,也就是第三章的「懋敷其有悅」。〔註5〕

於同篇「文義串講」解為:「期望天下安定,希望祖考在天上欣喜。」〔註6〕

旭昇案:楚簡「思」字多訓為「使」,本篇亦可訓為「使」。「息」,原考釋釋為「安」、〈琴舞補釋〉釋「息」為「寧/使寧靜」,都有一定的文獻依據。但是,把這些動作的主使者說成是「成王」,恐怕有點問題,這兩句句義連著下句「丕顯其有位,右帝在路」,主語應該都是同一個人,這個人應該是文王、武王,而不應該是成王。文王尚未滅殷,恐難說成使天下安寧;武王雖滅殷,而天下動盪未安,因此成王即位之初經常說「遭家未造」,〈周公之琴舞〉也一再地說「不造哉」(簡4)、「毆(緊)莫肎(肯)曹(造)之」(簡6)。《孟子・梁惠王下》說「文王一怒而安天下之民」、「武王亦一怒而安天下之民」,那只是誇飾)。因此「息」似可釋為「滋息、生長」,《易・革・彖傳》「水火相息」、《荀子・大略》「有國之君,不息牛羊;錯質之臣,不息雞豚」等句中的「息」字,都是這個意思。〔註7〕當然,〈周公之琴舞〉屬《詩》類文獻,詩多誇飾,用類似《孟子》的話贊頌「文王一怒而安天下之民」、「武王亦一怒而安天下之民」也未嘗不可以。或許我們可以二義合併,釋「息」為「孳息、安定」。「有」字做詞頭用,清華三多見。

熹,原考釋釋為「喜樂」。謂「思熹在上,意與『喜侃前文人』類同」,可從(但對象不是前文人,說見下)。〈琴舞補釋〉謂「或即周公所說的『享唯慆兮』,也就是第三章的『懋敷其有悅』」,則不妥。「慆」、「悅」的解釋都和「憙」不同。

「在上」,指「在上者」,即「上帝」,《詩・大雅・大明》「赫赫在上」、《周頌・敬之》「無曰高高在上」,都是這個意思。原考謂「思憙在上」「意與『喜侃

〔註5〕李守奎〈《周公之琴舞》補釋〉,頁20。
〔註6〕李守奎〈《周公之琴舞》補釋〉,頁21。
〔註7〕參宗福邦等編《故訓匯纂》(北京:商務印書館,2003年),頁785。

前文人』類同」，似非。本句謂文王、武王使上帝喜樂，而不是成王使「前文人」喜樂。《詩經・大雅・文王》「維此文王、小心翼翼。昭事上帝、聿懷多福。厥德不回、以受方國」，正是此義。

不（丕）㬎（顯）亓（其）又（有）立（位），右帝才（在）䓧（路），不遾（失），隹（惟）同

原考釋：

有位，疑指前文人在帝側之位。䓧，即「落」字，《爾雅・釋詁》：「始也。」不遾，讀為「不佚」，與三啟之「不逸」同義。同，一也。

李守奎〈琴舞補釋〉補注云：

〔三〕才，讀為在，察。《書・舜典》：「在璿璣玉衡，以齊七政。」孔傳：「在，察也。」䓧，讀為客，指商人為代表的舊王朝之人。《詩・周頌・有客》：「有客有客，亦白其馬。」《左傳・僖公二十四年》：「宋，先代之後也，於周為客。」〔四〕「不遾」，與第三章「不逸」同義。第三章「欲其文人，不逸監余」是期望前文人們不失對自己的督察，此章是期望先祖們對異性〔姓〕〔註8〕諸侯、殷之遺民也加以督查，所以說「不失唯同」，也就是不失監余，也不失察客，都一樣。〔註9〕

同篇的文義串講云：

祖考在天上光顯有位，輔助天帝督查殷人，不失對下督查，天下同一。〔註10〕

馬楠以為「『在䓧』即《大雅・皇矣》『串夷載路』、《生民》『厥聲載路』之『載路』」：

《周公之琴舞》「右帝在路」句意與《皇矣》「帝道明德，串夷載（在）路」相同。《皇矣》「在路」的主語其實就是改德於周的「帝」，行路貫通平易，百姓歸往正是「帝遷明德」、「天立厥配」的表徵。

〔註8〕季案：原文作「性」，當為「姓」之誤植。

〔註9〕李守奎〈《周公之琴舞》補釋〉，頁20。

〔註10〕李守奎〈《周公之琴舞》補釋〉，頁21。

《周公之琴舞》七啟謂先考先祖充塞光明，聖穎在天，右帝在路，與《皇矣》詩旨也是相互貫通的。〔註11〕

旭昇案：原考釋謂「有位，疑指前文人在帝側之位」，「在帝側之位」而以「不顯」來形容，有點奇怪。其實，「不顯其有立（位）」應該就是指文、武王能「思又（有）息，思憙（憙）才（在）上」，因此能夠顯赫地「有位」，文王三分天下有其二，武王滅商立周，這就是「有位」。

「右帝才茖」，很不好解釋。原考釋只讀「茖」為「落」，訓「始也」，其它「右帝才」三字都沒有明釋。〈琴舞補釋〉謂「茖，讀為客，指商人為代表的舊王朝之人」，謂「右帝在茖」意思是「期望先祖們對異姓諸侯、殷之遺民也加以督查」，文義串講謂「（祖考）輔助天帝督查殷人」，有點偏離主題，與本篇「成王自儆」的主旨相去較遠。〈成王儆毖〉主旨是要求自己敬天法祖，修己立人，而不應該是要求「天」、要求「先祖」為他做什麼。馬楠讀「茖」為「路」，指道路，是一個很好的思考方向。但他沒有明釋「右」、「才」的意思，全句的文義還是不很明朗。

我們以為「右」可以釋為「尊崇」，《淮南子・氾論》：「兼愛，尚賢，右鬼，非命，墨子之所立也。」高誘注：「右，猶尊也。」右帝，即尊崇上帝。「才」，〈琴舞補釋〉讀為「在」，訓為「察」，可從。「茖」讀為「路」，指「正道」，《尚書・洪範》：「無有作惡，遵王之路。」孔穎達疏：「動循先王之正道。」「右帝才茖」可釋為「尊崇上帝，明察正道」。不用「道」字而用「路」字，或許與押韻有關，「路」屬鐸部，與「思憙在上」的「上」（陽部字）押韻。

不逵，原考釋讀為「不佚／逸」，與「惟同」的關係就失去著落了。子居〈《周公之琴舞》解析〉以為「這裏的『不逵』只當讀為『不失』，指不偏離正道」，可從。「不失」即「沒有差失」，「惟同」是指同於「上帝」、「正路」。

「不失，惟同」原考釋作一句讀，此從黃傑讀為二短句。〔註12〕

𤔲（亂）曰：仡（汔）舍（余）龏（恭）害㠯（以），孜（孝）敬肥（靡）紿（怠）巟（荒）

〔註11〕馬楠〈試說《周公之琴舞》「右帝在路」〉，上海中西書局《出土文獻》第四輯，頁95。

〔註12〕黃傑：〈再讀清華簡（叁）《周公之琴舞》筆記〉，2013年1月14日武漢簡帛網首發，http://www.bsm.org.cn/show_article.php?id=1809。

原考釋隸作「𦣻（亂）曰：仡（遹）舍（余）龏（恭）憲（害）紿（怠），攷（孝）敬肥（非）絧（怠）巟（荒）」：

> 龏，讀為「恭」。害，謂「何」。《周南·葛覃》「害浣害否」，毛傳：「害，何也。」紿，即「怠」。句意為恭敬不敢怠慢。攷敬，讀為「孝敬」，《左傳》文公十八年：「孝敬忠信為吉德。」肥，讀為「非」，古「肥」與「非」通，參看楊伯峻《列子集釋》第五三頁（中華書局，一九八五）。

〈琴舞補釋〉提出另一種斷讀作「仡舍（余）龏（恭）害？紿（始）攷（孝）敬，肥（非）絧（怠）巟（荒）」，補注云：

> 害，疑問代詞，相當於「何」。……紿，讀為始。絧荒，讀為怠荒。《禮記·曲禮上》：「毋側聽，毋噭應，毋淫視，毋怠荒。」鄭玄注：「怠荒，放散身體也。」〔註 13〕

同篇的「文義串講」說：

> 七章之亂曰：恭敬如何？始於孝順祖考敬畏天帝，不敢怠荒。〔註 14〕

蘇建洲指出「害」，原考釋隸「憲」，應依劉洪濤〈清華簡補釋四則〉逕隸作「害」。並以為「這種用法的『害』實為『曷』的假借。」〔註 15〕可從。

武漢網帳號「ee」（單育辰）：讀「紿」為「以／台／似」：

> 「紿」應讀爲「以（或台或似）」，它與簡 13 讀爲「怠」之「絧」字形不同，句式與本篇簡 14：「良德其如 （台）？曰享人大 」句式相當，又《芮良夫》簡 24「咎何其如 （台）哉！」「紿」亦用作「台」。文例參《尚書·梓材》：「厥命曷以？」〔註 16〕

旭昇案：仡，原考釋括號讀「遹」。案之上古音，「仡」，魚迄切，疑紐物

〔註 13〕李守奎〈《周公之琴舞》補釋〉，頁 20。

〔註 14〕李守奎〈《周公之琴舞》補釋〉，頁 21。

〔註 15〕蘇建洲：〈初讀清華三《周公之琴舞》、《良臣》札記〉，武漢大學簡帛研究中心「簡帛」網站（http://www.bsm.org.cn/show_article.php?id=1821），2013 年 1 月 18 日。

〔註 16〕武漢網帳號「ee」（單育辰）說法見：武漢網帳號「易泉」（何有祖）：〈清華簡《周公之琴舞》初讀〉，武漢大學簡帛研究中心「簡帛」網站·簡帛論壇·簡帛研讀（http://www.bsm.org.cn/bbs/read.php?tid=3021），18 樓發言，2013 年 1 月 31 日。

（沒）部；遹，餘律切，喻紐質部，聲韻都有距離。應讀「汔」，同「其」。「害」、「何」、「曷」析言有別，統言則無異。讀為「何」，只是貼近後世用詞。「怠」應依單育辰讀「以」，《尚書·梓材》：「厥命曷以？」孔傳：「知其教命所施何用。」據此，「何以」即「以何」。「汔余恭害以」可以略為斷開為「汔余恭，何以？」，義為：「希望我能恭敬，要怎麼做呢？」

攷（孝）敬肥（靡）紿（怠）巟（荒），原考釋讀「攷（孝）敬肥（非）紿（怠）巟（荒）」。「非」是表「是非」的繫詞，本句是個敘事句，不是判斷句，因此讀為「非」字並不合適，應該讀為「靡」。肥，符妃切，奉紐微部；靡，文彼切，明紐歌部，二字上古音聲紐同屬脣音，韻為旁轉（參陳師新雄《古音學微》頁 1046，文史哲出版社）。《郭店·語叢四》「非言不酬，非德亡復」，劉釗《郭店楚簡校釋》225 頁讀為「靡言不酬，靡德無報」，以為即《詩·大雅·抑》的「無言不讎，無德不報」。「靡」有「不」義，《詩·衛風·氓》：「三歲為婦，靡室勞矣。」朱熹《詩集傳》：「靡，不。言我三歲為婦，盡心竭力，不以室家之務為勞。」「攷（孝）敬肥（靡）紿（怠）巟（荒）」義即「孝敬而不荒廢懈怠」。

秋（咨）尔（爾）多子，笁（篤）亓（其）絸（諫）卲（詔）

原考釋把後句隸為「笁（篤）亓（其）絸（諫）卲（劭）」：

> 秋，讀為「咨」。《書·堯典》「帝曰：咨，汝羲暨和」，孔傳：「咨，嗟。」《大雅·蕩》：「文王曰咨，咨汝殷商。」笁，讀為「篤」，《爾雅·釋詁》：「固也。」絸，疑讀為「諫」。卲，疑讀為「劭」，《說文》：「勉也。」

李守奎〈琴舞補釋〉文義串講云：

> 你們眾位賢佐宗人，要誠篤地對我箴諫和鼓勵。〔註 17〕

黃傑讀「諫劭」為「見昭」，但未進一步解釋：

> 原讀為「諫劭」。今按：恐當讀為「見昭」。〔註 18〕

旭昇案：多子，〈琴舞補釋〉釋為「賢佐宗人」，不知有什麼根據。《尚書·

〔註 17〕李守奎〈《周公之琴舞》補釋〉，頁 21。
〔註 18〕黃傑：〈初讀清華簡（三）《周公之琴舞》筆記〉，2013 年 1 月 5 日武漢簡帛網首發，http://www.bsm.org.cn/show_article.php?id=1770

洛誥》「予旦以多子越御事篤前人成烈」，孔傳釋「多子」為「眾卿大夫」，屈萬里《尚書集釋》頁 187 謂：「多子，舊說謂眾卿大夫。按：疑指周公之子侄而言。」就本篇而言，宜從舊釋，指眾卿大夫。如指周公之子侄，成王只要周公之子侄「綅卲」他，未免要求的對象太窄。

「綅」，原考釋讀為「諫」，可從。諫，以正言勸諫。「卲」，原考釋讀為「劭」釋為「勉」，不如讀為「詔」，釋為「輔助」，《周禮・天官・大宰》：「以八柄詔王，馭群臣。」鄭玄注：「詔，告也，助也。」義與「諫」相近，皆勸諫輔助之意。全句謂：啊！眾卿大夫們，你們要實實在在地勸諫輔助我。

舍（余）彔思念，畏天之載，勿請福之侃（愆）

原考釋：

> 彔，字見甲骨文，指晚上的某一段時間，參看《黃天樹古文字論集》第 185～188 頁（學苑出版社，二〇〇六年）。字疑讀為「逯」，《廣韻》：「謹也。」思念，《國語・楚語下》：「吾聞君子為獨居思念前世之崇替者，與哀殯與喪，於是有歎，其餘則否。」畏天之載，《大雅・文王》「上天之載，無聲無臭」，毛傳：「載，事。」請，《廣雅・釋言》：「乞」也。」侃，讀為「愆」，謂「過」。

李守奎〈琴舞補釋〉在注八中說；「彔字本義是晚上的一個時間段，略同於『夕』。『余夕思念』很順，但文意不古，像是情歌。」可是在同篇的「文義串講」中卻採用了訓「彔」為「夜」的說法，串講為：「我夜不能寐，多有思念，敬畏上天之事，不敢祈求獲福過度。」〔註 19〕

胡敕瑞隸作「載」，讀為「災」：

> 《周公之琴舞》簡 13：「舍（余）彔（逯）思念，畏天之載，勿請禀（福）之侃（愆）。」其中「畏天之載」之「載」，整理者引「《大雅・文王》：『上天之載，無聲無臭』，毛傳：『載，事。』」顯然整理者釋此「載」為「事」。《芮良夫毖》簡 6「恪𢦏（哉）毋（毋）巟（荒），畏天之隆（降）載（災），恤邦之不䐡（臧）。」其中「畏天之隆（降）載」之「載」，整理者括注為「災」。「災」之異體「烖」

〔註 19〕李守奎〈《周公之琴舞》補釋〉，頁 21。

從「𢦏」，「載」亦從「𢦏」。「烖」「載」兩字皆從「𢦏」得聲，古音均為精母之部，「載」可通「災」。《周公之琴舞》中的「畏天之載」亦當解釋為「畏天之災」，與《芮良夫毖》中的「畏天之墜（降）載（災）」一致。〔註20〕

黃甜甜釋「載」為「行」、「為」：

頗疑「畏天之載」、「業業畏載」兩處「載」字，皆可訓為「行」、「為」。

古書中「載」有訓為「行」的。《書·皋陶謨》「亦言其人有德，乃言曰，載采采。」孔傳：「載，行；采，事也。」孔穎達疏：「載者，運行之義，故為行也。此謂薦舉人者，稱其人有德，欲使在上用之，必須言其所行之事。」《周禮·春官·大宗伯》「大賓客，則攝而載果。」鄭玄注：「載，為也。果，讀為祼。代王祼賓客以鬯，君無酌臣之禮，言為者，攝酌獻耳。」《管子·形勢》：「虎豹得幽而威可載也。」尹知章注：「載，行也。」《後漢書·曹參傳》：「曹參代之，守而勿失，載其清靖，民以寧壹。」顏師古注：「載，猶乘也。」王念孫雜志：「載，行也·謂行其清靜之治也。」

「畏天之載」意謂畏懼上天之行為。〔註21〕

黃傑釋「載」為「行」，讀「請福」為「景福」：

原注引《大雅·文王》「上天之載，無聲無臭」來解釋「畏天之載」，可從。毛傳將「載」解為事，學者多從之（如朱熹《詩集傳》、高亨《詩經今注》）。「載」我們認為似亦可解為行，《漢書·曹參傳》：「曹參代之，守而勿失，載其清靖，民以寧壹。」王念孫《讀書雜誌》：「載，行也。謂行其清靜之治也。」「上天之載，無聲無臭」意為上天之運行無聲無臭。此處「載」亦可解為行。

〔註20〕胡敕瑞：〈讀《清華大學藏戰國竹簡（三）》劄記之四〉，「清華大學出土文獻研究與保護中心」網站（http://www.tsinghua.edu.cn/publish/cetrp/6831/2013/20130107081925872257768/20130107081925872257768_.html），2013年1月7日。

〔註21〕黃甜甜：〈《周公之琴舞》劄記三則〉，「Confucius2000·孔子2000·21世紀孔子」網站，「清華大學簡帛研究」專欄（http://www.confucius2000.com/admin/list.asp?id=5514），2013年1月5日。

這裡重點討論「勿請福之愆」的意思。原注將「請」解為乞，「愆」解為過，似難講通。我們認為，「勿請福之愆」應當是倒裝句，即「勿愆請福」，「愆」意為失掉。《左傳》昭公二十六年：「王昏不若，用愆厥位。」杜注：「愆，失也。」《玉篇》：「愆，失也。」「請福」似可讀為「景福」。「請」從「青」聲，「青」耕部清母；景，陽部見母。耕、陽二部字古多見通用之例。上博二《容成氏》簡25「禹通淮與沂，東注之海，於是乎競州、莒州始可處也」，競州，李零先生指出《禹貢》所無，疑相當於《禹貢》等書的「青州」或《爾雅・釋地》的「營州」。「競」在楚簡中又常用為「景」。「競」、「景」都是陽部、見系聲母字。青，耕部清母；營，耕部餘母。可見此處「請」讀為「景」，應當是可以成立的。

「景福」在《詩經》中七見，全部見於雅、頌部分，《小雅・楚茨》《小雅・大田》《大雅・旱麓》《大雅・行葦》《周頌・潛》「以介景福」，《小雅・小明》《大雅・既醉》「介爾景福」。「景福」即大福。「勿愆請（景）福」即勿失掉大福。

以上所說如果成立，反過來可以佐證《容成氏》的「競州」應當讀為「青州」。〔註22〕

白於藍讀「畏天之載」為「畏天之則」：

> 典籍中未見「畏天之事」、「畏天之行」、「畏天之為」或「畏天之災」之類的說法。《詩・周頌・我將》有「我其夙夜，畏天之威，于時保之」語。筆者認為，簡文「畏天之載」與「畏天之威」語義相當。《詩・周頌・有客》：「既有淫威。」毛《傳》：「威，則也。」《爾雅・釋言》：「威，則也。」《後漢書・李固傳》：「斗斟酌元氣。」李賢《注》：「《春秋保干圖》曰：『天皇於是斟酌元陳樞，以五易威。』宋均《注》曰：『威，則也。法也。』」《大戴禮記・千乘》：「宗社先示威。」王聘珍《解詁》引《爾雅》：「威，則也。」《書・顧命上》：「有殷嗣天滅威。」孫星衍《今古文注疏》引《爾雅》：「威者，則也。」可見，「威」字古有「則」義，義同法則。所謂「畏天之威」，

〔註22〕黃傑：〈再讀清華簡（叁）《周公之琴舞》筆記〉，2013年1月14日武漢簡帛網首發，http://www.bsm.org.cn/show_article.php?id=1809。

即畏天之法則。

簡文「畏天之載」之「載」字當讀作「則」。上古音「載」字為精母之部字，「則」為精母職部字。兩字聲母雙聲，韻部對轉。古音十分密切，例可相通。楊樹達曾在考釋曾子△簠銘文中的「則永祜福」謂「余按古音則與載同，則永祜福即載永祜福也」。按，此說可信。《禮記．禮運》：「知氣在上。」《孔子家語．問禮》在作則。在从才聲，載从𢦏聲，而𢦏亦从才聲。可見，「載」可讀作「則」。據此，「威天之載（則）」。據此「威天之載（則）」與「威天之畏」同義。〔註 23〕

旭昇案：「余彖思念」，原考釋讀「彖」為「逯」，釋為「謹」，義可通。但原考釋也引了黃天樹釋「彖」為夜間時稱，則依黃天樹釋義讀，本字本義，似乎更好，「余彖思念」就是「我晚上思考著」。《孔叢子．居衛》：「孟軻問子思曰：『堯、舜、文、武之道，可力而致乎？』子思曰：『彼，人也；我，人也。稱其言，履其行，夜思之，晝行之，滋滋焉，汲汲焉，如農之赴時，商之趣利，惡有不至者乎？』」「余彖思念」就是「夜思之」，《孟子．告子上》有「夜氣」之說，人在夜間逐利之心息，往往比較可以平靜地思考。

畏天之載，各家釋讀都有一定的根據，原考釋讀為「事」，有《大雅．文王》「上天之載」毛傳「載，事」的依據，「畏天之載」即「畏『上天之載』」，因此也不能說典籍中未見。胡敕瑞讀為「災」，語義較為消極。白於藍釋為「畏天之則」，把「畏天之載」等同「畏天之威」，然後再根據《爾雅．釋言》把「威」釋為「則」，訓詁稍嫌曲折。其實《詩．大雅．文王》「上天之載，無聲無臭，儀刑文王，萬邦作孚」，鄭箋云：「天之道難知也，耳不聞聲音，鼻不聞香臭。儀法文王之事，則天下咸信而順之。」鄭箋把「上天之載」釋為「天之道」，釋「載」為「道」，與白於藍釋「載」為「則」意思一樣的，「載」與「則」讀音也很接近，通假也沒有問題。成王的意思，說得具體一點，可釋為「敬畏上天的行事」；說得抽象一點，可釋為「敬畏上天的法則」，二說均可通。本文優先擇取較早的原考釋。

〔註 23〕白於藍：〈《清華大學藏戰國竹簡（三）》拾遺〉，「紀念何琳儀先生誕生七十週年暨古文字學國際學術研討會」會議論文（合肥：安徽大學漢字發展與應用研究中心，2013 年 8 月 1 日～3 日），頁 164。

勿請福之侃，李守奎釋為「不敢祈求獲福過度」。案：先秦典籍常見祈求「多福」、「景福」、「百福」，未見「不敢祈求獲福過度」的說法。黃傑釋「愆」為「失」，謂「勿請福之侃（愆）」即「勿愆請（景）福」，即「勿失掉大福」，於義較長。

最後，我們把全詩語譯於下，讓全詩的意義更明白：

七啟這麼說：（文王、武王）使天下安寧，使上帝喜樂，非常顯耀地有君王的地位，尊崇上帝，明察正道，德業沒有差失，都能同於上帝與正道。

亂這麼說：希望我能恭敬，如何做呢？（那就是：）孝敬而不荒廢懈怠。啊！眾卿大夫們，你們要實實在在地勸諫輔助我。

藝文《中國文字》新四十二期，頁 1～12，2016 年。

《清華三·周公之琴舞·成王敬毖》第八篇研究

摘　要

《清華大學藏戰國楚簡（叁）·周公之琴舞·成王敬毖》第八篇，或以為周公所作戒毖多士之辭，或以為成王要求臣下之辭。本文以為本篇的「聰明」、「大其有謨」、「介澤恃德」都不是一般臣下所當得起的讚美。因此，本篇應該是成王在已經完全瞭解周公對周的貢獻，並真心感謝周公的一篇作品。全篇顯示出成王對周公的感恩與重視。

關鍵詞：周公，聰明，業業，大其有謨，是絕于若

一、前　言

《清華大學藏戰國楚簡（叁）》（以下簡稱「清華三」）有一篇〈周公之琴舞〉，包含〈周公作多士敬毖〉九篇（實際只看到一篇）及〈成王敬毖〉九篇。毖的內容屬於詩類，或自儆、或儆人，其中〈成王敬毖〉是成王所作以自我儆惕的詩篇，其中的第一篇與《毛詩·周頌·敬之》篇大部分類似，足以證明〈周公之琴舞〉應該是先秦文獻，而非戰國或後人臆造。這一點非常重要。其後八篇也都是成王自儆，足以顯示西周初年成王嗣位，兢兢業業、安邦定國的艱辛。本文想要探討其中的第八篇。

原考釋所作釋文如下：

八𢼄（啟）曰：「差（佐）寺（事）王【十三】志（聰）明，亓（其）又（有）心不易，畏（威）義（儀）誮=（誮誮），大亓（其）又（有）慕（謨），介（匄）睪（澤）寺（恃）悳（德），不畀甬（用）非頌（雍）。𢿢（亂）曰：良悳（德）亓（其）女（如）𠮷（台）？曰亯（享）人大【十四】□□□□□□□□□□□□□□罔克甬（用）之，是𩏶（墜）于𦮓（若）。」

李學勤在〈論清華簡周公之琴舞的結構〉一文中以為《清華三．周公之琴舞》中成王之作與周公之作交互出現。本著這個主張，李先生以為〈成王敬毖〉第八啟為周公所作戒毖多士之辭：

> 其詩開端便：「佐事王聰明，其有心不易」，輔佐事奉君王，矢志不渝，是對臣下的要求，顯係戒毖多士之辭。

這個說法能否成立，關係到對文章的解讀。基本上，筆者不太相信〈周公之琴舞〉中成王之作與周公之作交互出現的這個構想。從本篇內容來看，「差（佐）寺（事）王志（聰）明，亓（其）又（有）心不易，畏（威）義（儀）誮=（誮誮），大亓（其）又（有）慕（謨），介（匄）睪（澤）寺（恃）悳（德），不畀甬（用）非頌（雍）」不像是對臣下的要求，比較像是對「國之重臣」的感恩。通觀全篇，我們覺得本篇應該是成王感謝周公之辭。以下，本文順著簡文的句子進行疏理。

二、毖文考釋

經過本文校訂後的釋文如下：

八𢼄（啟）曰：「差（佐）寺（事）王【十三】志（聰）明，亓（其）又（有）心不易，畏（威）義（儀）誮=（業業），大亓（其）又（有）慕（謨），介（匄）睪（澤）寺（恃）悳（德），不畀甬（用）非頌（容）。𢿢（亂）曰：良悳（德）亓（其）女（如）𠮷（台）？曰亯（享）人大【十四】□□□□□□□□□□□□□□□罔克甬（用）之，是𩏶（絕）于𦮓（若）。」

差（佐）寺（事）王【十三】志（聰）明，亓（其）又（有）心不易

原考釋：

差寺，讀為「佐事」，輔佐。《左傳》昭公七年：「在我先王之左右，以佐事上帝。」《書・皋陶謨》：「天聰明，自我民聰明。」《易》鼎卦《彖傳》：「巽而耳目聰明。」

有，詞頭。蔡侯申鐘（集成二一〇）：「有虔不易。」〔註1〕

前引李學勤文以為是「對臣下的要求」。黃傑以為「差寺王聰明」當讀為「嗟！時王聰明」：

原讀為「差（佐）寺（事）王忘（聰）明」。今按：忘釋為「聰」是對的。此句疑當讀為「差（嗟）！寺（時）王忘（聰）明」。時，此也。〔註2〕

如果依此讀，那麼本篇就應該是周公贊頌成王。

李守奎〈《周公之琴舞》補釋〉（以下或簡稱「補釋」）修正為：

寺，讀為「持」，差（佐）寺（持）義同第一章之「弼寺」。其有心當指佐持王之心。〔註3〕

同篇「文義串講」云：

你們要佐助王視聽目明，盡力輔佐之心永不改變。〔註4〕

李文在這裡並沒有明白地說這些話是誰說的。但他應該是主張〈成王敬毖〉九篇都是成王的作品。因此李守奎的意思應該是指成王要求臣下「差寺王聰明」。

黃傑改釋「差」為「嗟」，作嘆詞，為周公贊頌成王之嘆詞。不過，先秦典籍中「嗟」字作贊頌義使用的非常少，《漢語大詞典》「嗟」字條下的解釋是：

1. 嘆詞。表招呼。《書・費誓》：「公曰：『嗟！人無譁，聽命。』」2. 嘆詞。表應答。《史記・五帝本紀》：「舜曰：『嗟，然！禹，汝平水土，維是勉哉。』」3. 嘆詞。表悲傷。《詩・魏風・陟岵》：「父曰：『嗟！予子行役，夙夜無已。』」4. 嘆息。《易・離》：「日昃之離，

〔註 1〕清華簡叁，頁 141。
〔註 2〕黃傑：〈初讀清華簡（三）《周公之琴舞》筆記〉，2013 年 1 月 5 日武漢簡帛網首發，http://www.bsm.org.cn/show_article.php?id=1770
〔註 3〕李守奎〈《周公之琴舞》補釋〉，《出土文獻研究》第十一輯，頁 21，2012 年 12 月。
〔註 4〕同上。

不鼓缶而歌，則大耋之嗟。凶。」5. 贊嘆。《楚辭．九章》:「嗟爾幼志，有以異兮。」三國魏曹植《洛神賦》:「嗟佳人之信脩，羌習禮而明詩。」6. 感嘆。三國魏曹丕《短歌行》:「嗟我白髮，生一何早。」

在先秦文本中，六個義項裡頭，只有〈橘頌〉的「嗟爾幼志」有贊頌的意味。事實上，〈橘頌〉全篇都是贊嘆橘樹，因此贊嘆的意味並不需要借著「嗟」字來表達，「嗟」在這兒的贊美意味並不明顯，也不強烈。

相反的，「嗟」往往被認為是不是很禮貌的呼喚聲，最有名的例子是《禮記．檀弓下》的這一段：

齊大饑，黔敖為食於路，以待餓者而食之。有餓者蒙袂輯屨，貿貿然來。黔敖左奉食，右執飲，曰:「嗟！來食。」揚其目而視之，曰:「予唯不食嗟來之食，以至於斯也。」從而謝焉；終不食而死。曾子聞之曰:「微與？其嗟也可去，其謝也可食。」〔註5〕

曾子說「其嗟也可去」，可知「嗟」是令人不快的呼喚聲。《書．費誓》的「嗟！人無譁，聽命」，是上級命令下級的呼喚聲，也沒有尊敬禮贊的意味。以這樣的一個詞來表達周公對成王的頌美，似乎不是很恰當。此外，贊頌自己的君王，而稱之為「時（此）王」，似乎也未見其例。

據此，「差」字原考釋讀為「佐」，應可從。楚簡「差」讀為「佐」，如《上海博物館藏戰國楚竹書（二）．容成氏》〔註6〕第16-17簡:「昔者天地之差（佐）舜而右（佑）善，女（如）是𦚏（狀）也。」又第49簡:「昔者文王之差（佐）受（紂）也」等，均可為證。

「差寺」，原考釋讀為「佐事」，後來在〈補釋〉改讀為「持」，以為「義同第一章之『弼寺』」。季案:「佐持」即輔佐、扶持。「事（《說文》以為从『之』省聲）」、「持」聲義俱近，可以不必改讀。先秦兩漢未見「左持」，但《左傳》有「叔父陟恪，在我先王之左右，以佐事上帝」，原考釋已引。

「聰明」，原考釋、〈補釋〉及黃傑都以為指成王，當非；釋為成王要求臣下，也不合適。在西周文獻中，「聰明」一詞是個非常高的贊美，不是隨便人可

〔註5〕《十三經注疏．禮記》(臺北：藝文印書館，1965)，頁196。
〔註6〕馬承源主編《上海博物館藏戰國楚竹書（二）》，上海：中西書局，2002年12月。

以當得起的。原考釋已經引了〈皋陶謨〉的「天聰明」及《易・鼎卦・彖傳》的「耳目聰明」。《易・鼎卦・彖傳》完整的句子是：「聖人亨以享上帝，而大亨以養聖賢，巽而耳目聰明，柔進而上行，得中而應乎剛，是以元亨」，王弼注：「聖賢獲養則已不為而成矣，故巽而耳目聰明也。」（藝文版 p113）。都是指地位很高的聖賢，似乎不太可能以此要求多士臣下。當然，東周以後，聰明一詞較普遍化，贊美的對象也就跟著擴大了，所以，如果本篇的「聰明」一詞是東周添入的，那麼它的贊美對象當然不會很窄。

如果本篇是成王所作，要求臣下用心輔佐，讓自己聰明，似乎不是很好的要求。我們主張本篇是成王贊美周公，則成王贊美周公「聰明」，似無不可。周公輔佐武王滅商，又攝政多年，輔佐成王即位，制禮作樂，成王贊美他「聰明」，應該是當之無愧。下文「大其有謨」一句，也是成王美周公，才足以當之。

不易，可能有三種解釋：不容易、不改變、不輕慢。原考釋引蔡侯申鐘「有虔不易」，但沒有再進一步說明，考蔡侯申鐘含上下句為「余唯末小子，余非敢寧荒，有虔不易，左右楚王」，當釋為「不改變」。與《詩》、《書》說到「天命不易」往往是「不容易」的意思不同。本句講的是周公佐王之用心，當與蔡侯申「左右楚王」同義，因此應該同樣釋為「不改變」。

據此，本句可隸為「佐事王聰明，其有心不易」，意思是：「（他）輔佐事奉王竭盡心力，他這種用心不變」。這兩句話應該是對已然事實的稱贊，而不會是對未來的期許。在成王即位之初，有誰當得起「佐持王聰明，其有心不易」這樣的贊頌呢？最有資格的人，應該是周公吧！

畏（威）義（儀）誱=（誱誱／業業）

原考釋：「威儀誱誱，秦公鐘（《集成》二六二）：『趪趪允義，翼受明德。』」

黃甜甜讀為「威儀藹藹」：

> 「畏（威）義（儀）誱=（誱誱）」，整理者云：「秦公鐘（集成262）：『誱誱允義，翼受明德』。」按，秦公鎛（集成 270）亦有「趪趪文武，鎮靜不廷」。孫詒讓指出「趪」乃「趩」字異體，于省吾先生從之，并讀為「藹」。《詩・大雅・卷阿》有「藹藹王多吉士」，毛傳：藹藹，猶濟濟也。《詩・大雅・文王》「濟濟多士」，毛傳：「濟濟，多威儀也」。《爾雅・釋訓》：「藹藹、濟濟，止也」。孫炎

註曰：「濟濟，多士之容止也」。據此，于先生認為「藹藹」與「濟濟」義近，皆形容文武多士容止之盛。于先生的說法完全可以放入簡文中，讀「謚」為「藹」，畏（威）義（儀）謚=（藹藹），即是形容王臣容儀之盛。〔註7〕

李守奎〈補釋〉改釋云：

畏義謚謚，義同「威儀抑抑」。《詩·大雅·假樂》：「威儀抑抑，德音秩秩。」毛傳：「抑抑，美也。」〔註8〕

同篇「文義串講」釋為「威儀慎密美好」。〔註9〕

陳偉武〈讀清華簡《周公之琴舞》和《芮良夫毖》零箚〉以為當讀為「業業」：

今按，「謚謚」讀為「抑抑」、「藹藹」或「趧趧」，均未達一間。實當讀為「業業」。同篇簡5-6「三啟」有「䕫=（業業）畏載（忌），不易畏（威）義（儀）」之語，「業業」指「危也」。《詩·大雅·常武》：「赫赫業業，有嚴天子。」朱熹集傳：「業業，大也。」《廣雅·釋訓》：「業業，盛也。」「大」之與「盛」，義實相涵。「謚」从盍得聲，「盍」从「去」聲，屬葉部字。戰國文字「業」亦可从「去」聲，如曾師經法先生指出：「中山王壺E例（即——引者），似可以看作是A形（即——引者）省去重複的部分，又益口旁為繁形。……上體是重複部分的省略，下體是『去』字的聲符，中間的則是上下體的共用部分。或稱之為借筆。這樣，E例便集形體簡化與聲符省略於一身，是個省形兼省聲的形聲字，亦是業字從有聲符到消失聲符的過渡形態。」〔註10〕 戰國文字「謚」的基本聲符與「業」的聲符都可以同是「去」聲，通假也就不成問題了。〔註11〕

〔註7〕黃甜甜：〈《周公之琴舞》箚記三則〉，「Confucius2000·孔子2000·21世紀孔子」網站，「清華大學簡帛研究」專欄（http://www.confucius2000.com/admin/list.asp?id=5514），2013年1月5日

〔註8〕李守奎〈《周公之琴舞》補釋〉，《出土文獻研究》第十一輯，2012年12月，頁21。

〔註9〕李守奎〈《周公之琴舞》補釋〉，《出土文獻研究》第十一輯，2012年12月，頁21。

〔註10〕曾憲通：《從曾侯乙編鐘之鐘虡銅人說「虡」與「業」》，見所著《古文字與出土文獻叢考》（中山大學出版社，2005年），第36頁；原載《曾侯乙編鐘研究》（湖北人民出版社，1992年）。

〔註11〕陳偉武〈讀清華簡《周公之琴舞》和《芮良夫毖》零箚〉，清華簡與《詩經》國際

旭昇案：陳說是。「業」，上古音屬疑紐盍部，所從「去」聲當視為「盍」字初文〔註 12〕，「盍」上古音屬匣紐盍部，「諡」從「盍」得聲，與「業」字韻同聲近，可以通讀。「業業」為「盛大」之意，以之形容「大其有謨」的人，應該是最合適的。「藹藹」則多有「眾」意，並不適合本句。「抑抑」與「諡諡」形音關係疏遠，亦不合適。

大亓（其）又（有）慕（謨）

原考釋：「慕，讀為『謨』，謀略。」〈補釋〉文義串講為「宏大你們的謀略」。旭昇案：釋「慕」為「謨」，可從。「其」，古人稱為狀事之詞，放在形容詞的後面，如「淒其以風」、「爛其盈門」、「溫其如玉」、「宛其死矣」，相當於形容詞的詞尾。「大其有謨」意思是：大大地有治國的謀略。成王即位之初，夠資格被贊頌「大其有謨」的人，應該就是周公了。〈補釋〉謂「宏大你們的謀略」，為成王對臣下的期許，能夠當得起這樣期許的人恐怕不多。《詩・大雅・抑》有「訏謨定命，遠猷辰告」句，《毛詩序》以為「〈抑〉，衛武公刺厲王，亦以自警也」，屈萬里《詩經釋義》以為衛武公自儆之詩。〔註 13〕「訏謨定命」與「大其有謨」相當，大約只有衛武公、周公等人才足以當之。

介（匄）睪（澤）寺（恃）悳（德），不畀甬（用）非頌（容）

原考釋釋為「祈求上天之恩澤，依憑有德，如不守常，則天不畀之」：

> 介，讀為「匄」，祈求。《豳風・七月》「為此春酒，以介眉壽」，林義光《詩經通解》讀「介」為「匄」（第一六四頁，中華書局，二〇一二年）。睪，疑讀為「澤」，《書・多士》：「殷王亦罔敢失帝，罔不配天其澤。」寺，讀為「恃」。句意為祈求上天之恩澤，依憑有德。
>
> 畀，賜予。「不畀」又見《書・多士》、《多方》等，皆指天、帝而言。頌，讀為「雍」，訓「常」。此句言如不守常，則天不畀之。

後來在〈補釋〉中則改讀為「介懌恃天，不畀用非頌」：

> 介，佐助。《詩・豳風・七月》：「為此春酒，以介眉壽。」鄭玄

學術研討會（香港浸會大學，2013 年 11 月 1-3 日）

〔註 12〕參裘錫圭〈說字小記〉，見《古文字論集》（北京：中華書局，1992），頁 646～647。

〔註 13〕屈萬里《詩經釋義》（臺北：華岡出版社，1974），頁 240。

箋：「介，助也。」睪讀為懌，悅。簡文中的「慆」、「悅」、「歆」、「懌」等都是指天帝與祖考等神靈所喜悅，上天所悅就是德。寺讀為持，佐助。見第六章補注六。「不畀用非頌」與第六章之「甬（用）頌茸」密切相關。〔註14〕

在同篇的「文義串講」中進一步解說：

上天神靈佑助讓他們高興的有德的人，不降福任用那些沒有威儀之容的人。〔註15〕

胡敕瑞讀前句為「介澤恃德」，釋全句為「依仗祖宗恩澤德惠的人，將不予任用，因為不是他們自身的功庸勳勞」：

《周公之琴舞》簡14：「大亓（其）又（有）慕（謨），介（匄）睪（澤）寺（恃）悳（德），不畀甬（用）非頌（雍）。」整理者注曰：「介，讀為『匄』，祈求。……」林義光根據銅器銘文中常見的「以匄眉壽」、「用祈匄眉壽」等，正確地把《詩經》中「以介眉壽」的「介」釋讀為匄求之「匄」，這是根據地下材料解讀古書的一個典型例子。但是「介澤恃德」中的「介」，似不應作匄求之「匄」解，而當作「因依」、「怙恃」解。「介」作因、恃解的例子，如：《左傳·文公六年》：「介人之寵，非勇也。」杜預注：「介，因也。」《漢書·南粵傳》：「欲介使者權謀，誅嘉等。」顏師古注：「介，恃也。」「介」的這個意思時常被誤解，例如《史記·十二諸侯年表》：「晉阻三河，齊負東海，楚介江淮。」司馬貞《索隱》云：「介音界，言楚以江淮為介；一云介者，夾也。」王念孫《讀書雜誌·史記第二》案：「二說皆非也。介者，恃也。言恃江淮之險也。……阻、負、介三字同義。」又如《漢書·五行志》：「是時虢為小國，介夏陽之阸，怙虞國之助。」顏師古曰：「介，隔也。」王念孫《讀書雜誌·漢書第五》案：「介、怙，皆恃也。」因為「介」與「恃」義同，所以「介恃」也可並列連用，例如：《左傳·襄公二十四年》：「以陳國之介恃大

〔註14〕李守奎〈《周公之琴舞》補釋〉，《出土文獻研究》第十一輯，2012年12月，頁21。
〔註15〕李守奎〈《周公之琴舞》補釋〉，《出土文獻研究》第十一輯，2012年12月，頁21 頁21～22。

國……。」楊伯峻注：「介，因也。介恃猶言仗恃。」……《周公之琴舞》中的「介澤恃德」，互文見義，意謂依仗（祖宗的）恩澤德惠。《史傳三編》卷五：「祖宗法度不可廢，德澤不可恃，廢法度則變亂之事起，恃德澤則驕佚之心生。」《周公之琴舞》中的這段話也是成王的警戒之言。大意是說，依仗祖宗恩澤德惠的人，將不予任用，因為不是他們自身的功庸勳勞。〔註16〕

在同一篇文章的注6解釋「不畀甬（用）非頌」云：

「不畀甬（用）非頌」一句可斷作兩句讀，讀作「不畀甬（用），非頌」。「頌」讀如「功」或「庸」。〔註17〕

黃傑釋「不畀用非頌」之「頌」為「容」，指容儀：

原讀「頌」為「雍」，解為「常」。今按：「頌」似當讀為「容」，這是楚簡的一般用法。「容」指容儀。〔註18〕

暮四郎（黃傑）讀「介�寺悳」為「匄擇時德」，意思是「祈求、選擇此德」：

「介睪寺德」，整理者將「介」讀為「匄」，解為祈求，「睪」讀為「澤」，「寺」讀為「恃」，句意解為祈求上天之恩澤，依憑有德。胡敕瑞先生讀為「介澤恃德」，認為「介」是因、恃之意，《左傳》文公六年：「介人之寵，非勇也。」杜預注：「介，因也。」「介澤恃德」互文見義，意謂依仗（祖宗的）恩澤德惠。

胡先生的解釋可以講通此句，但是按照這種解釋，則此句是貶義，與前文「威儀藹藹」、「大其有謨」等讚揚王的話不符，所以此說恐不可從。

上述兩種解讀都是將「介睪」、「寺德」看作兩個並列的動賓短語，實際上此句還有另外一種理解方式，即「介」、「睪」是兩個並列的動詞，「寺德」是賓語，「寺」讀為「時」，此也，本篇「寺」字

〔註16〕胡敕瑞：〈讀《清華大學藏戰國竹簡（叁）》劄記之二〉，「清華大學出土文獻研究與保護中心」網站（http://www.tsinghua.edu.cn/publish/cetrp/6831/2013/20130105155644135684224/20130105155644135684224_.html），2013年1月5日。

〔註17〕同前注。

〔註18〕黃傑：〈初讀清華簡（三）《周公之琴舞》筆記〉，2013年1月5日武漢簡帛網首發，http://www.bsm.org.cn/show_article.php?id=1770。

多用為「時」。「介」，整理者的釋讀可從。「罢」的釋讀尚待進一步思考，這裡暫讀為「擇」，選擇。「匄擇時德」，意為祈求、選擇此德。〔註19〕

旭昇案：這兩句，各家的解釋出入頗大。原考釋謂「祈求上天之恩澤，依憑有德」，「如不守常，則天不畀之」。原考釋似以本篇為成王要求臣下，但依上釋，則要求的內容變成「上天之恩澤」，重點似嫌旁移。〈補釋〉串講為「上天神靈佑助讓他們高興的有德的人，不降福任用那些沒有威儀之容的人」，也有同樣的問題。如果是成王要求臣下，應該要求他們修德敬業，而非「祈求上天之恩澤」。

〈補釋〉說「『不畀用非頌』與第六章之『甬（用）頌㠯』密切相關」，案原考釋注解68對「甬頌㠯」的解釋是：「甬，讀為『用』。頌，讀為『容』。㠯，讀為『輯』，《爾雅．釋詁》：『和也。』」其意義與本篇的「不畀用非頌」有什麼密切的關係，讀者很不容易體會。

胡敕瑞讀前句為「介澤恃德」，釋「介」為「因依」、「怙恃」，非常有見地。但把全句釋為「依仗祖宗恩澤德惠的人，將不予任用，因為不是他們自身的功庸勳勞」，則全句變成貶義，與前文「威儀藹藹」、「大其有謨」等讚揚的話不符，黃傑已指出了這一點（不過，他以為「威儀藹藹」、「大其有謨」是讚揚王的話，恐非）。

黃傑所釋，大約是指要祈求、選擇此德，不畀用無容儀的人。但是，誰祈求選擇此德？成王？周公？語義也不是很明朗。「此德」是什麼德，全文也看不出來。而且，以為前文「威儀業業」、「大其有謨」是讚揚王的話，成王自毖而讚揚自己，似乎也沒這個道理。

以上諸家對本篇的解釋都說得不夠明白，原因在於本篇到底是誰作的？對誰講話？各家都不能講明白，或講得有問題。「威儀業業」、「大其有謨」等話，不像是周公作多士敬毖的內容，因此本篇應該是成王自毖。但是，成王自毖而讚揚自己「威儀業業」、「大其有謨」，也不太合理；要求臣下也不可能讚揚臣下「威儀業業」、「大其有謨」。綜合全篇來考量，本篇只能解為成王對重臣謀國的

〔註19〕武漢網帳號「暮四郎」（黃傑）說法見：武漢網帳號「易泉」（何有祖）：〈清華簡《周公之琴舞》初讀〉，武漢大學簡帛研究中心「簡帛」網站．簡帛論壇．簡帛研讀（http://www.bsm.org.cn/bbs/read.php?tid=3021），19樓發言，2013年3月17日。

贊美感謝，當得起這贊美感謝的，只有周公一人。

「介睪寺悳」句，胡敕瑞解得很好，意為「仰仗他的德澤」，這是一句感恩的話，能讓成王仰仗德澤的人，應該就是周公了。當然，我們也可以放寬一點，周公、召公、太公這一等級的人，都有資格，當之無愧。

「畀」當釋為「與」、「託付、委派」，《左傳．隱公三年》：「王崩， 周人將畀虢公政。」杜注：「與也。」〔註20〕意即託付。「用」，相當於「因而」，如：《尚書．甘誓》：「有扈氏威侮五行，怠棄三正，天用勦絕其命。」《清華一．皇門》4：「是人斯助王恭明祀，敷明刑。王用有監多憲；政命用克和有成。」非，不也，《莊子．山木》：「衣弊履穿，非憊也，此所謂非遭時也。」第二「非」字即訓「不」。〔註21〕「頌」讀為「容」，「非頌」意即「不容」。全句謂「不把國政託付（周公），則（天人）不容。」

𤔔（亂）曰：良悳（德）亓（其）女（如）忖（台）

原考釋：「女忖，讀為『如台』，多見於《商書》、《史記》，訓為『奈何』。」

旭昇案：「良德」即「良好的德性」，因為下文殘缺太多，具體指什麼意義，難以推測。從全文來看，本篇是寫成王成王對周公的感恩與重視，因此我們可以推測本篇的「良德」應該指「臣子良好的德行」。如台，原考釋引舊說，釋為「奈何」。先秦典籍「奈何」有「如何」與「無可如何」兩種解釋。《漢語大詞典》對「如台」的解釋是：

> 奈何。怎樣辦；如何處置。《書．湯誓》：「今汝其曰『夏罪其如台？』」孫星衍疏：「史遷『如台』作『奈何』。」曾運乾《尚書正讀》：「如台，奈何也。」

「怎樣辦」「如何處置」，就是「如何」的意思。屈萬里《尚書集釋》對「如台」有比較詳細的解釋：

> 如台，史記作奈何。孫氏注疏，以為「台、何，音之轉」；並據一切經音義所引蒼頡篇「奚，何也」之語，因為：「台聲近奚，故為何。」高本漢尚書注釋駁其說，以為台與何通假，絕無可能。經傳釋詞，則歷引法言問道篇、漢書敘傳、文選典引，以明漢時說尚書

〔註20〕《十三經注疏．左傳》（臺北：藝文印書館，1965），頁51。

〔註21〕參裴學海《古書虛字集釋》（上海：上海書店，2013），頁875。

者，皆以如台為奈何。按：如台語除本篇外，又見於盤庚、高宗肜日、及西伯戡黎；其他先秦典籍，絕無此語法。而此四篇皆商書。疑此乃宋地之習語，固不必以音轉或字訛說之也。夏罪其如台，謂夏之罪過如何也。〔註22〕

屈說批駁「無可如何」一義，甚為明晰。本篇「良德其如台」當依此，釋為「良德如何」，意謂：「（周公等重臣的）良德是什麼呢？」

曰亯（享）人大□□□□□□□□□□□□□□□

原考釋：「簡文此處約缺去十四至十五字。」各家也都沒有解釋。我們如果順著上條「良德其如台」的脈絡往下推，「曰享人大……」以下就是敘述（或讚揚）周公的「良德」。那麼，此處的「享」就可以理解為〈成王敬毖〉第五啟的「亯（享）倉（會〔答〕）舍（余）一人」的「享」，意思是臣下事奉君上。此處可以推想成王讚揚周公以開國元勳而仍然悉心協助成王治理天下。可惜簡斷辭殘，無法詳知真正內容。

罔克用之，是䫑（墜）于萶（若）

原考釋：

甬，讀為「用」，疑句意為若不具良德：則不可用之。若，訓「善」。《書・立政》：「我其克灼知厥若。」不具良德，故有失於善。

李守奎〈補釋〉說：

第八章內容與第六章密切呼應。第六章結尾處說「甬（用）頌𢘓余，甬（用）小心寺（事），隹文人之萶（若）」，此處的「罔克甬（用）」，則「䫑於萶」。第六章亂部分是從正面說應當怎麼做，第八章是從反面說。之，指所說之「良德」。〔註23〕

在同一篇的串講則說：

不能用良德，這就有悖於對先祖神靈的順從。〔註24〕

旭昇案：本篇上面的文句都是讚揚周公（或類似的重臣）之德，最後「罔

〔註22〕屈萬里《尚書集釋》（臺北：聯經出版事業公司，1983），頁79。
〔註23〕李守奎〈《周公之琴舞》補釋〉，《出土文獻研究》第十一輯，2012年12月，頁21。
〔註24〕李守奎〈《周公之琴舞》補釋〉，《出土文獻研究》第十一輯，2012年12月，頁22。

克用之」的語義其實是很明白的，意思是：「（如果）我成王不能重用周公（或類似的重臣）」。依照歷史記載，成王對周公的接納是相當曲折煎熬的。

武王既崩，成王少，在彊葆之中。周公恐天下聞武王崩而畔，周公乃踐阼代成王攝行政當國。管叔及其群弟流言於國曰：「周公將不利於成王。」周公乃告太公望、召公奭曰：「我之所以弗辟而攝行政者，恐天下畔周，無以告我先王太王、王季、文王。三王之憂勞天下久矣，於今而后成。武王蚤終，成王少，將以成周，我所以為之若此。」於是卒相成王。〔註 25〕

秋，大熟，未獲，天大雷電以風，禾盡偃，大木斯拔，邦人大恐。王與大夫盡弁以啟金縢之書，乃得周公所自以為功代武王之說。二公及王乃問諸史與百執事。對曰：「信。噫！公命我勿敢言。」

王執書以泣，曰：「其勿穆卜！昔公勤勞王家，惟予沖人弗及知。今天動威以彰周公之德，惟朕小子其新逆，我國家禮亦宜之。」〔註 26〕

在啟閱金縢之前，成王對周公其實是並沒有完全信任的。到了啟閱金縢之後，成王看到周公在他父親武王重病將死之際都不肯篡位，這才完全信任周公。因此本句的「罔克用」，不是指一般的臣下「不能用良德」，而是指成王「不能信任、重用周公」。

旭昇案：原考釋把「籲」讀為「墜」、「若」釋為「善」，看似可從。〔註 27〕不過，仔細推敲，還有不少地方可以討論。「墜」可以解為「墜落」，也可以解為「墜失」。「墜落」後可以加介詞「于（於）」，「墜失」後及其受詞前一般不加介詞「于（於）」。本句「是墜于若」於「墜」後有介詞「于（於）」，似乎不能

〔註 25〕《史記・魯周公世家》（臺北：藝文印書館，1984），頁 1518。

〔註 26〕《十三經注疏・尚書・金縢》（臺北：藝文印書館，1979），頁 188。《清華一・金縢》內容大體相同。

〔註 27〕「籲」讀為「墜」，應該是採用了陳劍〈清華簡《皇門》「䦎」字補說〉（復旦大學出土文獻與古文字研究中心網站首發，2011 年 2 月 4 日）的意見。陳文對「䦎」字的釋讀，主要建立在《郭店・老子甲》簡 27「籲」與「銳」的對應關係上，因此本篇讀「籲」為「墜」，也可以從「銳」與「墜」的關係去驗證。銳，上古音屬定母月部；墜，上古音屬澄母沒（物）部，二字聲母同屬舌頭音，韻為月沒旁轉（參陳師新雄《古音學發微》，頁 1056），可以通假。

解為「墜失」。先秦兩漢「墜于（於）A」的意思或為「墜落於A」，如《論語·子張》「未墜於地」；或為「從A墜落」，如《列子·黃帝》「夫醉者之墜於車也，雖疾不死」。這兩種解釋都不適合「是墜于若」（無論解為「是墜落於若」或「是從若墜落」，語義都有點奇怪）。主要原因是，「墜落于（於）A」的A應該是一個處所補語（或相當的詞語），而本句「是𩞁于若」的「若」似乎很難當作一個處所補語。當然，原考釋是把「墜」解為「失」，把「墜于若」解為「有失於善」，應該是把「若」字當成「墜失」的受詞，意思是「失去了善德」，這種句法的「若」之前不應有介詞「于」。一定要往這個方向解，那麼只好把「若」字看成表範圍的處所補語，「墜于若」的意思是：在「善德」方面有所墜失。

原考釋以本篇為成王對臣下的要求，因此以為本句的意思是臣下「不具良德」，就會「有失於善」。我們認為本篇是成王對周公（或類似的重臣）的感謝，因此「罔克用之」是指「罔克用周公」，「是墜于若」就應該是「罔克用周公」的結果。「是」，表因果關係的連詞，相當於「則」、「因而」。「𩞁」似可考慮讀為「絕」，「𩞁」既對應《郭店·老子甲》簡27的「銳」，因此把「𩞁」讀為與「銳」音讀相近的「絕」，應該是合理的。銳，上古音屬定母月部；絕，屬從母月部，二字聲近韻同（定從相通之例，如「㨗」，《說文》大徐音徒叶切，「徒」在「定」母；字從「疌」聲，「疌」，《說文》大徐音疾葉切，「疾」在「從」母），應可通假。「是絕于若」，意思是：（如果不能重用周公，）那就會自絕於國家的安順之境。

原發表於中國文字學會第 25 屆國際學術研討會，中國文化大學中文系主辦，2014 年 5 月 16 日；後刊登於藝文印書館《中國文字》新四十一期，2014 年 12 日。